10665506

LEUR PROMESSE

Avec 40 best-sellers publiés en France, plus de 350 millions d'exemplaires vendus dans 47 pays et traduits en 28 langues, Danielle Steel est l'auteur contemporain le plus lu et le plus populaire au monde.

Depuis 1981, ses romans figurent systématiquement en tête des meilleures ventes du *New York Times*. Elle est restée sur les listes des best-sellers pendant 390 semaines consécutives, ce qui lui vaut d'être citée dans « Le Livre Guinness des Records ».

Mais Danielle Steel ne se contente pas d'être écrivain. Très active sur le plan social, elle est présidente de l'American Library Association (Association américaine des bibliothèques) et porte-parole du Comité national de prévention contre l'enfance maltraitée.

Danielle Steel a longtemps vécu en Europe et a séjourné en France durant plusieurs années (elle parle parfaitement le français) avant de retourner à New York achever ses études.

Elle a débuté dans la publicité et les relations publiques, puis s'est mise à écrire et a immédiatement conquis un immense public, de tous âges et de tous milieux, très fidèle et en constante augmentation. Lorsqu'elle écrit (sur sa vieille Olympia mécanique de 1946), Danielle Steel peut travailler vingt heures par jour. Son exceptionnelle puissance de travail lui permet de mener trois romans de front, construisant la trame du premier, rédigeant le second et peaufinant le troisième, et de s'occuper des adaptations télévisées de ses romans. Toutes ces activités n'empêchent pas Danielle Steel de donner la priorité absolue à sa vie personnelle. Avec ses huit enfants, elle forme une famille heureuse et unie, sa plus belle réussite et sa plus grande fierté.

En France, Danielle Steel est le seul auteur à avoir un fan-club.

Paru dans Le Livre de Poche :

DANIELLE STEEL

Leur promesse

TRADUIT DE L'ANGLAIS (ÉTATS-UNIS) PAR JEAN DUCLOS

L'ARCHIPEL

Titre original :

THE PROMISE

© MCA Publishing, 1978.
© Éditions de l'Archipel, 1994, pour la présente édition.
ISBN : 2-253-11746-3 – 1re publication – LGF
ISBN : 978-2-253-11746-9 – 1re publication – LGF

1

Très tôt ce matin-là le soleil resplendissait, tandis qu'ils prenaient leurs bicyclettes devant Elliot House, sur le campus de Harvard. Ils s'arrêtèrent un moment pour se sourire. On était en mai. Ils étaient tous deux très jeunes. Les cheveux courts de la jeune femme luisaient dans le soleil et ses yeux rencontrèrent ceux de son ami. Elle se mit à rire.

— Eh bien, monsieur le diplômé en architecture, comment vous sentez-vous ?

— Tu me poseras cette question dans deux semaines, quand j'aurai obtenu mon doctorat.

Il lui sourit à son tour, écartant de son front une mèche de cheveux blonds.

— Au diable ton diplôme, c'est à hier soir que je pensais.

Il lui donna de petites tapes dans le dos.

— Et vous, comment vous sentez-vous, mademoiselle McAllister ? Pouvez-vous encore marcher ?

Comme ils enfourchaient leurs bicyclettes, elle lui répondit avec un regard taquin :

— Et toi ?

Elle était déjà partie, prenant de l'avance sur lui, sur la jolie bicyclette qu'il lui avait offerte en cadeau d'anniversaire quelques mois plus tôt. Il l'aimait, il lui semblait qu'il avait toujours été amoureux d'elle ; il avait rêvé d'elle toute sa vie, même s'il ne la connaissait en fait que depuis deux ans.

Avant elle, il s'était senti très seul à Harvard et, jusqu'à sa deuxième année d'université, il s'était résigné à cette solitude. Il ne voulait pas ce que les autres recherchaient. Il ne tenait pas à coucher avec les Radcliffe, les Vassard ou les Wellesley. Il avait connu trop de filles de ce genre durant ses années de collège. Quelque chose lui avait toujours manqué et il voulait des relations plus sérieuses, plus profondes. C'était un problème qu'il avait tenté de résoudre élégamment l'été précédent, à l'occasion d'une aventure avec une amie de sa mère. Évidemment, celle-ci n'en avait rien su. L'aventure avait été plaisante avec cette femme très attrayante, la trentaine, de plusieurs années plus jeune que sa mère. Elle écrivait dans *Vogue*. Pour elle et lui, ce n'avait été que du sport. Nancy, elle, était bien différente. Il s'en était rendu compte au moment où il l'avait vue pour la première fois à la galerie d'art de Boston où on exposait ses tableaux. Des paysages et des personnages de ses toiles se dégageait un sentiment de solitude et de tendresse qui l'émut assez profondément, puisqu'il tint à rencontrer l'artiste. Ce jour-là, elle portait un béret rouge et un vieux manteau de rat musqué. La marche qui l'avait amenée à la galerie avait avivé son teint délicat, fait briller ses yeux et s'épanouir son visage. Jamais Michael n'avait tant désiré une femme. Il acheta deux de ses peintures et l'emmena souper chez Lockobert. L'intimité fut longue à venir, parce que Nancy McAllister n'était pas femme à se donner rapidement ; elle avait vécu seule trop longtemps pour cela. À dix-neuf ans elle était déjà sage, déjà habituée à la souffrance, celle de la solitude et de l'abandon. Placée dans un orphelinat, elle ne se souvenait plus du jour où sa mère, peu de temps avant sa mort, l'y avait laissée. En revanche, elle n'avait pas oublié les corridors glacés de l'établissement, ni ses odeurs étranges, ni même les sons qu'elle entendait de son lit où elle ravalait ses larmes. Longtemps elle avait cru que rien ne comblerait ce vide intérieur. Maintenant il y avait Michael. Leurs relations n'avaient pas toujours été faciles, mais elles se révélaient solides, fondées sur l'amour et le respect. Michael n'était pas naïf pour autant. Il connaissait les dangers de devenir amoureux de quelqu'un de « bizarre », comme disait sa mère. Il n'y avait rien de vraiment bizarre chez Nancy. La seule différence, c'est qu'elle était une artiste, pas seulement une étudiante. Elle n'était pas une fille à la recherche d'elle-même, puisqu'elle était déjà ce qu'elle voulait être. Et, à l'encontre des autres femmes que Michael connaissait, elle n'« expérimentait » pas les candidats, parce qu'elle avait déjà choisi l'homme de sa vie. Durant ces deux années, lui aussi avait toujours été fidèle et Nancy, de son côté, était certaine qu'il ne l'abandonnerait pas. Ils se connaissaient trop bien. Ils savaient tout l'un de l'autre : leurs fantasmes, leurs secrets, leurs rêves d'enfant et leurs inquiétudes.

À travers Michael, Nancy en était venue à apprécier sa famille, même sa mère.

À sa naissance, Michael était entré dans une dynastie. Dès l'enfance, il avait été préparé à monter sur un trône et ce n'était pas une situation qu'il prenait à la légère. Il ne plaisantait pas là-dessus, il en était même parfois effrayé. Serait-il à la hauteur de cette « légende » ? Son grand-père, Richard Cotter, avait été architecte, son père aussi. Le grand-père de Michael avait fondé un empire, mais c'était la fusion de l'entreprise Cotter avec la fortune des Hillyard, par le mariage des parents de Michael, qui avait fait naître la firme Cotter-Hillyard d'aujourd'hui. Richard Cotter avait su sans doute comment faire de l'argent, mais c'était la fortune des Hillyard qui avait apporté les rites et les traditions du pouvoir. C'était une charge lourde qui ne déplaisait pas à Michael et Nancy respectait ce goût, sachant qu'un jour Michael dirigerait l'entreprise Cotter-Hillyard. Ils en avaient parlé longuement dès le début et, plus tard, quand ils se rendirent compte du sérieux de leur liaison. Michael, de son côté, savait qu'il avait trouvé une femme capable d'assumer les responsabilités de la vie familiale aussi bien que celles de l'épouse d'un homme d'affaires. Sans doute l'orphelinat ne l'avait-il pas préparée à jouer le rôle auquel Michael la destinait, mais elle avait en elle tout le potentiel nécessaire.

En ce moment il la regardait prendre de l'avance. Il était fier d'elle, si sûre d'elle-même, si forte. Ses jambes agiles sur la bicyclette, sa tête tournée vers lui pour le regarder et rire. Il voulait la rattraper et la jeter en bas de son vélo... et là... dans l'herbe... comme la nuit dernière. Il balaya cette pensée de son esprit et s'élança derrière elle.

— Hé, idiote, attends-moi !

Il l'avait vite rejointe et ils avancèrent plus lentement en se tenant la main.

— Tu es bien belle aujourd'hui, Nancy.

Sa voix était comme une caresse du printemps et autour d'eux la nature était verdoyante.

— Sais-tu à quel point je t'aime, Fancy-pants ?

— Peut-être que je t'aime deux fois plus, dit-elle.

Ce surnom l'amusait toujours. Michael disait un tas de choses gentilles pour la faire rire. C'était bien ce qu'elle pensait depuis les premiers pas qu'ils avaient faits ensemble à la galerie quand il la menaçait de lui enlever tous ses vêtements si elle ne lui vendait pas toutes ses toiles.

— Je crois bien que je t'aime sept fois plus que tu ne m'aimes, lui répondit-il.

— Non, répondit-elle dans un large sourire.

Relevant la tête, elle prit de nouveau de l'avance.

— C'est moi qui t'aime le plus, Michael.

— Comment le sais-tu ? lui dit-il en s'efforçant de la rejoindre.

— C'est le père Noël qui me l'a dit.

Il se laissa dépasser. Ils étaient tous deux très heureux. Michael aimait voir la ligne élancée de ses hanches sous son jean, sa taille mince, ses épaules rondes sous le tricot rouge et le merveilleux balancement de sa chevelure noire. Il aurait voulu la contempler ainsi indéfiniment. Il se rappela alors ce qu'il se proposait de lui dire depuis le matin. Il la rattrapa et la toucha délicatement.

— Pardon, madame Hillyard.

Ces mots la firent sursauter et sourire timidement. Le soleil caressait la figure de la jeune femme et faisait ressortir les délicates taches de rousseur sur sa peau veloutée. « Madame Hillyard », il savourait ces deux mots avec un infini plaisir.

— Tu ne vas pas un peu vite ? dit-elle d'une voix hésitante et un peu craintive.

Michael n'avait encore rien avoué à sa mère, Marion, qui ne savait pas où ils en étaient, Nancy et lui.

— Je ne crois pas que je précipite les choses. Je pensais que nous pourrions nous marier dans deux semaines, tout de suite après les examens.

Ils s'étaient entendus pour faire un mariage simple, intime, Nancy n'ayant pas de famille et Michael voulant partager ces moments précieux avec sa femme, plutôt que de les livrer en pâture à des milliers de personnes ou à une armée de photographes.

— Je me proposais de me rendre à New York et de parler de tout cela à Marion dès ce soir.

— Ce soir ? demanda-t-elle, angoissée.

Elle s'arrêta. Michael approuva de la tête, Nancy devint pensive, le regard perdu du côté des collines luxuriantes.

— Que dira Marion, d'après toi ?

Elle n'osait trop le regarder, comme effrayée de la réponse.

— Elle dira oui, sans aucun doute. Cela t'inquiète ?

La question était stupide, l'un et l'autre le savaient bien, puisqu'il y avait effectivement de quoi s'inquiéter; Marion n'était pas une midinette et sa tendresse de mère avait quelque chose d'oppressant. C'était une femme décidée, forte comme le béton et l'acier. Elle avait administré les affaires de la famille à la mort du père et on eût dit que ce décès avait décuplé sa détermination. Rien n'arrêtait Marion Hillyard. Rien. Certainement pas une petite demoiselle de rien du tout ni même son fils unique. Si elle s'opposait au mariage, rien ne la ferait changer d'avis. Nancy, de son côté, savait pertinemment ce que Marion Hillyard pensait d'elle.

Marion n'avait d'ailleurs jamais caché ses sentiments et ce, dès le moment où cette folie lui parut sérieuse. Elle avait alors fait venir Michael à New York pour tenter de le convaincre. Les cajoleries firent bientôt place aux menaces et aux harcèlements. Elle avait fini par se résigner, en apparence du moins. Michael vit là un signe encourageant, mais Nancy n'en était pas si certaine, sachant bien que Marion savait ce qu'elle faisait; pour le moment elle avait décidé d'ignorer le problème. Pas d'invitations, pas d'accusations, pas d'excuses pour les propos désagréables adressés à Michael dans le passé. Aucun conflit nouveau n'avait surgi depuis lors. C'était comme si, pour elle, Nancy n'existait pas. Celle-ci était toujours étonnée de la peine qu'elle en ressentait. Privée des joies de la famille, elle avait rêvé d'une grande amitié entre elle et Marion, s'imaginant que Marion deviendrait une mère qui tiendrait la place de celle qu'elle n'avait jamais connue. Marion, de son côté, n'était pas prête pour un tel rôle, il était facile de s'en rendre compte. Seul Michael persistait à croire que sa mère, devant l'inévitable, finirait un jour par changer d'attitude. Selon lui, elles deviendraient de grandes amies. Nancy n'en était pas sûre. Elle avait même incité Michael à envisager la possibilité qu'elle ne soit jamais acceptée par sa mère.

— Si ta mère ne consent jamais à notre mariage, que ferons-nous ?...

— Nous sautons dans la voiture et nous nous rendons chez le juge de paix le plus proche, voilà tout. Nous sommes majeurs, non ?

Cette solution avait fait sourire Nancy ; elle savait que ce ne serait pas aussi simple que cela. À bien y penser, qu'importait après tout, puisque, après deux années de liaison, ils se sentaient comme mari et femme ?

Ils contemplèrent longuement le paysage sans rien dire. Michael lui prit la main et lui dit :

— Je t'aime très fort, ma petite.

— Moi aussi.

Elle lui jeta un regard encore chargé d'inquiétude. Même s'il tenta, par un baiser sur les yeux, d'effacer ses soucis, rien, en fait, ne pouvait les faire disparaître. Tout dépendait de cette rencontre avec Marion. Nancy laissa tomber son vélo et se blottit dans les bras de Michael.

— Je souhaiterais que ce soit plus facile, dit-elle en soupirant.

— Ce sera facile, tu verras. Allons-nous continuer notre promenade ou rester ici toute la journée ?

Il la cajola de nouveau et lui sourit en relevant pour elle son vélo. Les voici repartis, se reprenant à rire, à jouer, à chanter comme si Marion n'existait pas. Mais elle existait, et elle serait toujours là, dans la vie de

Michael. Marion, c'était plus qu'une femme, c'était une institution, et elle faisait dorénavant partie du destin de Nancy.

Le soleil était haut dans le ciel. Ils pédalaient dans la campagne, tantôt l'un derrière l'autre, tantôt côte à côte. À midi ils atteignirent Revere Beach. Ils y rencontrèrent Ben Avery, qui venait vers eux avec une nouvelle fille à ses côtés, une grande blonde efflanquée.

— Hello, vous deux. Vous allez à la foire ?

Ben sourit et, d'un geste vague de la main, présenta Jeannette. On échangea des saluts. Se protégeant les yeux du soleil, Nancy jeta un coup d'œil du côté de la foire. On était encore assez loin.

— Ça vaut la peine d'y aller ?

— Certainement, répondit Ben en montrant un horrible animal en peluche à Nancy. Nous avons gagné un gros chien rouge, une tortue verte que nous avons réussi à perdre et deux cannettes de bière. On sert des épis de maïs, c'est délicieux.

— D'accord ! dit Michael, en souriant à Nancy. On y va ?

— Certainement. Vous, les amis, vous rentrez ?

En effet, cela se voyait bien dans les yeux de Ben et dans ceux de Jeannette. Nancy sourit.

— Oui, nous sommes en route depuis 6 heures du matin et je suis fourbue. En passant, avez-vous des projets pour le dîner ? Que diriez-vous d'une pizza ?

La chambre de Ben était à quelques pas de celle de Michael.

— Alors, *señor*, quels sont vos projets pour le dîner ? demanda Nancy à Michael, l'air réjoui.

Michael secouait la tête.

— J'ai des affaires importantes à régler ce soir, dit-il. Peut-être une autre fois…

Michael pensait au rendez-vous avec Marion.

— O.K. Au revoir, alors.

Ben et Jeannette les saluèrent. Nancy demanda à Michael s'il était bien décidé à rencontrer sa mère ce soir-là.

— Certainement. Cesse de te faire du souci, tout ira bien. Pendant que j'y pense, ma mère m'a annoncé qu'il avait obtenu le poste.

— Qui ? Ben ? dit Nancy en jetant un regard inquisiteur du côté de Michael.

— Oui. Ben et moi allons commencer à travailler en même temps, chacun dans son domaine, et nous devons commencer le même jour.

Michael avait l'air content ; ils s'étaient connus dès l'école préparatoire et ils étaient comme des frères.

— Ben est-il au courant ?

Michael secoua la tête et sourit.

— J'ai pensé, dit-il, qu'il valait mieux qu'il l'apprenne officiellement. Je ne voulais pas gâcher son plaisir.

Nancy lui sourit en retour.

— Tu es gentil et je t'aime, Hillyard.

— Merci, madame Hillyard.

— Arrête ça, Michael.

Ce nom, elle le désirait trop pour permettre qu'on en plaisante.

— Non, je ne m'arrêterai pas. Mieux vaut t'y habituer. (Il devint tout à coup sérieux.) Entendu, dit-il. Je ne le ferai plus. Je me contenterai de « Mlle McAllister » jusqu'au moment où… Après tout, ce n'est qu'une affaire de deux semaines. Allez ! On fait la course.

Ils roulèrent, haletant, riant. Michael atteignit la barrière de la foire trente secondes avant elle. Ils semblaient tous les deux heureux et insouciants.

— Allons, monsieur, par quoi commencez-vous ?

Elle l'avait bien deviné.

— Le maïs évidemment. Pourquoi cette question ?

Ils appuyèrent leurs vélos à un arbre, sachant bien que, dans cette campagne paisible, personne ne les volerait, et ils s'avancèrent bras dessus, bras dessous. Dix minutes plus tard, ils mordaient dans leurs épis de maïs, engouffraient des hot-dogs avec une bière fraîche. Nancy couronna le tout d'une immense boule de barbe à papa.

— Comment fais-tu pour manger ça ?

— Mais c'est délicieux, dit-elle, la voix étouffée par la mousse collante, mais avec l'air délicieusement heureux d'une enfant de cinq ans.

— T'ai-je dit combien tu es belle ?

Elle lui souriait, le visage couvert de sucre rose. Elle sortit son mouchoir pour s'essuyer le menton.

— Essuie-toi encore un peu et nous allons nous faire photographier.

Elle plongea le nez dans la masse de sucre rose.

— Tu es impossible. Regarde !

Il montrait du doigt un kiosque où les gens se passaient la tête dans de grands trous pour se faire photographier, dans des accoutrements baroques. Ils choisirent de se faire prendre en Rhett Butler et Scarlett

O'Hara. Assez étrangement, ils n'eurent pas l'air ridicule. Nancy était vraiment splendide dans ce costume. La beauté délicate de son visage et la finesse de ses traits s'harmonisaient parfaitement avec la toilette si féminine de la « belle » du Sud. Michael, lui, avait l'air d'un conquérant. Le photographe leur donna les photos et empocha son dollar.

— Je devrais garder ces photos, dit le bonhomme, vous êtes trop beaux tous les deux.

— Merci.

Nancy était enchantée du compliment. Michael sourit, fier d'elle.

— Encore deux semaines et puis…

Nancy, le tirant par la manche, le sortit de sa rêverie.

— Regarde là. Un tir aux anneaux.

Elle avait toujours rêvé d'y jouer aux kermesses de son enfance, mais les bonnes sœurs de l'orphelinat trouvaient que ce jeu coûtait trop cher.

— On peut ?

— Bien sûr, chérie.

Il lui offrit son bras, mais Nancy était trop excitée, elle sautillait comme une enfant. Michael était ravi.

— On y va ?

— Oui, mon amour.

Il sortit un dollar et le préposé lui remit quatre fois plus d'anneaux que le nombre fourni à la clientèle habituelle, Nancy rata tous ses coups et Michael s'en amusa beaucoup.

— Quel est le prix que tu vises ? lui demanda-t-il.

— Les perles.

18

Ses yeux brillaient comme ceux d'un enfant.

— Je n'ai jamais eu de collier comme ça.

Ce bijou de pacotille avait toujours été un de ses rêves de gamine.

— Tu es facile à contenter, chérie. Tu n'aimerais pas mieux un petit chien rouge comme celui que Jeannette avait dans son panier ?

— Non, c'est le collier que je veux.

— Tes désirs sont des ordres.

Et d'un seul coup il atteignit la cible. L'homme du comptoir lui remit le collier et Michael s'empressa de le passer autour du cou de Nancy.

— Voilà, mademoiselle, il est à vous. Peut-être faudrait-il l'assurer ?

— Ne te moque pas de mes perles. Elles sont superbes.

Elle les toucha doucement, enchantée de les avoir autour de son cou.

— Je te trouve merveilleusement belle. Aimerais-tu autre chose ?

— Encore de la barbe à papa.

Il lui en acheta une autre et ils rejoignirent leurs vélos.

— Fatiguée ?

— Non, pas vraiment.

— Si nous allions un peu plus loin ? Je connais un coin délicieux par là. Nous pourrions nous asseoir et regarder les vagues.

— D'accord.

Ils avancèrent lentement et, loin de l'ambiance de la foire, ils se laissèrent aller silencieusement à leurs pensées. Michael rêva d'être couché près de Nancy, qui, elle, n'aurait certes pas formulé d'objection.

Ils approchaient de Nahant quand Michael aperçut, au bout d'une langue de sable, l'endroit qu'il avait choisi, dans l'ombre douce d'un vieil arbre. Nancy fut heureuse d'être rendue à cette étape de la promenade.

— C'est magnifique, Michael.

— N'est-ce pas ?

Ils s'assirent sur l'herbe et s'amusèrent à contempler les vagues qui battaient contre un rocher juste à la surface de l'eau.

— J'ai toujours voulu t'amener ici, dit-il.

— J'en suis bien contente.

Ils restèrent assis, sans rien dire, la main dans la main. Tout à coup, Nancy se leva brusquement.

— Qu'y a-t-il ?

— Je voudrais faire quelque chose.

— Viens ici, derrière les buissons.

— Non, pas cela !

Déjà, elle s'était mise à courir vers un point de la plage. Michael la suivit, se demandant bien ce qu'elle voulait. Elle s'arrêta devant une grosse roche et s'efforça, mais en vain, de la soulever.

— Hé ! petite folle, laisse-moi t'aider. Que veux-tu faire avec ça ? demanda-t-il intrigué.

— Je voulais simplement la déplacer, juste une seconde. Voilà...

La roche avait cédé sous la poussée de Michael et s'était mise à rouler en dessinant un sillon luisant sur le sable. Nancy enleva son collier de perles, le tint un moment entre ses doigts, les yeux clos, pour ensuite le déposer sur le sable.

— Très bien. Remets la roche à sa place.

— Par-dessus les perles ?

Elle fit signe que oui, les yeux fixés sur le chatoiement des perles.

— Je voudrais que ces perles soient un gage de notre amour, qu'elles soient là aussi longtemps que cette roche, cette plage et ces arbres. Entendu ?

— Entendu ! Nous voilà bien romantiques, dit-il en souriant légèrement.

— Pourquoi pas ? Quand on a la chance d'avoir trouvé l'amour, il faut célébrer ça et lui donner un gîte.

— Tu as entièrement raison. Parfait ! Voici le gîte de notre amour.

— Maintenant, faisons une promesse. Je jure de ne jamais oublier ce qu'il y a ici, ce que tout cela signifie pour nous. À ton tour.

Elle lui caressa la main pendant qu'il lui souriait de nouveau. Il ne l'avait jamais tant aimée.

— Je promets donc, je promets de ne jamais, jamais te dire adieu.

Ils se mirent à rire : c'était si bon de se sentir jeunes, de se sentir romantiques. Toute la journée avait été délicieuse.

— Nous rentrons maintenant ?

Main dans la main, ils rejoignirent leurs vélos. Deux heures plus tard, ils étaient de retour au petit appartement de Nancy, rue Spark, près du campus. Michael se laissa tomber sur le divan, prenant conscience encore une fois à quel point il se sentait bien dans cet appartement, à quel point il s'y sentait chez lui. En fait,

21

c'était le seul chez-soi qu'il ait connu. L'appartement démesuré de sa mère n'avait jamais été un foyer pour lui, comme l'était celui-ci. Il y percevait partout l'empreinte chaleureuse de Nancy : les toiles, les couleurs chaudes de la pièce, le divan de velours brun, et cette carpette de fourrure achetée à une amie. Il y avait des fleurs partout. Il aimait les plantes vertes, il aimait la petite table de marbre où ils mangeaient et le lit de cuivre qui grinçait quand ils faisaient l'amour.

— Sais-tu à quel point je me plais dans cet appartement, Nancy ?

— Oui, je sais. Moi aussi d'ailleurs. Qu'allons-nous faire une fois mariés ?

— Il faudrait apporter toutes tes belles choses à New York et leur y ménager un foyer bien chaud.

Tout à coup, quelque chose frappa son regard :

— Qu'est-ce que c'est, ça ? C'est nouveau ?

Il regardait sur le chevalet l'esquisse d'une peinture dont la beauté le fascinait déjà. C'était un paysage avec des arbres et des champs. En s'approchant, il aperçut un petit garçon, à demi caché, qui se balançait dans un arbre.

— Allons-nous le voir encore, le petit bonhomme, quand tu auras peint les feuilles des arbres ?

— Probablement. De toute façon, on saura qu'il est là. Tu aimes ça ?

Ses yeux brillaient dans l'attente de son approbation.

— Je l'adore.

— Eh bien, ce sera notre cadeau de mariage, quand il sera fini évidemment.

— C'est un cadeau superbe. Parlant de cadeau de mariage…

Il jeta un coup d'œil à sa montre. Il était 17 heures, et lui qui voulait être à l'aéroport à 18 heures.

— Il faut que je parte tout de suite.

— Faut-il vraiment que tu ailles à New York ce soir ?

— Oui, c'est important. Je serai de retour dans quelques heures. Je devrais être chez ma mère à l'heure du dîner. Tout dépendra de la circulation à New York. J'attraperai le dernier vol à 23 heures et je rentrerai à minuit. Ça va, petite anxieuse ?

— Ça va.

Elle restait vaguement inquiète et ne voulait pas le voir partir.

— J'espère que tout ira bien.

— Sûrement. Tout ira bien.

Michael savait néanmoins que Marion n'en faisait qu'à sa tête, écoutait ce qu'elle voulait bien entendre et comprenait ce qui lui convenait. Malgré tout, il se disait qu'il finirait par gagner la partie. Il le fallait, puisqu'il désirait Nancy, et à n'importe quel prix. Il la serra dans ses bras une dernière fois, glissa une cravate autour de son cou et attrapa sa veste. Il savait que, malgré la chaleur de New York, il devait se présenter chez sa mère en veste et cravate. Elle ne tolérait pas les « hippies » ou autres artistes comme Nancy. Tous deux savaient l'opposition que Michael allait affronter.

— Bonne chance…

— Je t'aime.

Longtemps, Nancy resta silencieuse en regardant la photo prise à la foire. Rhett et Scarlett, les célèbres amoureux dans leurs amusantes défroques, n'avaient pas l'air stupides, mais heureux. Nancy se demanda alors si Marion pouvait les comprendre, elle qui confondait bonheur et puissance.

2

La table de la salle à manger luisait comme la surface d'un lac. Au bout de la table, il y avait un couvert de porcelaine bleu et or sur un napperon de dentelle d'Irlande, un service à café en argent tout proche et une jolie clochette d'argent. Marion Hillyard s'était adossée à sa chaise, poussant un léger soupir en exhalant la fumée de la cigarette qu'elle venait d'allumer. Elle se sentait fatiguée aujourd'hui. Les dimanches l'avaient toujours fatiguée car, ces jours-là, elle travaillait plus encore qu'au bureau. Elle occupait en effet cette journée dominicale à faire sa correspondance, à vérifier les comptes tenus par la cuisinière et la gouvernante, à dresser la liste des réparations à effectuer, à prévoir les menus de la semaine. C'était une occupation ennuyeuse, qu'elle avait remplie pendant des années, même avant d'avoir commencé d'administrer les affaires. Une fois chargée de responsabilités financières, à la mort de son mari, elle avait continué, le dimanche, à prendre soin de son logis et de Michael quand la nurse était en congé. Ces souvenirs la firent sourire. Un moment elle ferma les yeux. Ces dimanches avaient été précieux, c'était quelques heures où elle avait Michael tout à elle. Maintenant, et depuis bien trop longtemps, ils n'avaient plus la même saveur. Une larme, une bien petite larme brilla entre ses cils : elle revoyait Michael comme il était dix-huit ans plus tôt, elle revoyait le petit garçon de six ans. Elle l'avait adoré, cet enfant, elle aurait tout fait pour lui, elle avait effectivement tout fait pour lui. C'était pour lui qu'elle avait maintenu cet empire, cet héritage pour la génération suivante, la compagnie Cotter-Hillyard. C'était là son plus précieux cadeau pour Michael : c'est pour cela qu'elle avait fini par aimer les affaires autant qu'elle aimait son fils.

— Vous avez l'air en très bonne forme, mère.

Ses yeux s'ouvrirent de surprise à le voir là, sur le seuil de la salle à manger. Le revoir la fit presque pleurer : elle aurait voulu l'étreindre comme jadis, mais se contenta de lui sourire doucement.

— Je ne t'ai pas entendu venir, dit-elle, sans l'inviter à s'approcher, sans rien montrer de ses sentiments. (Avec Marion, on ne savait jamais ce qui vibrait en elle.)

— J'ai pris ma clé, voilà. Je puis entrer ?

— Évidemment. Tu prendrais un dessert ?

Michael s'avança lentement dans la pièce, un petit sourire nerveux sur les lèvres et, comme un gamin, il scruta l'assiette du regard.

— Hum, c'est quoi ? C'est au chocolat ?

Elle eut un rire étouffé et secoua la tête.

— Il ne vieillira jamais, cet enfant, sur certains points en tout cas. Ce sont des profiteroles. En veux-tu ? Mattie est encore à la cuisine.

— Elle a peut-être déjà mangé ce qui restait.

Ils éclatèrent de rire, parce que c'était probablement ce qui s'était passé. Dès que Marion eut sonné, Mattie apparut dans son uniforme noir orné de dentelle, un large sourire éclairant sa figure blême. Mattie avait passé sa vie à courir, à travailler pour les autres, avec un bref dimanche de temps à autre pour rencontrer les siens.

— Oui, madame ?

— Du café pour monsieur, Mattie, un dessert aussi.

Mattie secoua la tête.

— Seulement du café, alors.

— Bien, madame.

Un moment, Michael se demanda encore une fois pourquoi sa mère ne remerciait jamais ses serviteurs. On aurait dit qu'ils étaient sa possession depuis leur naissance. Selon Michael, c'est comme ça que sa mère considérait les gens, elle qui avait toujours vécu entourée de serviteurs, de secrétaires. Jeune fille, elle avait d'ailleurs grandi dans le confort et la solitude, sa mère étant morte dans un accident où avait aussi péri son frère, unique héritier de l'empire des Cotter. Cet accident l'avait, en quelque sorte, forcée à devenir le fils de la famille, rôle qu'elle avait joué parfaitement.

— Et tes cours ?

— Encore deux semaines et c'est fini, Dieu merci.

— Je suis fière de toi, Michael. Un doctorat, c'est merveilleux, surtout un doctorat en architecture.

Curieusement les propos de sa mère le portaient à dire « Oui, maman » sur le même ton que quand il avait neuf ans.

— Cette semaine, il faudra rencontrer le jeune Avery à propos de sa nomination. Tu ne lui en as encore rien dit ?

Simple curiosité de sa part, puisqu'elle trouvait plutôt infantile que Michael ménageât cette surprise à son ami Ben.

— Non, pas encore. Il sera sûrement enchanté.

— Il y a de quoi. C'est une excellente situation.

— Ben l'a méritée.

— J'espère bien. Et toi ? Tu es prêt à commencer ? Ton bureau sera aménagé dès la semaine prochaine.

Les yeux de Marion brillaient à la pensée de ce bureau splendide qu'elle avait conçu elle-même : les revêtements de bois, comme ceux du bureau de son mari, les toiles qui avaient appartenu à son père à elle, un riche ameublement de cuir, divan et fauteuils. Toute la pièce serait de style géorgien. Elle avait acheté tout cela à Londres durant ses dernières vacances.

— C'est vraiment splendide, mon chéri…

Michael sourit.

— J'aurai à faire encadrer certaines choses, mais j'attendrai d'avoir vu l'ensemble du décor.

— Ce ne sera pas nécessaire. J'ai déjà tout ce qu'il faut pour les murs.

Lui aussi, il avait tout ce qu'il fallait : les tableaux de Nancy. Les yeux de Michael brillèrent un moment d'un éclat particulier qui inquiéta sa mère.

Michael s'assit près d'elle, soupira un peu et allongea les jambes. Mattie arrivait avec le café.

— Merci bien, Mattie…

— Je vous en prie, monsieur.

Mattie avait son même sourire chaleureux d'autrefois. Michael avait toujours été très gentil avec elle, au point de craindre de l'importuner, contrairement à…

— Autre chose, madame ?

— Non, Mattie. Michael, si nous apportions tout ça dans la bibliothèque ?

— Entendu, mère… nous y serons mieux pour bavarder.

Cette salle à manger, associée dans l'esprit de Michael aux salles de bal des résidences ancestrales, était très peu propice aux conversations intimes. Il se leva donc, souriant à sa mère. La bibliothèque, aux murs garnis de livres, donnait sur la 5e Avenue et un coin de Central Park. La vue était splendide. Sur un des murs, le portrait du père de Michael. C'était un portrait qu'il aimait particulièrement, celui d'un homme très chaleureux, d'un homme qu'il aurait beaucoup aimé. Dans son enfance, il était souvent venu regarder ce portrait et parfois même lui parler. Sa mère l'avait une fois surpris et l'avait jugé stupide. Par contre, Michael l'avait déjà vue, elle-même, pleurer au même endroit.

Marion prit sa place habituelle, devant le foyer, sur la chaise Louis XV, couverte de damas beige. Sa robe était de la même teinte. Marion avait été une très belle femme ; on le devinait encore, malgré ses cinquante-sept ans. À la naissance de Michael, à trente-trois ans, elle était une femme extrêmement séduisante, à la chevelure d'un blond aussi éclatant que celle de son fils. Aujourd'hui le gris se mêlait au blond, son visage s'était fané, ses superbes yeux bleus avaient perdu de leur éclat.

— J'ai l'impression que tu es venu me parler de choses importantes, Michael. De quoi s'agit-il ?

Elle se demandait s'il avait mis une fille enceinte, détruit sa voiture ou blessé quelqu'un. Sans doute, rien n'était irréparable, pourvu qu'il la mît au courant. Aussi était-elle satisfaite de cette visite.

— Non, rien de grave. Je voulais simplement discuter de quelque chose avec toi.

— Discuter ?

Le mot le fit lui-même frissonner. Quelle gaffe ! Il eût fallu lui faire part de ses projets, mais pas en « discuter ».

— Je pense qu'il est temps d'être honnêtes entre nous, dit-il.

— On dirait, à t'entendre, qu'habituellement nous ne le sommes pas !

— Sur certains sujets nous ne le sommes pas, en effet.

Michael était extrêmement tendu.

— Nous ne sommes pas honnêtes, je crois, à propos de Nancy.

— De Nancy ?

Elle avait l'air stupéfaite. Michael se retint pour ne pas se jeter sur elle et la frapper au visage. Il détestait sa façon de prononcer le nom de Nancy, comme si c'eût été celui d'une servante.

— Oui, de Nancy McAllister, mon amie.

— Ah, oui.

Après un silence interminable, elle posa sa petite cuillère de porcelaine sur la soucoupe de sa tasse et demanda, les yeux soudain assombris :

— En quoi, je te prie, avons-nous été malhonnêtes à propos de Nancy ?…

— Tu fais comme si elle n'existait pas et, de mon côté, je dois tout faire pour ne pas te contrarier. Mais, je dois te le dire, nous allons nous marier.

Reprenant son souffle et se redressant sur sa chaise, il ajouta :

— Et ça se fera dans deux semaines.

— Je vois.

Marion ne bougeait pas ; ses yeux, ses mains, son visage, tout était parfaitement immobile.

— Puis-je te demander pourquoi ? Serait-elle enceinte ?

— Bien sûr que non.

— Heureusement. Alors pourquoi l'épouser ? Pourquoi dans deux semaines ?

— Simplement parce que, dans deux semaines, j'obtiendrai mon diplôme, et que je viens à New York pour commencer à travailler. Tout cela est d'ailleurs naturel.

— Naturel pour qui ?

Le regard de Marion était redevenu glacial et Michael se sentait mal à l'aise sous ce regard incisif qui ne le lâchait pas. En affaires, elle était sans pitié, elle pouvait mettre un homme au supplice et le briser.

— C'est naturel pour nous, mère.

— Pas pour moi en tout cas ! La firme qui a construit le Harvard Center nous propose la construction d'un centre médical à San Francisco. Cela ne te laissera guère de temps pour t'occuper d'une femme, puisque j'aurai à compter énormément sur toi pendant un an ou deux. Mon cher Michael, je souhaiterais que tu attendes.

Il y avait dans ses propos une douceur qu'il n'avait jamais perçue. Peut-être y avait-il quelque espoir ?

— Mais, maman, la présence de Nancy sera un enrichissement pour toi autant que pour moi : elle ne sera certainement pas un obstacle pour moi, ni une gêne pour toi. C'est une jeune femme merveilleuse.

— Peut-être… mais je doute fort qu'elle apporte un tel enrichissement. As-tu pensé au scandale ?

Dans ses yeux brillait déjà l'assurance de la victoire. Michael retint son souffle : il était maintenant la victime sur laquelle allait tomber le coup décisif. Mais quel coup ? Comment allait-elle l'assener ?

— Quel scandale ?

— Elle t'a dit qui elle était sans doute ?

— Que veux-tu dire par *qui* ?

— Je veux dire ce que ça veut dire. Et je vais être précise.

Avec des gestes félins, elle posa sa tasse et se pencha vers son secrétaire. Elle en tira un dossier qu'elle passa à Michael. Celui-ci le tint un moment dans sa main, sans oser le regarder.

— Qu'est-ce que c'est que ça ?

— C'est un rapport. J'ai engagé un détective privé pour enquêter sur ta petite amie artiste. Les résultats ne m'ont pas particulièrement enchantée. (C'était peu dire, puisqu'elle était devenue livide.) Assieds-toi et lis.

Michael resta debout et, à contrecœur, se mit à lire le dossier. On y apprenait que le père de Nancy était mort en prison quand sa fille n'était qu'un bébé. Sa mère était morte alcoolique deux années plus tard. On y lisait aussi que le père avait été condamné à sept ans de prison pour vol à main armée.

— Des gens charmants, tu ne trouves pas, mon cher ? dit-elle, la voix pleine de mépris.

D'un geste, Michael jeta le dossier sur le secrétaire et tout le contenu glissa sur le sol.

— Je ne lirai pas ces ordures !

— Non, mais tu vas les épouser !

— Qu'est-ce que cela peut faire ?

— Cela peut faire son malheur. Et le tien, si tu l'épouses. Sois raisonnable, Michael. Tu entres dans une organisation financière où des millions de dollars sont en jeu à chaque transaction et tu ne peux pas t'exposer à un tel scandale. Cela pourrait nous ruiner. Ton grand-père a bâti cette affaire il y a cinquante ans et tu irais la détruire pour une histoire d'amour ? Il serait grand temps de te ressaisir, Michael. Dans deux semaines, ta vie de petit garçon irresponsable sera finie.

Marion n'allait pas perdre une telle bataille, et elle était prête à tout.

— Il n'est pas question d'en discuter, Michael, tu n'as pas le choix.

— Non, je ne céderai pas, cette fois, dit-il. (Il arpentait la pièce en proie à la fureur.) Non, mère, je ne plierai pas, cette fois, et je ne ramperai pas devant toi ni devant tes diktats jusqu'à la fin de mes jours. Penses-tu me forcer à entrer dans tes affaires, m'y embrigader jusqu'à ta retraite et m'y manipuler comme une marionnette ? Au diable, tout ça. Je viens à New York travailler pour toi, voilà tout. Ma vie n'est pas à toi, elle ne le sera jamais et j'ai le droit d'épouser qui je veux.

— Michael !

La sonnerie les arrêta. Ils se regardaient comme deux fauves : le vieux et le jeune chat, se méfiant l'un de l'autre, étaient prêts à tout pour gagner cette bataille. Chacun à une extrémité de la pièce, ils se dressaient, tremblant de rage, quand George Calloway entra.

Celui-ci vit tout de suite qu'il arrivait au beau milieu d'une scène violente. Cet homme aimable, bien éduqué, dans la cinquantaine, avait été le bras droit de Marion pendant des années. Plus encore, il détenait une bonne part du pouvoir chez Cotter-Hillyard. À l'encontre de Marion, il occupait rarement l'avant-scène, il préférait exercer le pouvoir dans l'ombre. Depuis longtemps, il avait reconnu les avantages d'une telle autorité sans éclat. Cette attitude lui avait gagné la confiance et l'admiration de Marion, depuis le jour où elle avait succédé à son mari. La première année, elle ne fut qu'un prête-nom, pendant que George l'initiait tout en ayant la haute main sur les affaires. Cette initiation fut une réussite, puisqu'elle avait vite compris tout ce que George lui avait enseigné, et davantage. Depuis lors, elle avait le sceptre bien en main, même si elle se référait à George à l'occasion de transactions importantes. Qu'elle comptât encore sur lui, après toutes ces années, signifiait tout pour lui. Ensemble, ils formaient un duo parfait, chacun tirant sa force de l'autre. George se demandait souvent si Michael savait à quel point Marion et lui étaient étroitement associés. Il en doutait fort. Comment Michael, qui était le centre de la vie de sa mère, aurait-il pu se rendre compte de la sollicitude de George ? Marion, elle-même, l'appréciait-elle à sa juste valeur ? Il avait accepté ce statut et continuait de se dévouer aux affaires de la famille.

À la vue de Marion, George fut tout de suite inquiet : il avait reconnu cette tension, cette pâleur du visage.

— Marion, ça ne va pas ?

Il en savait plus que tout autre sur son état de santé. Elle l'avait mis au courant, quelques années auparavant, puisqu'il était essentiel que quelqu'un fût informé. Elle souffrait d'hypertension et son cœur était très malade. Elle tourna enfin les yeux du côté de son vieil ami.

— Oui, oui, ça va… Bonjour, George, approchez !

— J'ai l'impression d'être arrivé à un bien mauvais moment.

— Pas du tout, George, j'allais partir, dit Michael, incapable de sourire.

Il se tourna vers sa mère sans faire un pas vers elle.

— Je t'appellerai demain, Michael. Nous pourrons parler de tout cela au téléphone.

Il aurait voulu être cruel, l'effrayer, mais il ne savait comment. Et pourquoi après tout ?

— Michael…

Il ne répondit pas. Se contentant de serrer gravement la main de George, il sortit de la bibliothèque sans se retourner. Il ne put apercevoir le regard de sa mère, ni l'inquiétude de George quand Marion s'enfonça lentement dans son fauteuil et ramena ses mains tremblantes sur son visage. Des larmes montaient à ses yeux, mais elle réussit à les cacher.

— Pour l'amour du ciel, que s'est-il passé ?…

— Il est sur le point de faire une folie.

— Peut-être pas. Ça nous arrive à tous, de temps à autre, d'avoir des idées folles.

— À notre âge on rêve, mais à leur âge on les exécute.

Toutes ses tentatives n'aboutissaient donc à rien, ni l'enquête du détective, ni tous ces appels téléphoniques, ni… Elle soupira et s'allongea lentement dans son fauteuil.

— Avez-vous pris vos médicaments aujourd'hui ?

Marion secoua la tête presque imperceptiblement.

— Dans mon sac, derrière le secrétaire.

George s'avança sans faire aucune remarque sur les feuilles éparses sur le plancher. Il trouva le sac à main en crocodile avec son agrafe dix-huit carats. Il le connaissait bien, ce sac à main, puisqu'il le lui avait offert trois ans plus tôt pour Noël. Il trouva la petite boîte et s'approcha de Marion, deux comprimés au creux de la main. Au tintement de la tasse de porcelaine, elle ouvrit les yeux et sourit.

— George, qu'est-ce que je ferais sans vous ?

— Marion, qu'est-ce que je ferais moi, sans vous ? Je devrais vous laisser. Vous avez besoin de repos.

— La seule pensée de Michael me bouleverse.

— Vient-il toujours travailler avec nous ?

— Bien sûr. Il s'agit d'autre chose.

Il s'agissait donc de la fille, George ne le savait que trop. Il ne voulait pas insister pour le moment, il sentait Marion encore troublée, même si les couleurs revenaient un peu à ses joues. Après avoir avalé les comprimés, elle tira une cigarette de son étui. George se pencha, briquet à la main, ce qui lui permit de regarder encore une fois cette femme qu'il avait toujours admirée et qu'il admirait encore en dépit de sa lassitude et de sa maladie. Michael se rendait-il compte de l'état de santé de sa mère? Probablement pas. Sinon, il ne l'aurait pas bouleversée à ce point-là.

Ce que George ignorait, c'est que Michael lui-même était aussi bouleversé que sa mère. Les larmes lui brûlaient les yeux quand il monta dans le taxi qui le ramena à l'aéroport. Il appela tout de suite Nancy, avant le départ de l'avion.

— Comment cela s'est-il passé? (Elle ne put rien deviner au ton de sa voix.)

— Très bien. Toi, tu vas te grouiller; tu vas préparer un sac de voyage, t'habiller pour être prête quand j'arriverai, dans une heure et demie.

— Prête pour quoi?

Michael laissa s'écouler quelques secondes et, pour la première fois depuis deux heures, eut enfin un sourire.

— Pour une aventure, mon amour. Tu verras.

— Tu es fou.

Elle riait de son merveilleux rire velouté.

— Oui, je suis fou, fou de toi.

Il se sentait redevenir lui-même. Tout reprenait sens. Rien ni personne ne pourrait dorénavant la lui ravir, ni sa mère, ni le dossier, rien. Ce qu'il avait juré à Nancy, sur la plage où ils avaient enfoui les perles, il l'avait juré sérieusement : il n'allait jamais la quitter.

— O.K. Nancy Fancy-pants, grouille-toi. Mets-toi du vieux, du neuf sur le dos…

Il rayonnait de joie.

— À quoi veux-tu en venir? demandait-elle, étonnée.

— Je veux te dire que nous allons nous marier, dès ce soir. Tu es d'accord?

— Sans doute, mais…

— Il n'y a pas de mais. Dépêche-toi, habille-toi en mariée.

— Pourquoi ce soir?

— L'instinct, ma chérie. Fais-moi confiance. Et puis, c'est la pleine lune.

— Oui, je crois.

Elle finit par sourire elle aussi. Elle allait se marier, ils allaient se marier!

— Dans une heure, ma mie… Nancy, je t'aime.

Il raccrocha et courut à la porte d'embarquement. Il fut le dernier à monter dans l'avion. Rien maintenant ne pourrait l'arrêter.

3

Il y avait bien dix minutes qu'il frappait. Il n'allait pas renoncer. Il savait que Ben était chez lui.

— Ben, ouvre-moi ! Ouvre, nom d'un chien !

Il finit par entendre des pas. La porte s'ouvrit sur un Ben en sous-vêtements, à moitié endormi et se grattant la jambe.

— 23 heures, et tu dors encore ! Tu m'as l'air éméché.

— Jusqu'au bout des orteils !

Ben se regardait les pieds, l'air espiègle, oscillant sur ses jambes.

— Dégrise-toi, mon vieux. Vite, j'ai besoin de toi.

— Va au diable. J'ai bu six Beefeater, laisse-moi en profiter, merde !

— Je m'en fous ! Habille-toi !

— Mais, je suis habillé…

Michael se dirigea vers la petite cuisine, c'était un vrai fouillis.

— Dis donc, tu as lancé une grenade dans ta cuisine ?

— Oui, et je vais t'en fourrer une dans...

— Bon. Bon. C'est une raison très spéciale qui m'amène !

De la porte de la cuisine, Michael sourit à Ben. Une lueur d'espoir s'alluma dans les yeux de celui-ci.

— On va trinquer, alors !

— Tant que tu voudras, mais plus tard.

— O.K.

Ben se laissa tomber dans un fauteuil, la tête en arrière.

— Veux-tu savoir ce qui m'amène ?

— Non, si tu ne me permets pas de boire. Faut bien que je boive à mon diplôme aussi, voyons.

— Moi, mon vieux, je vais me marier.

— C'est parfait !... (Après une seconde, il se redressa d'un coup, les yeux écarquillés.) Tu vas quoi ?

— Tu as bien compris. Nancy et moi, nous nous marions.

Mike avait dit cela de la voix assurée d'un homme qui sait ce qu'il veut.

— Mais c'est une soirée de fiançailles, dit Ben. Cela vaut bien six autres Beefeater, même sept, même huit !

— Il ne s'agit pas de fiançailles, Avery, il s'agit de mariage, je te l'ai dit.

— Tu te maries ? Mais pourquoi tout de suite ?

— Parce que nous le voulons. D'ailleurs, à quoi bon, tu es encore trop endormi pour comprendre. Pourrais-tu te ressaisir suffisamment pour être notre témoin ?

— Certainement, certainement. Dire que tu vas te marier ! (Ben se leva, tituba et se cogna un orteil contre la table.) Merde...

— Essaie de t'habiller sans te tuer ! Je prépare du café.

— Ça va, ça va.

Il marmonna encore et gagna sa chambre. Il en sortit un peu dégrisé. Il avait même mis une cravate et une chemise rayée bleu et rouge. Michael lui jeta un grand sourire narquois.

— Tu aurais pu au moins choisir une cravate qui aille avec ta chemise.

La cravate était marron foncé avec des dessins beige et noir.

— Ai-je vraiment besoin d'une cravate ? (Il avait l'air inquiet.) Je n'ai pas pu en trouver une qui allait avec la chemise.

— Contente-toi de fermer la braguette de ton pantalon, et ça ira ! Tu pourrais aussi, peut-être, trouver ta seconde chaussure quelque part.

Ben se pencha et, s'apercevant qu'il n'avait qu'une seule chaussure, éclata de rire.

— Oui, je suis pas mal parti ! Comment pouvais-je deviner que tu aurais besoin de moi ce soir ? Tu aurais pu au moins me prévenir ce matin.

— Mais, je ne le savais pas encore ce matin.

Ben était devenu sérieux.

— Tu ne savais vraiment pas ?

— Non.

— Tu es certain de ça ?

— Bien sûr. Ne nous retarde pas, veux-tu. Contente-toi de te rendre présentable et nous irons chercher Nancy.

Il présenta à Ben une tasse de café. En grimaçant, Ben but une bonne gorgée.

— Quel gaspillage ! Un bon gin ferait mieux l'affaire.

— Nous t'en paierons une bouteille après le mariage.

— À propos, où va se passer la cérémonie ?

— Tu verras. C'est dans une jolie petite ville que j'aime bien et que je connais depuis mes vacances d'enfant. C'est à peu près à une heure d'ici. C'est parfait comme endroit !

— As-tu ton certificat ?

— Pas besoin. Dans ces petites villes, on ne s'embarrasse pas de formalités. Tout se fait d'un seul coup ! Es-tu prêt ?

Ben finit d'avaler son café.

— Je suis prêt, du moins je le pense. Merde, que je me sens nerveux, pas toi ?

Il regarda Mike, cette fois à peu près lucide. Mike, lui, était très calme.

— Pas du tout.

— Je suppose que tu sais ce que tu fais. Je me demande… Tu sais, le mariage… (Il secoua la tête, baissa les yeux. Il s'aperçut alors qu'il lui manquait toujours une chaussure.) Nancy est une sacrée chouette fille !

— Plus que ça. Elle a tout ce que j'attends d'une femme.

Michael aperçut le soulier sous le divan et le tendit à Ben.

— J'espère que le mariage va combler tous vos désirs, dit Ben, avec un regard très amical.

Michael le serra dans ses bras.

— Merci, mon vieux.

Ils étaient maintenant pressés de partir, pressés de vivre ces moments d'allégresse.

— Suis-je convenable ?

Ben se mit à la recherche de son portefeuille et de ses clés.

— Fantastique !

— Ah, laisse-moi donc faire. Où sont mes sacrées clés ?

Il les cherchait désespérément, alors qu'elles étaient attachées à sa ceinture.

— Allons, Avery. Partons.

Bras dessus, bras dessous, ils vociféraient de vieux refrains de tavernes. Tous les résidents de l'édifice pouvaient les entendre, mais peu importait. C'étaient des étudiants et, deux semaines avant la fin du semestre, ils faisaient tous les fous.

Dix minutes plus tard, Michael et Ben arrivaient devant la maison de Nancy. Elle leur fit signe de sa fenêtre quand elle entendit le klaxon et descendit tout de suite. Les deux jeunes gens restèrent un instant figés. Michael rompit le silence le premier.

— Nom de Dieu, que tu es belle, Nancy ! Où as-tu pris tout ça ?

— Je l'avais déjà.

Encore un autre long silence. Nancy se sentait vraiment comme une mariée, malgré l'heure tardive et l'insolite des circonstances. Elle portait une longue robe blanche avec une toque de satin bleu sur sa chevelure noire. Elle avait porté cette robe au mariage d'une amie trois ans auparavant et Michael ne l'avait jamais vue. Elle avait des sandales blanches et, à la main, un très beau mouchoir de dentelle ancienne.

— Tu vois, j'ai mis du neuf… et du vieux. Ce mouchoir appartenait à ma grand-mère.

Nancy était si belle que Michael en était bouleversé. Ben aussi : la vue de Nancy l'avait complètement dégrisé.

— Tu as l'air d'une princesse, Nancy.

— Merci, Ben.

Celui-ci pencha la tête et glissa sa main sous son col. Il présenta une jolie chaîne en or.

— Je ne fais que te la prêter. C'est un cadeau de ma sœur pour mon diplôme. J'aimerais que tu la portes à ton mariage.

Il se pencha pour la glisser au cou de Nancy. Elle se plaçait très bien dans l'encolure de sa robe.

— Épatant !

— Toi aussi, tu es épatante.

Mike était si impressionné qu'il n'avait pas encore bougé de son siège. Il descendit enfin de la voiture pour lui ouvrir la portière.

— Assieds-toi derrière, Avery. Toi, ma chérie, monte près de moi.

— Elle ne pourrait pas s'asseoir sur mes genoux ? protesta Ben tout en s'apprêtant à monter à l'arrière.

Mike pointa le doigt vers lui.

— Ça va, ça va, mon vieux. Ne t'énerve pas. J'avais simplement pensé qu'en tant que témoin…

— Si tu ne te surveilles pas, tu es un homme mort !

L'atmosphère était à la blague. Nancy s'installa sur le siège après avoir fait une révérence à l'homme qu'elle allait épouser. Un moment, le souvenir de Marion la fit frissonner, mais elle chassa cette pensée.

En ce moment, ce n'était qu'à elle et à Michael qu'il fallait penser.

— Quelle folle nuit… j'adore ça.

En route vers la petite ville, ils passaient du rire au silence, du silence au rire, puis ils se turent. Chacun était plongé dans ses pensées. Michael revivait l'entrevue avec sa mère. Nancy réfléchissait au sens que ce jour avait pour elle.

— C'est encore loin ?

Nancy commençait à être nerveuse. Elle froissait le mouchoir de sa grand-mère dans ses mains fébriles.

— Encore quelques minutes, ma petite, et nous serons mariés.

— Alors dépêchez-vous, monsieur, avant que j'aie les pieds froids !

Ben chantait. Tout le monde riait. Mike appuya sur l'accélérateur pour négocier le virage. Leur rire s'étrangla quand Michael tenta en vain d'éviter un camion qui occupait le milieu de la route et fonçait sur eux. Le chauffeur devait être à moitié endormi : il avançait très vite, ayant perdu le contrôle de son véhicule.

Le seul bruit dont Nancy se souvint, ce fut le cri angoissé de Ben et de sa propre voix, qui lui perçait les oreilles. Ensuite, un interminable vacarme de verre fracassé, de métal grinçant, de grognements de moteur, de cuir déchiré. Et à la fin de ce tintamarre… un trou noir de fin du monde.

Ben eut l'impression de reprendre conscience des années plus tard, la tête coincée dans le tableau de bord de la voiture. Tout était noir autour de lui et il se sentait la bouche remplie de sable. Il mit des heures à ouvrir les yeux, lui sembla-t-il, et l'effort qu'il fit l'épuisa. Tout d'abord, il ne comprit rien à ce qu'il vit. Puis, il se rendit compte qu'il était sur le siège avant et que, ce qu'il regardait, c'était la tête de Michael et le mince filet de sang qui lui coulait sur la joue. C'était une chose étrange à regarder. Pendant un certain temps, il ne put rien faire d'autre. Enfin, la vérité se fit jour dans l'esprit de Ben. Un accident. C'était un accident, Mike conduisait la voiture. Il essaya de se lever pour mieux voir, et crut recevoir un coup sur la tête. Quelques minutes plus tard, il reprit son souffle et ouvrit les yeux de nouveau. Mike était toujours là, il saignait encore, mais Ben s'aperçut qu'il respirait. Il finit par lever la tête et vit, très proche, le camion qui les avait heurtés, renversé sur le bord de la route. Ce qu'il ne vit pas, c'était le chauffeur, mort, sur le plancher de son véhicule. Ben se rendit compte qu'il voyait tout cela par des fenêtres sans glaces. Des éclats de verre étaient répandus partout. Du côté de Mike, plus de portière. Mais n'y avait-il pas quelqu'un d'autre avec eux ? Oui, Nancy… Il lui était extrêmement difficile de se concentrer, à cause de ce terrible mal de tête et de cette douleur dans la jambe.

Il se déplaça un peu et aperçut Nancy, dans une sorte de robe rouge et blanc, la tête renversée sur le capot de la voiture. Elle devait être morte. Oubliant sa douleur, il se glissa par-dessus le tableau de bord pour atteindre

Nancy. Il lui fallait à tout prix la rejoindre… la retourner… l'aider… Il vit une fine poussière sur ses cheveux et le pare-brise écrasé. Dans un suprême effort, Ben tourna péniblement le corps de Nancy et là, comme un petit garçon terrifié, il se mit à sangloter.

— Seigneur…

Il n'y avait plus de visage sous la toque de satin bleu, tout était couvert de sang. Impossible de savoir si elle était vivante ou morte : il n'y avait plus rien de Nancy, rien de son beau visage. Ivre de chagrin, Ben s'évanouit.

4

Installée dans un coin de la chambre, Marion Hillyard regardait son fils. Il était pâle et semblait très souffrant. Elle avait été là, jadis, dans cette même chambre, à regarder un autre visage. On eût dit que rien n'avait véritablement changé. C'est là que Frederick, son mari, était mort en quelques heures, d'une attaque cardiaque. Elle se sentait en ce moment aussi seule et aussi anxieuse. Pas question de pleurer : il ne lui fallait pas se laisser aller à ces souvenirs. Son mari n'était plus, mais Michael était vivant : elle ne permettrait pas que quoi que ce soit lui arrive et elle s'accrocherait à lui jusqu'à la limite de ses forces.

L'infirmière surveillait Michael attentivement mais sans s'alarmer. Il était dans le coma depuis la veille. Marion veillait à son chevet depuis 5 heures du matin, une limousine de service l'ayant amenée de New York. Elle serait venue à pied s'il l'eût fallu. Elle se devait d'être là pour le sauver, lui qui était tout pour elle. Il y avait sans doute les affaires, mais c'est à lui qu'elles étaient destinées. Le plus beau cadeau qu'elle pouvait lui offrir était celui du pouvoir et du succès. Il n'avait pas le droit de tout abandonner pour cette garce de fille. Il n'avait pas le droit de mourir. Ce qui était arrivé était la faute de cette fille. N'était-ce pas elle qui l'avait entraîné ?

L'infirmière se leva brusquement pour soulever les paupières du malade. Marion interrompit ses réflexions, se leva et, silencieuse et tendue, se rapprocha de l'infirmière. Elle tenait à tout voir.

Il ne se passait rien. Aucun changement. L'infirmière, impassible, saisit un moment le poignet de Marion et lui chuchota qu'il n'y avait rien à signaler. Marion la suivit dans le corridor. L'infirmière s'inquiétait maintenant pour Marion.

— Le Dr Wickfield m'a dit de vous prier de partir vers 5 heures, madame Hillyard. J'ai bien peur que...

Elle jeta un coup d'œil à sa montre et regarda Marion avec un air à la fois de reproche et de confusion. Il était 5 heures et quart. Marion venait de passer douze heures au chevet de son fils et n'avait bu que deux tasses de café de toute la journée. Elle ne se sentait pas fatiguée pour autant, elle n'avait ni faim, ni rien... Et elle n'allait pas partir.

— Merci de votre attention. Je vais faire un tour dans le hall et je reviendrai.

Elle n'avait pas l'intention de quitter Michael. Jadis elle avait laissé Frederick une heure à peine pour aller dîner. On avait insisté pour qu'elle mange quelque chose et c'est pendant ce temps-là qu'il était mort. Une telle chose ne se répéterait pas. Elle en était sûre, tant qu'elle serait auprès de lui, Michael ne mourrait pas.

Les lésions étant surtout internes, le Dr Wickfield croyait que Michael ne serait pas long à sortir du coma… Marion ne prendrait pas le risque de s'absenter. N'avait-il pas cru que Frederick s'en tirerait ?

— Madame Hillyard ? (L'infirmière pressa doucement son bras.) Vous devriez vous reposer. Le Dr Wickfield vous a réservé une chambre au troisième.

— Ce n'est pas nécessaire.

Elle jeta un regard vide vers l'infirmière et se dirigea vers l'extrémité du hall. Le soleil brillait encore à travers la grande fenêtre, Marion s'assit sur le rebord, alluma une cigarette et regarda le soleil se coucher derrière une église toute blanche dans cette jolie petite ville de la Nouvelle-Angleterre. Heureusement qu'on était à moins d'une heure de Boston et qu'il avait été facile de faire venir les meilleurs médecins en consultation. Il faudrait sans doute ramener Michael à New York mais, d'ici là, Marion le savait, il était en bonnes mains.

Médicalement, Michael était celui qui avait été le plus atteint par l'accident. Le jeune Avery était sérieusement blessé, mais il était conscient et bien vivant. Son père l'avait ramené à Boston en ambulance dans l'après-midi. Il avait un bras, une jambe et une clavicule fracturés. Quant à la jeune fille, tout était de sa faute, et Marion n'avait aucune raison de s'en soucier. Du pied, Marion écrasa sa cigarette.

La jeune fille s'en tirerait, elle aussi. Ce qu'elle avait perdu, c'était son visage. Une fraction de seconde, Marion voulut réagir contre sa colère, essayer d'être

50

désolée… juste au cas où ce que l'on disait de la charité chrétienne pourrait être vrai, au cas où ses réactions pourraient avoir de l'importance pour Michael, juste au cas où Dieu existerait et la punirait en lui enlevant son fils. Mais non, c'était vraiment au-dessus de ses forces, elle haïssait trop cette fille !

— Madame, je crois vous avoir donné l'ordre de prendre du repos.

Marion se retourna. C'était le Dr Wickfield.

— Marion, vous n'écoutez donc personne ?

— Jamais, quand ça m'est possible ! Comment va Michael ?

Elle fronça les sourcils et alluma une autre cigarette.

— Je viens d'examiner Michael. Son état est stable. Je vous l'ai dit, il va s'en sortir, mais laissons-lui le temps. Son organisme a subi un choc terrible.

— Moi aussi, quand j'ai appris la nouvelle de l'accident… Vous êtes sûr qu'il n'y aura pas de dommages irréparables ?

Elle s'arrêta un moment avant de dire :

— Pas de lésion cérébrale ?

Wickfield lui tapota légèrement le bras et s'assit près d'elle sur le rebord de la fenêtre.

— Je vous l'ai dit, Marion. Tout ira bien. Sans doute faudrait-il qu'il ne tarde pas trop à reprendre conscience. J'ai bon espoir.

— Moi aussi.

Ces deux mots dans la bouche d'une femme forte comme Marion surprirent le médecin. Il y avait donc des aspects de Marion Hillyard que personne ne soup-çonnait.

— Et la jeune fille ?

Au durcissement des traits, au regard acéré, le Dr Wickfield retrouvait la Marion qu'il avait toujours connue.

— Il n'y aura pas de changement pour elle. Pas pour le moment du moins. Son état est resté stable toute la journée et nous ne pouvons absolument rien pour elle. De toute façon, il n'y a que quelques chirurgiens capables de refaire son visage. Il ne lui reste rien d'intact, pas un os, pas un nerf, pas un muscle. Seuls les yeux ont été épargnés.

— Au moins elle pourra se voir !

Le Dr Wickfield bondit.

— Écoutez, Marion. C'est Michael qui conduisait la voiture, pas elle.

Marion renonça à discuter. Elle avait décidé qui était coupable et c'était la jeune femme.

— Qu'arriverait-il si on ne pouvait rien faire pour elle ? Survivrait-elle ?

— Oui, et ce serait tragique, malheureusement. On ne peut attendre de la part d'une fille de vingt-deux ans qu'elle se résigne à une situation aussi atroce. Était-elle jolie ?

— Je suppose. Personnellement, je ne sais pas, puisque je ne l'ai jamais vue.

Elle avait la voix et les yeux durs comme du roc.

— Je vois. En tout cas, elle aura à affronter une réalité très pénible. Ici nous ferons notre possible, mais ce sera peu de chose. A-t-elle de l'argent ?

— Non.

On aurait dit, au ton de sa voix, que Marion prononçait une sentence de mort.

— La pauvre n'aura donc pas grand choix. Les spécialistes de ce genre de chirurgie ne travaillent pas par charité, croyez-moi.

— Pensez-vous à quelqu'un en particulier ?

— Oui, j'en connais quelques-uns. Deux en fait. Le meilleur est à San Francisco.

Une petite flamme s'alluma dans le cœur du Dr Wickfield. Avec tout l'argent dont elle disposait, Marion Hillyard pouvait… à condition évidemment que…

— Il s'appelle Peter Gregson. Je le connais depuis plusieurs années. C'est vraiment un homme exceptionnel.

— Pourrait-il s'occuper de ce cas-là ?

Wickfield eut un sursaut d'admiration. Il eut presque envie de l'embrasser mais n'osa pas.

— Il est peut-être le seul qui pourrait réussir. Alors est-ce que ?… Voudriez-vous que je l'appelle ?

Il avait hésité à le demander. Marion le regardait de ses yeux froids et calculateurs. Que pouvait-elle avoir derrière la tête ? Il eut presque peur.

— Je vous le ferai savoir.

— Très bien. (Il consulta sa montre et se leva.) J'aimerais que vous vous reposiez, Marion. J'y tiens.

— Je sais, dit-elle, le gratifiant d'un petit sourire glacial. Je sais, mais je reste ici, vous le savez bien, il me faut être auprès de Michael.

— Même si ça vous tue ?

— Non, je suis bien trop réaliste pour mourir et, d'ailleurs, j'ai trop à faire, Wicky.

— Est-ce que cela en vaut vraiment la peine ?

Il la regarda un moment avec étonnement : s'il avait eu le dixième de l'ambition de cette femme, il serait devenu un très grand chirurgien. Mais, voilà, il n'était pas aussi ambitieux.

— Est-ce que cela en vaut vraiment la peine ? répéta-t-il plus doucement.

— N'en doutez pas une seconde, si je perdais Michael, je perdrais tout.

— Bon, bon. Je vous concède encore une heure, mais je reviendrai et, s'il faut vous administrer une piqûre de Nembutal, je le ferai et vous traînerai hors d'ici, de force. Est-ce assez clair ?

— Très clair.

Elle se leva, écrasa une autre cigarette et lui donna une petite tape sur la joue.

— Wicky, merci.

Elle le regarda à travers ses longs cils sombres. Pour un moment, elle était toute élégance et toute douceur. Le Dr Wickfield l'embrassa gentiment sur la joue, lui pressa le bras :

— Tout ira bien, Marion.

Il n'osait pas prononcer le nom de la jeune fille. On parlerait de cela plus tard. Il se retira, content d'avoir demandé quelques heures plus tôt à George Calloway de venir. Marion avait besoin de quelqu'un auprès d'elle.

Elle n'avait pas bougé. Elle se décida enfin à revenir lentement vers la chambre de Michael, passant devant des portes ouvertes, des portes fermées. Cet étage était réservé aux cas critiques. On n'entendait absolument rien. Elle avait atteint le milieu du corridor, quand elle perçut des sons saccadés. Ils étaient si faibles qu'elle ne put d'abord savoir d'où ils provenaient. Mais, en voyant le numéro de la chambre, elle sut qui gémissait ainsi. Elle se figea devant la porte comme devant un mur.

Dans la demi-obscurité, elle distingua le lit dans un coin de la pièce. On avait tiré rideaux et persiennes pour protéger les yeux de la patiente.

Marion s'arrêta longuement, craignant d'avancer, tout en sachant qu'il lui fallait le faire. À pas lents, elle se glissa doucement dans la chambre et, au bout de quelques pas, s'arrêta de nouveau. Les sanglots étaient un peu plus forts, plus précipités. La respiration était haletante.

— Il y a quelqu'un ?

La tête de la jeune fille était enveloppée de bandages et sa voix, étouffée, avait un son étrange.

— Il y a quelqu'un ? (La voix s'était faite plus forte.) Je ne vois plus.

— C'est que vos yeux sont couverts de bandages. Vous n'avez rien aux yeux.

Marion parlait d'une voix monocorde et sans chaleur. Elle-même avait l'impression de vivre un rêve. Mais il fallait qu'elle fût là ! Pour Michael !

— On ne vous a rien fait prendre pour vous aider à dormir ?

— Ça ne donne rien du tout. Je reste éveillée.

— Souffrez-vous beaucoup ?

— Non, mais je suis tout engourdie. Qui êtes-vous ?

Marion avait peur de le lui dire. Elle s'approcha du lit, s'assit sur la chaise étroite de vinyle bleu que l'infirmière avait laissée. Les mains de la jeune fille étaient, elles aussi, enfouies dans les bandages.

Marion se rappelait ce que le Dr Wickfield lui avait dit. La jeune fille, au moment de l'accident, avait spontanément ramené ses mains sur son visage pour le protéger. Pas étonnant qu'elles soient aussi gravement blessées que son visage. Pour une artiste, c'était vraiment un désastre. Somme toute, sa vie était fichue, sa jeunesse, sa beauté, son art, sa vie amoureuse.

À ce moment, Marion sut parfaitement quoi lui dire.

— Nancy.

C'était la première fois qu'elle prononçait son nom.

— Est-ce que…, commença-t-elle d'une voix douce en s'asseyant près de la jeune fille. Est-ce qu'on vous a dit à propos de votre visage ?

Le silence s'allongea indéfiniment… brisé soudain par un sanglot étouffé sous les bandages.

— On ne vous a pas dit dans quel état atroce il était ?

Elle eut un haut-le-cœur en proférant ces mots, mais il était impossible pour elle de s'arrêter là. Il lui fallait libérer Michael et, en le libérant, lui permettre de vivre. Cela, elle le sentait jusqu'au fond de ses entrailles.

— Est-ce qu'on vous a dit qu'il serait impossible de vous rendre votre visage ?

Il y avait de la colère dans la voix de Nancy quand elle répondit :

— Ils m'ont menti. Ils m'ont dit que…

— Il n'y a qu'un homme, Nancy, qui peut vous aider à retrouver un visage, mais cela coûterait des centaines de milliers de dollars. Vous ne pouvez sans doute pas vous payer ça. Michael non plus.

— Je ne le laisserais jamais faire ça… Je ne le laisserais jamais.

— Qu'allez-vous faire alors ?

— Je ne sais pas.

Elle se remit à pleurer.

— Oseriez-vous vous présenter devant lui telle que vous êtes ? Pensez-vous qu'il vous aimerait encore ? Même s'il s'efforçait de vous accepter, par loyauté ou par obligation, combien de temps cela pourrait-il durer ? Comment pourriez-vous supporter le mal que vous lui causeriez ?

Les sanglots de Nancy avaient maintenant de quoi faire peur.

— Nancy, il ne vous reste rien, absolument rien.

Le silence revint, pesant, et Marion avait l'impression qu'elle ne cesserait jamais d'entendre ces sanglots. Il fallait les supporter, sinon son intervention serait sans effet.

— Michael est perdu pour vous. Il mérite mieux que cela et, si vous l'aimez, vous le savez.

La jeune fille ne se souciait même plus de lui répondre.

— Vous pourriez commencer une vie nouvelle, Nancy, vous pourriez avoir un nouveau visage.

— Comment ?

— Il y a un chirurgien à San Francisco qui pourrait vous rendre la beauté. Vous pourriez vous remettre à la peinture. Mais cela prendrait beaucoup de temps, beaucoup d'argent aussi. Mais ça en vaudrait la peine, n'est-ce pas, Nancy ?

Un très léger sourire passa sur les lèvres de Marion. Elle se trouvait maintenant sur un terrain familier, puisqu'il s'agissait d'un marché impliquant des centaines de milliers de dollars.

Un son brisé sortit des bandages.

— Impossible pour nous.

Ce « nous » fit presque frissonner Marion. Ils n'étaient plus un « nous », il n'y avait jamais eu de « nous ».

Marion prit une longue respiration et se ressaisit. Il lui fallait poursuivre. Ce n'était pas cette fille qui était en cause, mais Michael.

— Impossible, Nancy. Mais moi, je puis. Vous savez qui je suis, n'est-ce pas ?

— Oui, je sais.

— Vous comprenez que vous avez perdu Michael. Il ne pourra jamais se résigner aux conséquences de ce tragique accident. Vous comprenez bien cela, n'est-ce pas ?

— Oui, je comprends.

— Et vous vous rendez compte qu'il serait malhonnête d'essayer de le forcer, dans ces circonstances, à vous prouver sa loyauté.

Elle n'osait prononcer le mot « amour », puisque cette fille, selon elle, n'en était pas digne.

— Vous me comprenez bien ?

— Oui.

Cette fois le « oui » était porté par un filet de voix épuisée.

— Vous avez donc perdu tout ce que vous pouviez perdre, n'est-ce pas ?

— Oui.

La voix n'avait plus de couleur, n'avait plus de vie.

— Nancy, je veux vous proposer un marché. (Marion était là, parfaite. Si Michael l'avait entendue, il aurait souhaité la tuer.) J'aimerais que vous pensiez à ce nouveau visage, à cette vie nouvelle, à une nouvelle Nancy. Pensez à tout ce que cela signifierait pour vous. Vous seriez belle de nouveau, vous auriez des amis, vous pourriez sortir, aller dans les restaurants, les cinémas, les magasins. Autrement... les gens se moqueront de vous, vous ne pourrez aller nulle part, sortir avec un homme. Les enfants pleureront en vous voyant. Vous vous rendez compte ? Cependant, vous avez le choix ! (Elle laissa les mots faire leur chemin.) Bien sûr, vous avez le choix, et c'est moi qui veux vous offrir cette vie nouvelle. Vous aurez un appartement dans la ville où vous serez en traitement, vous aurez tout ce que vous désirez. Plus aucun souci, Nancy, et, dans un an environ, le cauchemar sera dissipé.

— Ensuite ?

— Ensuite, vous serez libre. Cette vie nouvelle sera bien à vous.

Une longue pause suivit. Marion se préparait à assener le coup que Nancy attendait.

— Tout cela si vous me promettez de renoncer à Michael. C'est ma condition. Même si vous refusez mon offre, vous avez perdu Michael de toute façon. Pourquoi alors vivre jusqu'à la fin de vos jours comme une épave, quand vous pouvez l'éviter ?

— Mais si Michael ne respectait pas ce pacte ? Je pourrais m'éloigner de lui, mais si lui cherchait à me rejoindre ?

— Tout ce que j'exige, c'est que vous, vous vous teniez loin de lui. Ce qu'il fera dépendra de lui.

— Vous respecterez sa décision ? S'il me désire encore... ou, de toute façon, s'il me revient, ça ne dépendra que de lui ?

— Je respecterai sa décision.

Nancy avait l'impression d'avoir remporté une victoire, elle qui connaissait Michael infiniment mieux que sa mère. Michael ne céderait jamais, il finirait par la rejoindre, il l'aiderait à traverser la dure épreuve. Sa mère serait impuissante, quel que soit son machiavélisme.

Accepter ce marché, c'était une tricherie aux yeux de Nancy. Mais il le fallait, il n'y avait pas d'autre issue.

— Acceptez-vous ?

Marion retenait son souffle dans l'attente du mot qui libérerait Michael. Enfin, il vint.

Le mot, pour Nancy, n'était pas un mot de défaite, mais de victoire. Ne se rappelait-elle pas la promesse faite près de la roche où ils avaient caché les perles ?

Il avait solennellement promis de ne jamais la quitter et elle savait qu'il tiendrait parole.

— Votre réponse, Nancy ?

Marion ne pouvait attendre davantage, son cœur ne l'aurait pas supporté.

— Oui.

5

À 6 heures du matin, Marion Hillyard, portant une robe de lainage noir et un manteau Cardin, se trouvait sur le seuil de l'hôpital. On amenait Nancy dans l'ambulance. Marion ne lui avait pas reparlé. Après l'accord conclu la veille au soir, elle avait demandé au Dr Wickfield d'appeler son confrère de San Francisco. Enthousiaste, Wickfield avait embrassé Marion sur la joue. Il appela Peter Gregson, qui accepta de s'occuper de Nancy. Il fallait la transporter à San Francisco sans tarder. Marion, de son côté, avait réservé une cabine spéciale dans l'avion de 8 heures et engagé deux infirmières. Elle ne regardait pas à la dépense.

— Voilà une fille chanceuse, Marion.

Wickfield était en admiration. Marion écrasa une autre cigarette.

— Bien sûr. Je ne veux pas, cependant, que Michael l'apprenne. C'est clair, Wickfield ?

On sentait au ton de sa voix que, si on ne respectait pas cette consigne, elle annulerait tout.

— Mais pourquoi ? N'a-t-il pas le droit de savoir ce que vous faites pour la jeune fille ?

— C'est entre elle et moi, Wickfield. C'est-à-dire entre nous quatre, puisque Gregson et vous êtes impliqués. Michael n'a pas à être au courant. Quand il sortira du coma, il ne faudra pas lui parler de cette fille. Cela ne ferait que le tourmenter.

Marion avait somnolé sur la chaise toute la nuit, malgré les protestations du Dr Wickfield. Elle se sentait étrangement revigorée depuis cette conversation avec la jeune fille. Selon elle, Michael était maintenant libre de faire sa vie et la jeune fille, libre de mener la sienne comme elle l'entendait. Elle était certaine d'avoir fait ce qui convenait.

— Allons, Robert, vous ne direz rien, n'est-ce pas ?

Elle ne s'adressait jamais à Wickfield par son prénom, sauf quand elle voulait lui rappeler ce que l'hôpital devait à la fortune des Hillyard.

— Évidemment. Si c'est ce que vous voulez.

— C'est ce que je veux.

La portière se referma et la couverture bleue qui enveloppait la jeune fille disparut dans l'ambulance. Les deux infirmières allaient s'occuper de Nancy à San Francisco pendant six à huit mois. Ensuite, de l'avis de Gregson, leurs services ne seraient plus nécessaires. Pendant ces quelques mois, Nancy aurait, la plupart du temps, les yeux bandés, pendant qu'il opérerait ses paupières, son nez, son front, ses pommettes. C'était un visage à refaire complètement. Il y avait d'autres dépenses à prévoir : Nancy aurait besoin des soins prolongés d'un psychiatre pour s'adapter psychologiquement à la femme nouvelle qu'elle allait devenir. Ne pouvant pas ressusciter l'ancienne Nancy, il fallait créer une femme entièrement nouvelle. Cette perspective avait plu à Marion : la jeune femme s'éloignerait d'autant plus de Michael. Aucune chance pour lui de la reconnaître plus tard. Il ne fallait pas qu'un tel accident se produise.

Marion repassa dans son esprit les arrangements qu'elle avait conclus avec Gregson. Ce Gregson lui avait paru un homme brillant, dynamique. D'une quarantaine d'années, il jouissait d'une renommée internationale. Oui, cette jeune femme avait de la chance ! La secrétaire de Gregson allait la pourvoir de tout : un appartement, une garde-robe. En peu de temps, on avait pu régler l'aspect financier de l'affaire : dix-huit mois de chirurgie, soins du psychiatre, service des infirmières. Le tout s'élevait à quatre cent mille dollars. Le prix avait paru raisonnable à Marion, qui comptait appeler sa banque vers 9 heures et faire virer la somme sur la côte ouest, au compte de Gregson. L'argent serait transféré avant même l'ouverture de la banque de San Francisco. Non pas que Gregson eût quelque inquiétude à ce sujet. Il comprit vite quel genre de femme était Marion. Qui aurait pu ne pas s'en rendre compte ?

— Pourquoi ne venez-vous pas, Marion ? Allons prendre le petit déjeuner.

Wickfield perdait tout espoir d'avoir quelque influence sur elle. Calloway avait fait savoir qu'il ne pourrait partir de New York avant le matin. Ce qu'il ignorait, c'est que Marion avait fait annuler son voyage. Elle tenait à être seule pour manigancer ses affaires. Tout allait trop bien jusqu'ici.

— Marion ! Le petit déjeuner.

— Plus tard, Wicky, plus tard. Je veux voir Michael.

— J'irai, moi aussi, jeter un coup d'œil.

Marion s'arrêta un moment aux toilettes des dames et Wickfield prit les devants. Il ne s'attendait à aucun changement, puisqu'il avait examiné Michael une heure plus tôt.

Il régnait un calme étrange dans la chambre quand Marion y pénétra cinq minutes plus tard. Wickfield se tenait un peu à l'écart, l'air très sérieux. L'infirmière n'était plus là. Le soleil de la Nouvelle-Angleterre inondait la pièce et on ne savait d'où venait le bruit constant d'une goutte d'eau tombant dans un lavabo.

L'ambiance était trop calme. Marion frissonna. C'était comme quand Frederick... Sa main se posa spontanément sur son cœur. Son regard alla de Wickfield au lit, puis s'immobilisa. Ses yeux se remplirent de larmes à la vue de Michael qui souriait, de son petit garçon qui lui souriait. D'un pas mal assuré, elle s'approcha, se pencha et caressa le visage de Michael.

— Bonjour, mère.

C'était les plus belles paroles qu'elle ait jamais entendues et son sourire se noya dans les larmes.

— Je t'aime, mon Michael.

— Moi aussi, je t'aime, mère.

Même Wickfield avait les larmes aux yeux en voyant vivant ce garçon si jeune, si beau, et cette femme qui s'était tellement dépensée pour lui ces derniers jours. Subrepticement, il se glissa hors de la chambre.

Marion étreignit longuement son fils, lui caressant la tête.

— Ne t'en fais pas, mère, tout ira bien. Que j'ai faim !

Marion éclata de rire. Que c'était bon de le savoir bien vivant et tout à elle maintenant.

— Tu auras le plus gros, le plus succulent des petits déjeuners, pourvu que Wicky soit d'accord.

— Au diable, Wicky ! Je meurs de faim.

— Michael ! Voyons !

Impossible pour elle de se fâcher. Elle ne pouvait que le chérir. Elle continuait de le couver des yeux, quand elle perçut comme un voile sur le visage de son fils. Jusque-là, il avait réagi comme il l'avait fait lors de son opération des amygdales, ne réclamant que sa mère et de la crème glacée. Cette fois, il voulait se lever, il cherchait ses mots, il fallait qu'il l'interroge. Sa mère continuait de le regarder et de lui tenir la main.

— Ne t'en fais pas, mon chéri.

— Maman, et les autres ?... L'autre soir... Je me souviens que...

— Ben est retourné chez son père à Boston. Il a été pas mal ébranlé, mais il va bien, beaucoup mieux que toi.

Elle reprit son souffle et resserra son étreinte, prévoyant la suite. Elle était prête à l'affronter.

— Et Nancy ? (La figure de Michael avait la pâleur de l'ivoire.) Et Nancy, mère ?

Les larmes coulèrent de ses yeux quand il lut la réponse dans les yeux de sa mère, qui, assise près du lit, promenait son doigt sur le pourtour de son visage.

— Elle n'a pas survécu. Ils ont fait l'impossible mais les blessures étaient trop graves.

Elle se tut juste une seconde et ajouta :

— Elle est morte tôt ce matin.

Michael scrutait le visage de sa mère pour en savoir davantage.

— Je suis restée à son chevet pendant quelque temps, la nuit dernière.

Michael enfouit sa tête dans l'oreiller et pleura comme un enfant. Marion le tenait par les épaules. Michael répéta le nom de Nancy jusqu'à l'épuisement.

Quand il se retourna vers sa mère, celle-ci perçut sur son visage quelque chose qu'elle n'avait jamais vu. On aurait dit qu'en répétant le nom de Nancy, il s'était vidé d'une part de lui-même. Cette part de lui-même avait coulé comme le sang d'une blessure et avait cessé de vivre.

6

Nancy entendit sous le ventre de l'avion le bruit du train d'atterrissage qui jaillissait et, pour la centième fois, elle sentit la pression de la main qui lui touchait le bras. C'était pour elle un grand réconfort de sentir cette main et encore plus de se rendre compte qu'elle pouvait faire la différence entre les deux infirmières qui l'accompagnaient. L'une avait des mains délicates aux doigts longs et fins ; elles étaient plutôt froides, mais on y sentait beaucoup de force. Nancy redevenait courageuse à leur contact. L'autre avait les mains chaudes, grassouillettes et douces, des mains qui rassurent, affectueuses. C'était cette infirmière, à la voix très douce, qui lui avait administré les calmants. L'autre parlait avec un léger accent. Nancy les aimait bien toutes les deux.

— Ce ne sera plus long maintenant. Déjà on peut voir la baie de San Francisco. Nous arrivons.

En fait, vingt minutes encore allaient s'écouler, et Peter Gregson avait besoin de ces vingt minutes. Il roulait sur la voie rapide dans sa Porsche noire. L'ambulance devait le rejoindre à l'aéroport : il avait été convenu qu'une des jeunes femmes de son bureau ramènerait sa voiture. Il tenait à revenir en ville au chevet de sa patiente. Elle l'intriguait. Ce devait être quelqu'un d'important, puisque Marion Hillyard s'intéressait tellement à elle. Quatre cent mille dollars, c'était une somme ! Les trois quarts lui revenaient à lui ; le reste contribuerait au bien-être de la jeune femme. Gregson s'était engagé à prendre grand soin de sa patiente. De toute façon, il l'aurait fait de son propre chef, puisque ces soins étaient sa responsabilité. Il comptait apprendre à connaître à fond cette femme, afin que s'établisse entre eux une amitié, qu'ils puissent compter l'un sur l'autre. Il le fallait, puisque Peter Gregson allait en quelque sorte donner naissance à Nancy McAllister après une sorte de grossesse de dix-huit mois. Il allait falloir qu'elle soit très courageuse. Elle le serait et il y veillerait, parce que c'était ensemble qu'ils livreraient ce combat. Cette idée l'exaltait parce qu'il aimait ce qu'il faisait et, si étrange que cela fût, il aimait déjà Nancy, il aimait ce qu'il ferait d'elle, ce qu'elle allait être. Il lui donnerait tout ce qu'il pouvait.

Un coup d'œil à sa montre et il accéléra. L'automobile était un de ses moyens de détente. De plus, il pilotait son propre avion, faisait de la plongée sous-marine, quand il en avait le temps, du ski, de l'alpinisme. C'était un homme qui visait haut, qui aimait relever des défis impossibles et gagner la partie. C'est comme cela et pour cela qu'il aimait son travail. Les gens l'accusaient de jouer au demi-dieu, mais c'était plutôt la sensation excitante d'affronter l'impossible qui le stimulait. Il n'avait jamais subi de défaite ni du côté des femmes ni du côté des montagnes. À quarante-sept ans, il avait réussi tout ce qu'il avait entrepris, et allait réussir cette fois encore. Lui et Nancy allaient réussir ensemble.

Ses cheveux noirs flottaient dans le vent, ses yeux éclataient de vitalité. Il gardait encore quelque chose du hâle acquis lors de deux semaines de vacances à Tahiti. Toujours impeccablement vêtu et soigné de sa personne, il portait ce matin-là un pantalon gris et un pull de cachemire bleu comme ses yeux. C'était un homme exceptionnellement séduisant. Mais, plus encore que sa beauté, c'était sa vitalité qui attirait.

Il arriva à l'entrée de l'aéroport au moment même où l'avion de Nancy atterrissait. Il présenta un laissez-passer à un agent qui, avec un grand sourire, prit soin de sa voiture. Personne ne restait indifférent à Peter Gregson, même pas un policier. Il émanait de lui un charme irrésistible, une impression de force maîtrisée. On aimait être près de cet homme.

Il traversa le hall de l'aéroport d'un pas décidé et dit un mot à un contrôleur. Celui-ci prit le téléphone et quelques minutes plus tard on l'escorta jusqu'à un petit véhicule de l'aéroport qui l'amena en vitesse à travers la piste. L'ambulance était arrivée et les préposés s'apprêtaient à descendre la patiente de l'avion. Gregson remercia le chauffeur et se précipita vers l'ambulance pour vérifier si on avait respecté ses consignes. Tout était parfaitement en ordre. Sans doute était-il difficile de savoir comment serait la patiente après ce long voyage, mais il avait tenu à ce qu'elle vînt tout de suite à San Francisco. Il lui serait ainsi possible de se rendre immédiatement compte de son état et de prévoir les interventions qu'il comptait commencer dans quelques jours.

On fit attendre un peu les autres passagers pendant que Nancy était débarqué de l'avion. Les hôtesses de l'air reculèrent d'un pas et détournèrent leurs regards des bouteilles de transfusion qui environnaient la jeune fille enveloppée de bandages. L'aspect des deux infirmières plut à Gregson. Elles avaient l'air à la fois jeunes et compétentes, et semblaient bien s'entendre. C'est ce qu'il espérait, parce qu'elles feraient partie de son équipe pendant les mois à venir. Tout pour lui était important ; il ne fallait tolérer aucune réticence, aucun manque de savoir-faire. Tous devaient donner le meilleur d'eux-mêmes, Nancy comprise. Il y veillerait d'ailleurs, car c'était elle, Nancy, qui serait le principal personnage de l'aventure.

Il attendit qu'on eût déposé doucement la civière dans l'ambulance, sourit aux infirmières et leur fit signe d'attendre. Il monta s'asseoir près de Nancy, prit sa main dans la sienne.

— Bonjour, Nancy. Je suis Peter. Comment s'est passé le voyage ?

Il lui parlait comme on s'adresse à une personne réelle, pas à une chose sans visage. Nancy ressentit un grand soulagement au seul son de sa voix.

— Tout s'est bien passé. Vous êtes le Dr Gregson ?

Le ton de sa voix disait à la fois sa fatigue et son intérêt.

— C'est bien ça. Mais ce Dr Gregson perd un peu de sa gravité quand il accueille une nouvelle collaboratrice.

Nancy apprécia sa façon de dire les choses. Elle aurait souri, si elle en avait été capable.

— Vous êtes venu exprès pour me rencontrer ?

— Vous n'en auriez pas fait autant pour moi ?

— Oui, sans doute.

Elle aurait aimé le regarder.

— Je suis bien content d'être près de vous. Êtes-vous déjà venue à San Francisco ?

— Non, jamais.

— Vous aimerez la ville. Nous allons vous trouver un appartement qui vous plaise. Vous ne penserez plus à repartir. D'ailleurs, la plupart des gens qui mettent les pieds à San Francisco souhaitent y rester pour toujours. Moi-même, je suis venu de Chicago il y a quinze ans et n'y retournerais pas pour tout l'or du monde. Êtes-vous de Boston ?

Il s'adressait à elle comme si elle lui avait été présentée par des amis. Il voulait qu'elle se détende après ce long voyage et jugeait que ces quelques minutes l'y aideraient. Les infirmières en profitèrent pour bavarder avec les deux ambulanciers. De temps à autre, elles jetaient un coup d'œil du côté du Dr Gregson, qui continuait de dialoguer avec Nancy. Il leur plaisait déjà, à elles aussi. Une telle chaleur se dégageait de sa personne !

— Non, je suis originaire de New Hampshire. C'est là que j'ai grandi, dans un orphelinat. À dix-huit ans, je suis venue à Boston.

— Tout ça me paraît assez romantique. Un orphelinat, mais c'est du vrai Dickens, ma foi.

Il donnait une intonation légère à tous ses propos. L'allusion à Dickens fit rire Nancy.

— Pas du tout. Les bonnes sœurs étaient si gentilles que j'ai pensé devenir religieuse moi-même.

— Ah, ah. Vous, là, attention !

Le ton de sa voix la fit rire.

— Mais c'est pour Hollywood, mademoiselle, que nous allons vous préparer. Si jamais vous allez vous cacher dans un couvent, moi, je me jette par la fenêtre. Il vaut mieux me promettre tout de suite de ne jamais entrer dans les ordres.

La promesse était facile à faire, puisqu'elle aimait toujours Michael. Ses rêves de devenir sœur Agnès-Marie s'étaient depuis longtemps dissipés, mais elle s'amusait à taquiner ce Dr Gregson, qui déjà lui plaisait beaucoup.

— Alors entendu, dit-elle, comme à contrecœur, un sourire dans la voix.

— Est-ce là une vraie promesse ? Allons, je veux l'entendre. Répétez après moi : Moi, Nancy, je promets solennellement…

— Je promets.

— Vous promettez quoi ?

Ils riaient ensemble de bon cœur.

— Je promets de ne jamais devenir bonne sœur.

— Bon, ça, c'est mieux.

Il fit signe aux infirmières de les rejoindre et aux préposés de monter dans l'ambulance. Nancy était maintenant prête et il ne voulait pas la fatiguer avec trop de bavardages.

— Auriez-vous l'obligeance de me présenter à vos deux amies ?

— Voyons ! Les mains froides, c'est Lily. Les mains chaudes, c'est Gretchen.

Tout le monde se mit à rire.

— Merci beaucoup, Nancy.

Lily riait avec beaucoup de bienveillance. Nancy souriait intérieurement, se sentant en toute confiance avec ses nouveaux amis. Elle pensait aussi à Michael, se demandant comment il la trouverait à la fin du traitement. Elle aimait bien Peter Gregson et se rendit compte qu'il allait faire d'elle une femme hors du commun.

— Bienvenue à San Francisco, mon petit.

Les mains fraîches de Lily firent place à ses mains à lui, douces et fortes.

7

Les portes de l'ambulance s'ouvrirent et on porta délicatement la civière à l'intérieur de l'hôtel. Le gérant, qui les attendait, avait réservé une suite à un étage supérieur. Ils ne resteraient pas plus de deux jours : ce ne devait être qu'une halte entre l'hôpital et leur résidence. Marion avait des affaires à régler et Michael, de son côté, avait insisté pour qu'on s'arrêtât quelques jours à Boston. Sa mère avait acquiescé, prête à se plier à toutes ses fantaisies.

Les ambulanciers déposèrent soigneusement Michael sur son lit. Il grimaça.

— Nom de Dieu, mère, je n'ai rien. Tout le monde est d'avis que je vais très bien.

— Sans doute, mais il ne faut rien précipiter.

— Précipiter ?

Il parcourut la pièce du regard et se mit à grommeler. Sa mère glissa un pourboire généreux aux infirmiers, qui s'empressèrent de quitter les lieux. La chambre était remplie de fleurs et on avait posé sur la table, près du lit, une immense corbeille de fruits. Il faut dire que Marion était propriétaire de cet hôtel qu'elle avait acheté plusieurs années auparavant.

— Pour le moment, tu vas te reposer. Ne t'énerve pas trop. Veux-tu manger quelque chose ?

Elle avait songé à faire appel aux services d'une infirmière, mais le médecin avait jugé que c'était inutile et Michael, d'ailleurs, aurait été fortement contrarié. Il n'avait qu'à se reposer pendant quelques semaines avant de se mettre au travail.

Michael, de son côté, avait un autre projet.

— Que dirais-tu d'un bon déjeuner ?

— Je mangerais des escargots, des huîtres avec du champagne, des œufs de tortue et du caviar.

Il se souleva dans son lit avec des airs d'enfant espiègle.

— Quel mélange épouvantable ! (Elle ne l'écoutait pas. C'était sa montre qu'elle surveillait.) Allons, fais vite ton menu. George sera ici d'un moment à l'autre et l'assemblée est à 13 heures.

Tout affairée, elle accueillit George Calloway.

— Eh bien, Michael, comment ça va ?

— Après deux semaines dans un hôpital à ne rien faire, je me sens presque gêné.

Il essayait de prendre les choses à la légère, mais il avait encore les yeux alourdis de chagrin. Sa mère l'avait bien remarqué mais attribuait cela à la fatigue. Elle s'était fermé l'esprit à toute autre explication, de sorte qu'elle et Michael n'en avaient pas fait mention. Ils s'entretenaient des affaires, des plans du centre médical de San Francisco, mais jamais de l'accident.

— Je me suis arrêté à ton bureau ce matin, Michael. Vraiment splendide !

George s'assit près du lit.

— Je n'en doute pas.

Michael regarda sa mère, qui était revenue dans la pièce. Elle portait un tailleur Chanel gris pâle avec une blouse bleu clair, des boucles de perles aux oreilles et un collier de trois rangs de perles.

— Mère a un goût parfait !

— Sans aucun doute, dit George en souriant chaleureusement à Marion.

Celle-ci eut un petit geste nerveux.

— Vous deux, cessez de me lancer des fleurs. Nous allons être en retard à l'assemblée. George, vous avez toute la documentation ?

— Oui, j'ai tout.

— Allons-y.

Elle s'approcha rapidement du lit de Michael et se pencha pour l'embrasser sur le front.

— Repose-toi, mon chéri. Et n'oublie pas de commander le déjeuner.

— Oui, mère. Bonne chance pour la réunion !

Elle leva la tête.

— La chance n'a rien à faire là-dedans !

Les deux hommes éclatèrent de rire…

Dès qu'ils furent sortis, Michael se leva. Il le fit lentement, méthodiquement. Il savait clairement ce qu'il voulait. Pendant ces deux dernières semaines, il avait mis au point son projet, il n'avait pensé qu'à cela. C'était même la raison pour laquelle il avait suggéré cette halte à l'hôtel et insisté pour que sa mère assistât elle-même à cette assemblée où on devait discuter de la nouvelle bibliothèque de Boston. Il lui fallait absolument disposer de cet après-midi. Voulant s'assurer que sa mère et George étaient partis pour de bon, il resta assis pendant exactement une demi-heure. Tout était prêt et le scénario il l'avait repassé cent fois dans sa tête. Sans perdre de temps, il tira de sa valise un pantalon gris, une chemise bleue, des souliers, des chaussettes et des sous-vêtements. Il lui semblait ne pas avoir porté de costume depuis des siècles et il fut un peu étonné de se sentir chancelant quand il eut fini de se vêtir. Il dut même s'asseoir pour reprendre souffle. Comme c'était ridicule d'être si faible ! Il n'allait pas renoncer pour autant, ni attendre une journée de plus. Il prit presque une demi-heure pour s'habiller, se peigner, commanda un taxi et se dirigea vers l'ascenseur. Le taxi l'attendait. Il donna l'adresse au chauffeur et monta à l'arrière avec un grand sentiment d'exaltation. C'était comme s'il se rendait à un rendez-vous, comme si elle l'attendait. À la fin de la course, il donna un généreux pourboire au chauffeur et lui dit de ne pas attendre. Il tenait à rester là seul, aussi longtemps qu'il le voudrait. Il avait même caressé l'idée de louer lui-même cet appartement pour y venir à sa guise. Après tout, c'était « leur » appartement et ce n'était qu'à une heure de vol de New York.

Il regardait l'édifice avec beaucoup de tendresse et se surprit à dire tout haut ce qu'il pensait intérieurement :

— Bonjour, Nancy Fancy-pants, je suis à la maison !

Ces mots, il les avait répétés des milliers de fois, quand, naguère, il passait la porte et la trouvait assise à son chevalet, les bras et le visage tachés de peinture, et parfois trop prise par son travail pour l'avoir entendu venir.

Michael gravit lentement l'escalier, fatigué sans doute, mais stimulé par cette impression de rentrer chez lui. Tout ce qu'il voulait, c'était monter, s'asseoir, se sentir près d'elle, près de ses objets familiers. Il perçut la même senteur diffuse dans l'édifice, les mêmes sons, celui de l'eau courante, la voix d'un enfant, le miaulement d'un chat au rez-de-chaussée, le bruit d'un klaxon dans la rue. Il entendait un chanteur espagnol à la radio et se demanda un moment si l'appareil n'était pas dans le studio de Nancy. Il atteignit le palier et, la clé à la main, s'arrêta un long moment. Pour la première fois de la journée, il sentit les larmes lui brûler les yeux : Nancy n'était plus là et, il ne le savait que trop, elle était partie pour toujours. Il se le répétait tout haut pour se graver cette terrible vérité dans l'esprit. Il n'était pas de ces gens qui, n'affrontant pas la réalité, se jouent la comédie. Nancy n'aurait d'ailleurs pas aimé une telle attitude.

Il tourna la clé dans la serrure et attendit, comme s'il eût espéré que quelqu'un apparaisse à la porte. Il ouvrit lentement et sursauta. « Seigneur, où donc… où donc… » Tout était parti, tout, les tables, les chaises, les plantes, les toiles, le chevalet, les vêtements. Il s'entendit crier « Nancy » avec des sanglots de colère dans

la voix. Il ouvrit toutes les portes. Même le réfrigéra-
teur avait disparu. Abasourdi, il dégringola les marches
jusqu'à la loge du concierge, au sous-sol, et martela la
porte jusqu'à ce que le bonhomme finît par répondre.
La porte s'entrouvrit, juste la largeur de la chaîne de
sécurité. Les yeux pleins d'effroi, le concierge reconnut Michael, sourit et ouvrit. Michael l'empoigna par le
collet et se mit à le secouer.

— Où sont ses affaires, Kowalski ? Où diable sont-
elles ? Qu'est-ce que vous en avez fait ? Vous les avez
prises ? Qui les a prises ? Où sont-elles ?

— Quelles affaires ? Oh non, non, pas moi. Je n'ai
rien pris. On est venu il y a deux semaines et on m'a
dit...

Ils tremblaient, lui de peur, Michael de colère.

— Qui ça *on* ?

— Je ne sais pas. Quelqu'un m'a appelé pour me
dire que l'appartement allait rester inoccupé, que
Mlle McAllister était... avait... (Il vit les larmes sur le
visage de Michael et hésita un instant.) On m'a dit que
l'appartement serait vidé à la fin de la semaine. Deux
infirmières sont venues prendre certaines choses. Le
lendemain matin ce fut un camion Goodwill.

— Des infirmières ? Quelles infirmières ?

Michael était éberlué.

— Je ne sais pas qui elles étaient. Elles avaient l'air
d'être infirmières, puisqu'elles étaient habillées en
blanc. Elles n'ont pas pris grand-chose, juste un petit
sac et les toiles. C'est Goodwill qui a emporté le reste.
Moi-même, je n'ai touché à absolument rien, faites-

moi confiance. Je n'aurais certainement pas fait cela à une fille si gentille…

Stupéfait, Michael ne l'écoutait plus, ses yeux allaient de l'escalier à la rue. Le bonhomme secouait la tête. « Pauvre garçon, se disait-il, peut-être qu'il vient tout juste de l'apprendre. »

— Je suis vraiment navré, dit le concierge.

Michael fit un petit signe de tête et sortit dans la rue.

« Comment ces infirmières ont-elles pu savoir ? Comment ont-elles pu faire ça ? Probablement qu'elles ont volé quelques bijoux, des babioles et les peintures. Quelqu'un à l'hôpital les avait sans doute mises au courant. Ces vautours, si je les… »

Il héla un taxi et monta sans tenir compte de la douleur qui commençait à lui marteler la tête.

— Où est le Goodwill le plus proche ?

Le chauffeur mâchouillait un cigare et ne semblait pas particulièrement au courant de ce « Goodwill ».

— Le magasin Goodwill, je veux dire. On y vend des vêtements d'occasion, des vieux meubles.

— Oui, oui, je vois. Ça va.

Ce garçon ne ressemblait pas à ses clients habituels… C'était à cinq minutes de l'appartement de Nancy. L'air frais fit du bien à Michael après le choc qu'il venait de subir.

— O.K., monsieur. C'est ici.

Michael remercia le chauffeur et, l'esprit ailleurs, paya le double du prix de la course. Il n'était pas sûr de vouloir entrer dans ce magasin. Sans doute tenait-il à revoir ces choses, mais dans l'appartement, pas dans une boutique poussiéreuse, les prix déjà marqués sur les étiquettes. Et puis, qu'en ferait-il ? Racheter tout ? Pour en faire quoi ? Il entra dans le magasin, fatigué, encore bouleversé.

Personne ne se montra. Il parcourut un côté du magasin, puis un autre, ne découvrant rien de familier. Soudain, il eut le cœur serré, non pas à cause des objets qui, le matin, lui avaient semblé si importants, mais à cause de celle qui les avait possédés. Elle n'était plus. Quelle importance qu'il retrouve ou non ces objets familiers ?

Il sortit lentement dans la rue, mais, cette fois, il n'appela pas de taxi. Il marcha en aveugle, se laissant guider plus par ses jambes que par sa tête. Il se sentait tout le corps rompu, le cœur comme pétrifié. Dans ce magasin, il s'était senti au bout de son existence. Il attendit qu'un feu rouge passe au vert et puis, à quoi bon… Il s'effondra et s'évanouit.

Il revint à lui quelques minutes plus tard. Autour de lui, sur ce coin de pelouse où on l'avait déposé, une foule de gens s'était attroupée. Un agent le regardait droit dans les yeux.

— Ça va, mon garçon ?

Il était certain que ce jeune homme n'était ni ivre, ni drogué. À voir son teint blême, il avait l'air plutôt malade, à moins qu'il ne fût affamé… Pourtant, il ne donnait pas l'impression d'être pauvre.

— Oui, ça va ! Je suis sorti de l'hôpital ce matin et j'en ai probablement trop fait.

En se relevant, il sourit tristement à cette foule de badauds. L'agent leur demanda de se disperser et revint à Michael.

— J'appelle une patrouille et nous allons vous reconduire chez vous.

— Non, merci. Ça va aller.

— Peu importe. À moins qu'on vous reconduise à l'hôpital ?

— Non, pas ça.

— Très bien. On vous ramène chez vous !

Il transmit un message par talkie-walkie et se rapprocha de Michael.

— Ils seront ici dans une minute. Vous êtes malade depuis longtemps ?

— Depuis deux semaines.

Michael avait une cicatrice à la tempe, mais trop petite pour que le policier pût la remarquer.

— Bon, ne vous inquiétez pas !

La voiture de patrouille freina doucement et l'agent aida Michael à marcher.

Michael essaya de sourire au policier en le remerciant, mais celui-ci restait perplexe. Il y avait une telle détresse dans les yeux de ce jeune homme.

Michael donna aux policiers de la patrouille une adresse proche de l'hôtel. Puis il rentra à pied.

Personne. Il renonça à enlever ses vêtements et à se remettre au lit. À quoi bon cette comédie ? Il avait fait ce qu'il voulait, même si cette sortie ne l'avait conduit nulle part. Ce qu'il cherchait, en définitive, c'était Nancy et il savait qu'il ne la retrouverait jamais ailleurs que dans son propre cœur.

La porte de l'appartement s'ouvrit pendant qu'il regardait par la fenêtre. Il ne se retourna pas, n'ayant nulle envie de les revoir, ni de savoir quoi que ce soit de la réunion, ni même de feindre.

— Qu'est-ce que tu fais debout comme ça ?

Sa mère avait parlé comme si elle s'adressait à un enfant de sept ans plutôt qu'à un jeune homme de vingt-cinq ans. Il se retourna, ne dit rien d'abord, puis :

— Il était temps que je me lève, mère. Je ne resterai pas au lit indéfiniment. Je pars pour New York ce soir !

— Quoi ?

— Je pars pour New York !

— Mais pourquoi ? Toi qui voulais tant venir ici !

Elle était complètement décontenancée.

— Vous avez eu votre réunion. (« Et moi, mon rendez-vous », pensa-t-il.) Il n'y a aucune raison de traîner ici plus longtemps. Et je tiens à être au bureau demain. Vous êtes d'accord, George ?

George le regarda, un peu inquiet de l'accablement qu'il lisait dans les yeux du jeune homme. Il n'avait sans doute pas l'air très costaud, mais l'inaction lui était probablement encore plus pénible.

— Tu as peut-être raison, Michael. Tu pourrais d'abord faire des demi-journées.

— Vous êtes stupides, tous les deux. Vous semblez oublier que Michael n'est sorti de l'hôpital que ce matin.

— Évidemment, mère, quand il s'agit de toi, tu prends un tel soin de ta santé ! dit-il ironiquement.

Il la regarda se laisser aller tranquillement dans le fauteuil.

— Très bien, très bien.

— Et l'assemblée, tout s'est bien passé ?

Michael s'assit devant elle et fit mine d'être intéressé. Il allait dorénavant se forcer à l'être, car cet après-midi il avait pris une décision : celle de ne vivre que pour une seule chose, son travail. Que lui restait-il d'autre, en effet ?

8

— Vous êtes prête ?

— Je crois, oui.

Elle ne sentait absolument rien à partir des épaules ; c'était comme si on lui avait coupé la tête. Ces lumières brillantes de la salle d'opération auraient dû la faire sourciller mais, même cela, elle ne le pouvait pas. Tout ce qu'elle voyait, c'était la figure de Peter penchée sur elle, son masque de chirurgien et ses yeux vifs. Pendant trois semaines, Gregson avait étudié les radiographies, avait pris des mesures, dessiné, discuté avec Nancy. La seule photographie dont il disposait était cette photo prise à la foire le jour de l'accident. Malheureusement le visage de Nancy y était partiellement caché par ce stupide panneau de bois à travers lequel elle et Michael avaient passé la tête. C'était là un point de départ qui lui donnait une certaine idée, mais il projetait davantage : il voulait faire d'elle une femme différente, une femme de rêve.

Peter sourit de nouveau et remarqua que les paupières de Nancy s'alourdissaient.

— Il va falloir rester éveillée et ne pas cesser de parler. Même si vous en ressentez l'envie, il ne faut pas dormir.

Il la distrayait avec des histoires, des plaisanteries, lui posait des questions, la faisait penser à quantité de choses, lui demandait les noms de toutes les bonnes sœurs de son enfance.

— Vous êtes sûre que vous ne voulez plus devenir sœur Agnès-Marie ?

Ils se taquinèrent durant ces trois heures d'intervention et Nancy admirait les mouvements fascinants de ces mains qui voltigeaient comme des danseuses de ballet.

— Vous rendez-vous compte que, dans quelques semaines, vous serez dans votre propre appartement avec vue sur… À propos, quelle vue voudriez-vous avoir ? Aimeriez-vous, de votre chambre, voir la baie de San Francisco ?

— Certainement. Pourquoi pas ?

— Vous n'êtes pas plus enthousiaste que ça ? J'ai l'impression que vous avez eu le goût gâché par ce que vous découvrez de cette fenêtre d'hôpital.

— Mais, ça me plaît beaucoup !

— Bon, bon. Nous irons ensemble dénicher quelque chose de mieux.

— Entendu !

Elle était ravie, c'était perceptible à travers sa voix somnolente.

— Est-ce que je peux dormir maintenant ?

— Encore quelques minutes, princesse, et on va vous transporter dans votre chambre, où vous pourrez dormir tout votre soûl.

— Tant mieux.

— Je vous ai ennuyée à ce point ?

Son faux air blessé la fit rire aux éclats.

— Eh bien, voilà ! C'est fini !

Il fit un signe à son assistant, recula un moment et une infirmière fit une piqûre à Nancy. Peter se pencha ensuite et sourit à ces yeux qu'il connaissait déjà si bien. Le reste, il ne pouvait le voir, pas encore en tout cas. Mais les yeux de Nancy, il les voyait, comme elle voyait les siens.

— Savez-vous qu'aujourd'hui est pour moi un jour bien particulier, Nancy ?

— Mais… oui.

— Oui ? Comment l'avez-vous deviné ?

C'était le jour de l'anniversaire de Michael, mais Nancy n'osait le dire. Michael avait vingt-cinq ans aujourd'hui. Que pouvait-il faire en ce moment ?

— Je le savais, tout simplement.

— C'est pour moi un jour très particulier, dit Peter, parce qu'il marque un commencement, la première étape d'un merveilleux voyage vers la Nancy nouvelle. Qu'en pensez-vous ?

Il lui sourit, mais déjà les yeux de Nancy s'étaient fermés doucement. Elle dormait.

— Bonne fête, patron !

— Ne m'appelle pas comme ça, imbécile. Mon pauvre Ben, tu ne m'as pas l'air en forme du tout !

Aidé de sa secrétaire, Ben avança clopin-clopant sur ses béquilles vers une chaise dans le somptueux bureau de Michael.

— On t'a installé un bureau sublime ! Est-ce que le mien sera aussi beau ?

— Si tu veux celui-ci, je te le laisse. Il me déplaît souverainement.

— C'est gentil à toi, Michael. Alors, quoi de neuf ?

Leurs relations étaient tendues. Ils ne s'étaient vus que deux fois depuis le retour de Ben à Boston. C'était vraiment difficile pour eux de ne pas parler de Nancy, alors qu'ils ne pouvaient s'empêcher de penser à elle.

— Le médecin m'a dit que je pourrais commencer à travailler la semaine prochaine.

Michael se mit à rire en secouant la tête.

— Mais tu es complètement fou, mon vieux !

— Et toi, t'es pas fou ?

Les yeux de Michael s'assombrirent.

— Je n'ai rien de cassé, moi. Rien d'apparent en tout cas. Je te l'ai dit, Ben, tu as encore un mois, deux mois, si tu veux. Pourquoi ne pars-tu pas en Europe avec tes sœurs ?

— Qu'est-ce que je ferais là-bas ? M'asseoir dans un fauteuil roulant et rêver de bikinis ? Je pourrai commencer à travailler dans deux semaines ?

— On verra !

Après un long silence, Mike regarda son ami avec une expression d'amertume que Ben ne lui connaissait pas.

— À quoi bon ?

— Que veux-tu dire par là, Michael ?

— Exactement ce que cela veut dire. On va trimer comme des imbéciles pendant cinquante ans, tromper le plus de monde possible, faire le plus d'argent qu'on pourra… et après ?

— Tu es gai, toi, ce matin. Qu'est-ce qui t'est arrivé? Tu t'es écrasé le doigt en fermant un tiroir de ton bureau?

— De grâce, Ben, sois sérieux, veux-tu? Moi, en tout cas, je me pose sérieusement des questions sur le sens de notre vie. À quoi rime tout ça?

C'était une question que Ben non plus ne pouvait éviter.

— Je ne sais pas trop, Mike. L'accident m'a fait réfléchir, et j'en suis à me demander, moi aussi, ce qui est vraiment important dans la vie.

— Et tu es arrivé à une conclusion?

— Je ne sais pas. Je suis en tout cas très reconnaissant d'être encore vivant. Peut-être l'accident m'a-t-il au moins appris le prix de la vie. (Il avait les larmes aux yeux.) Ce que je ne comprends pas, c'est pourquoi c'est arrivé comme ça. Je voudrais que... J'aurais voulu que ce soit plutôt moi...

Mike ferma les yeux un instant, puis contourna le bureau pour s'approcher de son ami. Ils se tinrent très près l'un de l'autre, réconfortés par leurs dix années d'amitié.

— Merci, Ben.

— Écoute, j'ai une idée. (Ben essuya ses larmes.) Morbleu, c'est ta fête! Si nous sortions et allions prendre quelques verres?

Michael se mit à rire et acquiesça avec l'air d'un petit garçon complice d'une conspiration.

— C'est parfait! 17 heures et aucune autre réunion où ma présence est requise. On ira au Oak Room s'en payer une bonne!

Une demi-heure plus tard, ils étaient déjà sur la voie d'une cuite carabinée.

Michael ne regagna pas l'appartement de sa mère avant minuit et il fallut que le concierge lui donne un coup de main pour monter l'escalier. Le lendemain matin, la bonne le trouva endormi sur la moquette.

Il avait peine à ouvrir les yeux quand il se présenta au petit déjeuner. Sa mère était déjà à table, lisant le *New York Times*. L'odeur des toasts et du café faillit le faire vomir.

— Ce devait être bien intéressant, hier soir, dit-elle d'un ton glacial.

— J'étais avec Ben.

— Ta secrétaire m'a dit ça. J'espère que vous n'en ferez pas une habitude.

— Merde, pourquoi pas ? On ne peut pas boire de temps en temps ?

— D'abord, on ne quitte pas le bureau avant l'heure et on ne se soûle pas comme ça, non plus. Vous deviez avoir l'air intelligent, quand vous êtes rentrés !

— Je ne m'en souviens pas.

Il tentait désespérément de boire son café.

— Il y a autre chose que tu as oublié. (Elle déposa un document sur la table en lui lançant un regard furieux.) Nous avions un dîner au Twenty-One, hier soir. Je t'ai attendu pendant deux heures. Il y avait là neuf personnes. C'était ton anniversaire. Tu sais ça au moins ?

Michael était excédé.

— Tu ne m'as rien dit à propos de ces gens, tu m'as simplement invité à dîner. J'ai cru qu'il n'y aurait que toi et moi.

Ce fut tout de suite la bagarre.

— Évidemment, comme il ne s'agissait que de moi, ça ne te gênait pas de me laisser tomber !

— Non, de grâce ! J'ai simplement oublié. Et puis, ce n'était pas un anniversaire qui me faisait particulièrement plaisir.

— Je suis désolée !

Elle ne semblait pas se rendre compte de ce que cet anniversaire pouvait avoir de particulier. Vexée comme elle était, elle s'en souciait peu.

— Cela m'amène à parler d'autre chose, mère. J'ai l'intention de déménager d'ici, et d'aller vivre ailleurs.

— Mais pourquoi ?

— Parce que j'ai vingt-cinq ans. Je travaille pour toi, mais je n'ai pas pour autant à vivre avec toi.

— Tu es libre...

Elle commençait à se poser des questions sur ce jeune Avery, se demandant quelle sorte d'influence il exerçait sur Michael. Cette idée de partir pouvait bien venir de lui.

— Ne parlons plus de cela pour le moment. J'ai un terrible mal de tête...

— Tu as la gueule de bois, tu veux dire. (Elle jeta un coup d'œil à sa montre et se leva.) Je te reverrai au bureau dans une demi-heure. N'oublie pas la réunion avec les gens de Houston. Tu es bien au courant de l'affaire ?

— Je le serai, mère. À propos de mon appartement, je regrette, mais j'estime que le temps est venu pour moi.

Elle le regarda un moment d'un regard sévère, puis soupira.

92

— C'est bien possible, Michael, c'est bien possible. Bon anniversaire, de toute façon !

Elle se pencha pour l'embrasser, qui s'efforça de lui sourire malgré son effroyable migraine.

— J'ai laissé un petit cadeau pour toi sur ton bureau !

— Tu n'aurais pas dû.

Aucun présent ne pouvait dorénavant avoir quelque importance pour lui. Ben avait bien compris ça, il ne lui avait rien apporté.

— Les anniversaires sont les anniversaires, après tout. Je te reverrai au bureau.

Quand elle fut partie, Michael resta longtemps dans la salle à manger à regarder par la fenêtre. Il savait quel appartement il aurait voulu. Cet appartement se trouvait à Boston. Il ferait pourtant l'impossible pour en dénicher un pareil à New York.

Jusqu'à un certain point, il n'avait pas renoncé à son rêve, même s'il estimait ridicule de s'y accrocher encore.

9

— Bonjour, Suzanne. M. Hillyard est là ?

Ben avait sa barbe de fin de journée quand il arriva au bureau de Mike. Il n'était pas encore vraiment fourbu mais soulagé d'être arrivé à la fin de la journée. Il n'avait pas eu un moment pour souffler.

— Il est là. Dois-je vous annoncer ?

Elle lui souriait, et Ben ne put s'empêcher de lorgner la silhouette pourtant vêtue avec sobriété. Marion Hillyard ne prisait guère les secrétaires qui avaient trop de sex-appeal, même au service de son fils… Surtout de son fils ? se demandait Ben.

— Non, merci. Je vais m'annoncer moi-même. (Il s'avança, tenant à la main un dossier qui lui servait de prétexte, et frappa à la lourde porte de chêne.) Personne ?

Pas de réponse. Il frappa de nouveau, sans résultat.

— Vous êtes sûre qu'il est là ?

— Oui, je suis sûre.

— Bon !

Ben essaya encore une fois. Enfin, un hennissement lui signifia d'entrer. Ben ouvrit la porte avec circonspection et regarda autour de lui.

— Tu dors ou quoi ?...

Michael regardait son ami avec un large sourire.

— J'aimerais bien pouvoir dormir. Regarde-moi ce fouillis.

Il était cerné par des dossiers, des maquettes, des plans, des rapports, de quoi occuper dix hommes pendant dix ans.

— Assieds-toi, Ben.

— Merci, patron.

Ben ne pouvait s'empêcher de le taquiner.

— La ferme ! Qu'y a-t-il dans le dossier que tu m'apportes ?

Il se passa la main dans les cheveux et se renversa dans le lourd fauteuil de cuir. Il commençait à s'habituer à cet ameublement, à ce décor plutôt impersonnel. Cela n'avait plus d'importance pour lui, qui n'avait d'attention que pour son travail et ne portait aucun intérêt à ces murs, à ce bureau ou à sa secrétaire, et ce depuis quatre mois.

— Ne me dis pas, je te prie, que tu m'apportes un autre paquet de problèmes en rapport avec ce sacré centre commercial de Kansas City. C'est à me rendre fou.

— Dis-moi, Mike, quel est le dernier film que tu as vu ? *Le Pont sur la rivière Kwaï* ou *Fantasia* ? Il ne t'arrive donc jamais de sortir d'ici ?

— Quand j'en ai la possibilité, répondit Michael, le nez dans ses papiers. Alors, ton dossier ?

— Ce n'est qu'un prétexte. Je voulais simplement te parler.

— Et tu ne peux faire ça sans recourir à un stratagème ?

Ils se souriaient comme autrefois quand, au collège, ils s'arrangeaient pour bavarder, sous prétexte de se consulter.

— Je n'oublie pas que ta mère n'est pas précisément la plus tolérante des femmes.

— Si ce n'était que ça !

Tous deux savaient pertinemment qu'elle était pire encore, mais ils ne pouvaient, ni l'un ni l'autre, le dire ouvertement. Marion ne supportait pas que les gens « flânent » dans les bureaux, comme elle disait. Elle avait l'œil vif pour s'enquérir de tous les dossiers que les employés avaient en main.

— Comment ça va, Ben ? Comment étaient les Hampton cet été ?

Ben s'immobilisa un moment et regarda Michael attentivement avant de lui répondre.

— Est-ce que cela t'intéresse vraiment ?

— Tu veux dire toi ou les Hampton ?

Michael avait l'air exténué. Sa peau était blême comme sous l'effet d'un froid hivernal. C'était pourtant le début de l'automne.

— Je me fais du souci pour toi, Ben.

— Tu n'as pas l'air de te préoccuper beaucoup de toi-même. T'es-tu regardé dans un miroir récemment ? Tu ferais peur à la mère de Frankenstein !

— Merci bien !

— Il n'y a pas de quoi. De toute façon, c'est à cause de ça que je suis venu.

— De la part de Mme Frankenstein ?

— Non, de la part de ma mère. Nous tenons à ce que tu viennes avec nous à Cape Cod. J'y tiens. Nous y tenons tous. Écoute, si tu refuses je saute par-dessus ce bureau et je te sors d'ici de force.

— J'aimerais bien, Ben, mais c'est impossible. L'affaire de Kansas City me préoccupe avec les mille problèmes qui s'y rattachent et, apparemment, nous n'arriverons pas à les résoudre tous. Tu le sais, toi qui étais à la réunion d'hier.

— Les vingt-trois autres personnes qui étaient là hier, laisse-les s'en occuper, au moins pendant ce week-end. À moins que ta vanité t'empêche de consentir à ce que d'autres touchent à tes affaires.

Ils savaient tous les deux que là n'était pas la vraie raison. Le travail était devenu pour Michael une véritable drogue qui le rendait indifférent à tout le reste et dont il abusait depuis qu'il avait mis les pieds dans ce bureau.

— Allons, Michael. Donne-toi un peu de bon temps. Au moins une fois !

— Je ne peux absolument pas, Ben.

— Merde ! Qu'est-ce qu'il faut que je te dise ? Mais regarde-toi ! Tu es en train de te tuer et je me demande pourquoi !

Il hurlait presque et sa voix résonnait en Michael, qui sentait l'émotion intense de son ami.

— À quoi cela sert-il, Mike ? Ce n'est pas en te tuant à la tâche que tu vas la faire revenir. Tu es vivant, nom de Dieu, et tu as vingt-cinq ans. Vas-tu te brûler comme le fait ta sacrée mère ? C'est ce que tu veux, être comme elle ? Tu voudrais, comme elle, vivre, manger, boire et dormir pour ces damnées affaires ? C'est ça la vie, pour toi ? C'est toi ça ? Moi, je ne le crois pas. Je sais que ce n'est pas toi, ça, mon vieux, et c'est toi que j'aime bien. Tu te traites comme un chien et je n'ai pas l'intention de te laisser faire. Sais-tu ce qu'il faudrait que tu fasses ? Tu devrais sortir avec la jolie secrétaire assise là, à la porte du bureau, ou avec la douzaine d'autres femmes que tu pourrais rencontrer dans les meilleurs clubs en ville. Sors de ce trou avant que…

Mike l'interrompit. Appuyé au bureau, il tremblait, encore plus pâle.

— Fous-moi le camp d'ici, Ben. Va-t'en avant que je te tue. Va-t'en !

C'était le rugissement d'un animal blessé. Les deux hommes se dévisageaient, effrayés par ce qu'ils avaient ressenti et par ce qu'ils s'étaient dit.

— Je m'excuse, Ben.

Michael se rassit et s'enfouit la tête dans les mains.

— Si nous laissions ça pour aujourd'hui.

Il ne regardait plus Ben. Celui-ci traversa lentement la pièce, les épaules basses, et sortit en fermant doucement la porte. Il n'y avait plus rien à dire.

Intriguée, la secrétaire de Michael regarda Ben passer, mais ne dit rien. Elle avait entendu les hurlements, tout le monde les aurait entendus, pour peu qu'on ait écouté.

Ben croisa Marion dans le hall, mais elle était occupée avec Calloway et Ben n'était pas d'humeur à lui lancer une de ses plaisanteries habituelles. Elle l'écœurait, pour le mal qu'elle permettait à Mike de se faire à lui-même. Qu'il travaille ainsi servait ses intérêts à elle, servait ses affaires, son empire, et la dynastie… Ben Avery en était indigné.

Ce soir-là, il sortit du bureau à 18 h 30 et, de la rue, il vit encore de la lumière dans le bureau de Michael. Il savait qu'il y en aurait jusqu'à 23 heures et même jusqu'à minuit. Pourquoi pas, après tout ? Quel intérêt avait-il à rentrer chez lui ? Il avait loué un appartement sur Central Park sud, trois mois plus tôt. Quelque chose dans sa disposition avait rappelé à Ben celui de Nancy à Boston. Il était sûr que Mike l'avait remarqué lui aussi. C'était fort probablement la raison qui le lui avait fait choisir.

Quelque chose de grave s'était produit chez Michael. Ce qui lui restait de goût de vivre avait disparu et il avait commencé cette folle ronde de travail. Il n'avait dès lors rien fait pour cet appartement. Il ne faisait qu'y croupir, dans une solitude froide et livide. L'ameublement consistait en tout et pour tout en deux chaises pliantes, un lit et une lampe hideuse posée à même le plancher. On eût dit que le locataire venait d'être évincé, le matin même.

Ben était déprimé à la seule pensée de rentrer là… Il pouvait s'imaginer ce que Mike ressentait… même s'il prétendait que l'ambiance ne l'affectait nullement, ce dont Ben doutait fort.

Il lui avait donné trois plantes vertes en juillet. L'une d'elles était morte à la fin du mois et comme la lampe affreuse, les pots restaient là, sans qu'il en prît soin.

Ben n'aimait pas ça du tout, mais il n'y pouvait rien. Nancy, elle, aurait pu, mais elle était morte. À penser à elle, il sentait encore une sorte de malaise comparable à ce qu'on ressent quand la fatigue vous prend aux chevilles et vous coupe les jambes. Ben s'était remis de ses fractures. Sa jeunesse y avait été pour beaucoup. Il espérait qu'il en serait de même pour Michael. Mais les blessures de Michael étaient d'un autre ordre, visibles seulement dans ses yeux et sur son visage à la fin d'une journée de travail, quand, assis à son bureau, il regardait dans le vague.

10

— Eh bien, petite madame, ai-je tenu ma promesse ?
N'avez-vous pas, d'ici, la plus belle vue sur la ville ?

Peter Gregson était sur la terrasse avec Nancy et ils
partageaient la même admiration. Nancy portait encore des bandages, mais ses yeux étaient partiellement
dégagés. Ses mains étaient maintenant libres ; elles
n'étaient plus les mêmes, sans doute, mais leurs gestes
étaient ravissants quand elles détaillaient le paysage.

De la terrasse on pouvait voir toute la baie de San
Francisco avec le Golden Gate Bridge à gauche,
Alcatraz à droite et Marin County en face. De l'autre
côté de la terrasse, la vue qui donnait sur la ville, au
sud et à l'est, n'était pas moins impressionnante. Cette
terrasse circulaire la comblait également de levers et de
couchers de soleil, et lui procurait toute la journée un
immense plaisir. Et le temps avait été superbe depuis
qu'elle occupait cet appartement que Peter lui avait
trouvé comme il l'avait promis.

— Je suis terriblement gâtée...

— Vous le méritez bien. À propos, je vous ai apporté quelque chose.

Elle se mit à battre des mains comme une fillette. Gregson lui apportait toujours l'une ou l'autre chose : des babioles, des paquets de revues, des livres, un chapeau amusant, un joli fichu pour dissimuler ses bandages, un bracelet à breloques pour fêter ses nouvelles mains. C'était un flot régulier de cadeaux. Celui d'aujourd'hui allait être plus gros que les autres. Avec un air mystérieux il se leva de son fauteuil et entra dans l'appartement. Quand il revint, il portait une boîte assez grosse, plutôt lourde. Quand il l'eut déposée sur ses genoux, Nancy était sûre d'avoir deviné.

— Qu'est-ce que c'est, Peter ? On dirait du roc.

Elle sourit à travers les bandages. Peter riait.

— Gagné ! C'est la plus grosse émeraude que j'ai pu trouver au drugstore !

— Parfait.

Le cadeau était encore plus précieux qu'elle ne pensait. C'était un appareil photo, presque de professionnel et qui avait dû coûter très cher.

— Peter, mon Dieu, quel cadeau ! Je ne puis…

— Vous pouvez certainement et je compte vous voir faire du travail sérieux avec cet appareil !

Tous deux savaient combien elle était troublée de ne plus avoir le goût de peindre. Les bandages n'étaient plus une excuse, elle ne pouvait plus, tout simplement. Quelque chose en elle l'empêchait même d'y penser. Les toiles que les infirmières avaient rapportées de son appartement de Boston, elle les avait laissées dans leur carton, relégué derrière une armoire. Elle ne voulait pas les revoir, encore moins y toucher.

Avec l'appareil photo, cela pouvait être différent. Peter surprit un éclair dans les yeux de Nancy et souhaita par ce cadeau susciter en elle de nouvelles possibilités. Nancy, selon lui, avait besoin d'ouvrir des portes nouvelles, car aucune des anciennes ne lui rendrait ce qu'elle attendait. Le mieux était de tout recommencer à zéro.

— Avec l'appareil, vous allez trouver un manuel d'instructions fort compliquées. Dix ans de médecine ne m'ont pas préparé à comprendre ces choses. Peut-être pourrez-vous vous y retrouver...

Elle feuilleta le manuel, s'y plongea un instant, l'appareil à la main, oubliant la présence de son ami.

— Mais, c'est fantastique, Peter... Regardez... cette chose ici, si vous y touchez...

Elle était passionnée, fascinée. Peter la regardait, avec un sourire de satisfaction. Ce n'est qu'une demi-heure plus tard qu'elle s'aperçut à nouveau de sa présence. Il y avait un tel ravissement dans sa voix qu'il sentit à quel point elle lui était reconnaissante.

— C'est le plus beau cadeau que j'aie jamais reçu.

Sauf, évidemment, les perles bleues de Michael à la foire... Elle s'efforça de les chasser de son esprit. Peter était habitué à ces brouillards soudains qui passaient devant ses yeux quand de vieux souvenirs l'assaillaient. Il savait qu'ils finiraient par se dissiper pour de bon.

— Avez-vous apporté une pellicule ?

Il tira de l'emballage une autre boîte, plus petite, qu'il déposa sur ses genoux.

— Pensez-vous que je l'aurais oublié ?

— Non, vous n'oubliez jamais rien.

Elle mit très peu de temps à charger l'appareil et elle se mit à prendre des photos de Peter, du panorama, puis une série d'instantanés d'un vol d'oiseau dans le ciel.

— Mes photos seront probablement horribles, mais c'est un commencement.

Il l'observa longuement en silence, puis plaça son bras autour de ses épaules. Ils entrèrent dans l'appartement.

— Je dois vous dire, Nancy, que j'ai un autre cadeau.

— Une Mercedes. Vous voyez, je devine toujours tout.

— Non. Ce cadeau-là est très sérieux.

Il la regardait avec un sourire à la fois gentil et circonspect.

— J'ai l'intention de vous faire partager l'affection d'une grande amie à moi.

Un moment, Nancy ressentit un petit frisson de jalousie, mais quelque chose dans la physionomie de Peter lui dit qu'elle avait tort. Il vit qu'elle l'observait très attentivement.

— Son nom est Faye Allison. Nous avons fait notre médecine ensemble. Et elle est l'un des psychiatres les plus compétents de la côte ouest, peut-être même de tout le pays. Elle est par surcroît une très grande amie à moi et a une personnalité exceptionnelle. Je crois que vous allez l'aimer.

— Et puis ?

Nancy attendait, à la fois tendue et curieuse.

— Et puis… j'estime que ce serait une excellente idée que vous la voyiez pendant un certain temps. Vous me comprenez, puisque nous avons déjà discuté de la chose.

— Vous ne croyez pas que je m'adapte assez bien ?

Un peu ébranlée, elle déposa l'appareil photo pour le regarder avec plus d'attention.

— Je crois au contraire que vous allez remarquablement bien, Nancy. Mais il demeure possible que vous ayez besoin de quelqu'un d'autre. Il est vrai que vous avez Lily, Gretchen et moi. N'aimeriez-vous pas parler à quelqu'un d'autre ?…

À Michael, se disait-elle intérieurement, lui qui avait été si longtemps son meilleur confident. Pour le moment, l'amitié de Peter était cependant suffisante.

— Je ne sais vraiment pas.

— Vous le saurez, je crois, quand vous aurez rencontré Faye. C'est une femme très bonne et chaleureuse, et elle s'est montrée intéressée par votre cas depuis le début.

— Elle est au courant ?

— Depuis le commencement.

En effet, Faye Allison se trouvait chez lui le soir où Marion Hillyard et le Dr Wickfield avaient appelé de Boston. Nancy n'avait pas à le savoir. Par périodes, Peter et Faye avaient entretenu une liaison, faite de camaraderie et de collaboration professionnelle plutôt qu'amoureuse. Avant tout, ils étaient de grands amis.

— Elle doit venir prendre le café avec nous cet après-midi. Vous êtes d'accord ?

— Je suppose, dit-elle, sachant qu'elle n'avait pas le choix.

Elle devint pensive tandis qu'elle s'installait dans le salon, pas très sûre de souhaiter la venue de ce nouveau personnage. D'une femme, plus particulièrement.

Aucune de ces appréhensions ne persista après sa première rencontre avec Faye Allison. Ce que Peter lui en avait dit n'avait pas laissé prévoir tant de rayonnement. Elle était grande, mince, blonde, plutôt maigre, avec des traits doux. Ses yeux étaient à la fois vifs et chaleureux. Toujours prête à la repartie, à la plaisanterie, on la sentait cependant sérieuse et compatissante. Après un moment, Peter les laissa seule à seule. Nancy était vraiment très heureuse.

Elles parlèrent de mille choses, sauf de l'accident ; de Boston, de peinture, de San Francisco, des enfants, des gens. Faye raconta des bribes de sa vie et Nancy lui révéla des aspects d'elle-même qu'elle n'avait partagés avec personne depuis bien longtemps, depuis qu'elle avait connu Michael. Elle parla aussi de la vie à l'orphelinat, telle qu'elle était, plutôt que dans ses détails amusants, comme elle l'avait fait avec Peter. Elle dit le sentiment d'abandon qu'elle y avait ressenti, les questions qu'elle se posait sur ce qu'elle était réellement, sur les raisons qui l'y avaient amenée, sur le sens de cette solitude dont elle avait souffert.

Enfin, sans raison apparente, elle fit part à Faye du pacte qu'elle avait conclu avec Marion Hillyard. Dans sa façon de l'écouter, Faye Allison ne manifestait ni étonnement ni désapprobation, mais beaucoup de chaleur et de compréhension, et Nancy se surprit à exprimer des sentiments vieux de plusieurs années, bien antérieurs aux quatre derniers mois. Nancy se sentit particulièrement soulagée d'avoir pu parler de Marion Hillyard.

— Je ne sais pas, ça peut vous sembler étrange, mais… (Nancy hésita un peu, se sentant plutôt sotte et infantile.) N'ayant jamais eu de famille et ayant grandi dans un orphelinat, la mère supérieure fut celle qui, pour moi, ressemblait le plus à une vraie mère, à une sorte de tante célibataire. En dépit de ce que je savais de Marion Hillyard, par Michael et Ben, et de ce que je devinais personnellement, en dépit de tout cela, je caressais le rêve qu'elle finirait par m'accepter et que nous serions de bonnes amies.

Ses yeux se voilèrent de larmes imprévues.

— Avez-vous vraiment pensé qu'elle deviendrait une mère pour vous ?

Nancy opina de la tête et dissimula sa peine sous les rires.

— C'est stupide, n'est-ce pas ?

— Mais pas du tout, c'est plutôt normal. Vous aviez Michael et pas de famille. Il était dès lors naturel de désirer adopter la sienne. N'est-ce pas pour cette raison que le pacte conclu avec Mme Hillyard vous a si profondément blessée ?

Elle connaissait la réponse. Nancy aussi.

— Oui, sans doute, et cela montre aussi à quel point elle me haïssait.

— Je n'irais pas si loin, Nancy. À tout considérer, elle a beaucoup fait pour vous. Elle vous a confiée à Peter pour qu'il fasse de vous une nouvelle femme, pour ne rien dire des conditions de vie extrêmement confortables qu'elle a prévues pour la longue période de traitement.

— Oui, mais pour que je renonce à Michael. Moi, elle me rejetait ! Elle me rejetait pour lui autant que pour elle. J'ai bien vu, à ce moment-là, que je n'avais aucune chance, et ce fut vraiment terrible. Mais, au fond, j'ai perdu bien des choses avant cela et j'ai survécu.

— Vous souvenez-vous quand vous avez perdu vos parents ?

— Pas vraiment. J'étais trop jeune pour pouvoir me souvenir de la mort de mon père et je n'étais pas beaucoup plus âgée quand ma mère m'a confiée à l'orphelinat. Je me rappelle avoir pleuré, mais j'ignore exactement pourquoi, car je ne crois pas me souvenir vraiment d'elle. Je me sentais plutôt abandonnée.

— Un peu comme vous vous sentez aujourd'hui, non ?

C'était une hypothèse, mais elle était juste.

— Peut-être. Un peu comme si je me demandais avec angoisse tout au fond de moi-même : *Qui maintenant va prendre soin de moi ?* Oui, il m'arrive de penser encore à cela. Jadis je comptais sur l'orphelinat, maintenant je puis compter sur Peter, sur l'argent de Marion. Mais quand je serai remise d'aplomb ?

— Et Michael ? Pensez-vous qu'il va vous revenir ?

— Parfois oui. Très souvent oui.

— Et le reste du temps ?

— Je commence à me le demander. J'ai pensé que peut-être il serait incertain de ses sentiments en me voyant différente. Maintenant qu'il est au courant de l'intervention chirurgicale, il doit tout de même s'imaginer que mon état s'est amélioré. Alors comment se fait-il qu'il ne soit pas encore venu ? C'est surtout cela qui me rend anxieuse, ajouta-t-elle en regardant Faye dans les yeux.

— Vous arrive-t-il de trouver des réponses ?

— Rien de bien joli ! Parfois, je me dis que sa mère a fini par le convaincre, qu'elle l'a persuadé qu'une fille comme moi, avec un passé pas très reluisant, ferait beaucoup de tort à sa vie professionnelle. Marion Hillyard a contribué à bâtir un empire et elle compte sur Michael pour le maintenir dans les meilleures traditions familiales. Ce qui exclut tout mariage avec une fille comme moi, une fille sans nom, sortie d'un orphelinat et qui, de plus, est une artiste. Elle tient à ce qu'il épouse plutôt une jeune héritière qui peut lui apporter davantage.

— Et si vous le perdiez ?

Nancy fit une moue mais ne dit rien. Ses yeux parlaient par eux-mêmes.

— Je ne sais pas. Peut-être attend-il que tout soit terminé.

— N'êtes-vous pas blessée qu'il n'ait pas été là quand vous en aviez le plus besoin ?

— Peut-être, dit-elle en soupirant. Peut-être, je ne sais vraiment plus. J'y pense beaucoup, mais je n'arrive pas à trouver de réponse.

— Le temps y pourvoira. Ce qui importe, c'est que vous sachiez bien comment vous vous sentez, comment vous vous sentez devant la nouvelle Nancy. Cette perspective d'être différente vous trouble-t-elle ? Vous fait-elle peur ? Vous choque-t-elle ou vous rassure-t-elle ?

— Tout cela à la fois !

Cette réponse franche fit rire les deux jeunes femmes.

— À dire vrai, je suis terrifiée. Vous imaginez-vous vous regardant dans une glace après vingt-deux ans et, tout à coup, vous y apercevez une étrangère. C'est affolant !

Elle riait, mais on sentait qu'elle avait peur.

— Vous arrive-t-il d'être obsédée par quelque chose ?

— Parfois, mais je puis être longtemps sans y penser.

— De quoi s'agit-il ?

— Vous voulez que je sois franche ?

— Bien sûr !

— Eh bien, il s'agit de Michael. De Peter parfois. Surtout de Michael.

— Seriez-vous amoureuse de Peter ?

La question venait plus du Dr Allison que de Faye.

— Non. Je ne pourrais pas être amoureuse de Peter. Cet homme attachant est un bon ami pour moi. Il représente un peu le père merveilleux que je n'ai jamais eu. Peter m'apporte des cadeaux tout le temps… Mais c'est Michael que j'aime !

Faye Allison jeta un coup d'œil à sa montre. À son grand étonnement, elles avaient parlé pendant presque trois heures…

Il était 19 heures.

— Mon Dieu, savez-vous quelle heure il est ?

Nancy regarda sa montre ; toute surprise, elle ouvrit de grands yeux.

— Oh ! Oh ! Comment avons-nous fait ça ?

Avec un sourire, elle invita Faye à revenir. Peter avait raison : c'était une femme peu banale !

— Merci. Cela me fera grand plaisir de revenir. En fait, Peter avait pensé que nous pourrions peut-être nous voir régulièrement. Qu'en dites-vous ?

— Je pense que ce serait merveilleux pour moi d'avoir quelqu'un avec qui bavarder, comme nous l'avons fait aujourd'hui.

— Je ne puis promettre de vous allouer trois heures chaque fois !

Elles s'étaient remises à rire pendant que Nancy la reconduisait à la porte.

— Que pensez-vous de trois visites d'une heure chaque semaine ? Des visites *professionnelles*, j'entends. Ce qui ne nous empêchera pas de nous rencontrer par ailleurs. D'accord ?

— C'est merveilleux !

Elles se serrèrent la main. Nancy fut toute surprise d'espérer déjà la prochaine rencontre, à deux jours de là.

11

Nancy s'assit sur la chaise longue près du feu et s'y allongea confortablement. Aujourd'hui, en avance de cinq minutes, elle avait hâte de parler avec Faye. Celle-ci s'annonça par le bruit sec de ses talons martelant le parquet du hall qui conduisait à son bureau. Nancy se redressa, souriante; elle tenait à donner une bonne impression.

— Bonjour, mon oiseau matinal. Comme vous êtes jolie en rouge! (En s'arrêtant sur le seuil de la porte, elle sourit à Nancy.) ... Laissons ce rouge. Faites-moi voir le nouveau menton.

Faye s'avança lentement, attentive à la partie inférieure du visage de Nancy. Son regard remonta vers les yeux avec un air satisfait.

— Et vous, comment le trouvez-vous?

Elle pouvait déjà lire la réponse sur le visage de Faye: de l'admiration pour le beau travail de Peter et du plaisir pour la joie de la jeune fille.

— Nancy, vous êtes très belle, tout simplement très belle!

La ligne du cou était adorablement jeune, gracieusement articulée sur les épaules délicates, le menton était fin, la bouche sensuelle. L'ensemble était remarquable et répondait parfaitement à la personnalité de la jeune femme. Les interminables esquisses et modelages de Peter n'avaient pas été vains.

— Grand Dieu, comme je voudrais être belle comme ça, moi aussi !

Nancy, riant de plaisir, s'allongea dans le fauteuil, le grand feutre brun, acheté chez I. Magnin deux semaines plus tôt, rabattu sur la partie de sa figure encore enveloppée de bandages. Ce chapeau allait parfaitement bien avec la robe de tricot rouge, le nouveau manteau de lainage marron et les bottes de même couleur. La ligne était superbe et on voyait qu'avec ce nouveau visage Nancy allait devenir une fille ravissante. Elle-même, d'ailleurs, commençait à entrevoir la femme qu'elle allait devenir. Peter avait été fidèle à sa promesse.

— Je suis troublée, Faye. Je me sens si bien que je pourrais crier. Cependant, je trouve étrange d'aimer ce visage qui ne me ressemble pas.

— Je suis contente pour vous. Mais le fait que ce visage ne vous ressemble pas vous gêne-t-il ?

— Pas autant que j'aurais pensé. Peut-être que je me figure que le reste sera plus ressemblant. De toute façon, je n'ai jamais beaucoup aimé ma bouche. Peut-être que cela va me paraître encore plus étrange si le reste du visage doit ressembler à quelqu'un d'autre. Je ne sais pas.

— Nancy, pourquoi ne pas vous détendre et jouir de la situation ? Voire vous en amuser un peu ? Vous laisser porter par les événements ?

— Que voulez-vous dire ?

— Voici. Ce à quoi vous travaillez, c'est à devenir la vraie Nancy, et nous nous sommes arrangés pour vous fournir progressivement certains éléments de cette Nancy. Il vous faudra ensuite prendre une sorte de recul pour voir l'ensemble. Ainsi, aimez-vous votre ancienne façon de marcher ?

La question intrigua Nancy. C'était là un point de vue tout à fait nouveau, dont Faye et elle n'avaient pas encore parlé depuis les quatre mois que durait le traitement.

— Je ne sais pas, Faye. Je n'ai jamais été attentive à ma démarche.

— Alors nous allons y penser. Et votre voix ? Vous n'y avez jamais songé ? Vous avez une très belle voix, elle est sensuelle et douce ; avec l'aide d'un professeur, vous pourriez peut-être la rendre plus belle encore. Pourquoi ne pas exploiter à fond tout ce que vous avez ? C'est ce que veut Peter. Et vous, Nancy ?

La figure de Nancy s'illumina, elle commençait à mieux comprendre l'enthousiasme de Faye.

— Je pourrais donc développer toutes sortes de nouveaux aspects de moi-même ? Jouer du piano… avoir une nouvelle démarche… Je pourrais même changer de nom ?

— Allons, ne brûlons pas les étapes. Il s'agit, pour vous, de ne pas avoir le sentiment de vous perdre, mais plutôt de perfectionner ce que vous êtes déjà. Il faudra y penser : j'ai l'impression que tout cela vous ouvrira des horizons nouveaux, extrêmement intéressants.

— Je veux une nouvelle voix.

Elle se rassit, moqueuse, et baissa la voix de plusieurs tons.

— Que dites-vous de celle-ci ?

Faye éclata de rire.

— Si vous continuez comme ça, il faudra que Peter vous fasse pousser une barbe.

— Formidable !

Elles étaient dans l'euphorie d'un jour de fête. Nancy esquissa quelques pas de danse dans la pièce. En ces occasions, Faye se rappelait combien Nancy était jeune. Elle n'avait après tout que vingt-trois ans. Sans doute avait-elle mûri plus vite que beaucoup d'autres. Mais au fond elle était restée très jeune de caractère.

— Nancy, je voudrais que vous teniez compte d'une chose. (Le ton était plus sérieux.) Vous comprendrez peut-être pourquoi il vous est assez facile de poursuivre cette expérience. Il est fréquent que vous, orphelines, ne soyez pas complètement assurées de votre identité. Ne sachant pas ce qu'étaient vos parents, il vous manque cette référence à la réalité. Il vous est dès lors plus facile de renoncer à certains aspects de vous-mêmes que ça ne le serait pour quelqu'un qui garde en mémoire des images très nettes de ses parents. Vous voyez pourquoi, à certains points de vue, votre situation peut vous rendre les choses plus faciles ?

Nancy lui souriait sans rien dire, blottie dans le fauteuil confortable, près du foyer. Dans cette très belle pièce, les patients se sentaient vite parfaitement à l'aise. Faye y avait disposé des tapis persans, hérités de sa grand-mère. Ils mettaient en valeur les splendides lambris et les vieilles appliques de cuivre. Le foyer était lui-même orné de cuivre, les rideaux étaient de dentelle ancienne. Sur les murs, des livres et des petites toiles dans des recoins inattendus. Partout, une profusion de fougères. On se sentait dans la maison d'une personne chaleureuse. C'était exactement l'atmosphère que Faye avait voulu y créer.

— Ça va ! Je vous laisse le temps d'y réfléchir. Pour le moment, il y a un autre point important que j'aimerais aborder : qu'avez-vous à dire quant aux vacances ?

— Les vacances ?

Les yeux de Nancy s'étaient refermés comme deux portes closes ; elle ne riait plus du tout. Faye avait prévu cette réaction, et c'était pour elle un moyen d'attaquer le sujet.

— Que pensez-vous des vacances ? Vous font-elles peur ?

— Mais non !

Faye surveillait le visage immobile.

— Elles vous rendent triste ?

— Non plus.

— Très bien. Assez joué aux devinettes, Nancy. Dites donc ce que vous pensez vraiment à ce sujet ?

— Vous voulez savoir ? (Nancy la regarda droit dans les yeux.) Vous voulez savoir ?

Elle se leva et se mit à arpenter la pièce.

— Elles me font vomir !

— Vomir ?

— Vomir au superlatif, vomir royalement !

— Vomir sur qui ?

Nancy revint dans le fauteuil et regarda le feu de bois. Quand elle reprit, sa voix était à la fois triste et douce.

— Sur Michael ! Je croyais qu'il m'aurait retrouvée.
Déjà plus de sept mois ont passé et il n'est pas encore
venu !

Elle ferma les yeux pour retenir ses larmes.

— À qui en voulez-vous ? À vous-même ?

— Oui.

— Pourquoi ?

— D'abord pour avoir conclu ce marché avec
Marion Hillyard. Je la déteste jusqu'aux tripes et je
me déteste encore plus. Je me suis vendue !

— Vous croyez ?

— Oui, vendue pour le prix d'un nouveau menton.

Elle ressentait maintenant du dégoût pour ce dont,
une heure plus tôt, elle était si fière.

On était au cœur du problème.

— Je ne suis pas d'accord, Nancy. Ce n'est pas pour
un nouveau menton que vous avez fait ça, mais plutôt
pour une vie nouvelle. À votre âge, qu'est-ce que cela
a de honteux ? Que penseriez-vous d'une autre femme
qui ferait la même chose ?

— Je ne sais pas. Peut-être la trouverais-je stupide,
tout en la comprenant.

— Vous vous rendez compte : il y a quelques minutes, nous parlions de vie nouvelle, de voix nouvelle,
de démarche nouvelle et même de nouveau nom. Tout
est nouveau, mais il ne manque qu'une seule chose,
n'est-ce pas ?

Il y eut un silence, puis Faye reprit :

— Vous arrive-t-il de penser à une vie nouvelle sans
Michael ?

— Non.

Ses yeux se remplirent de larmes. Toutes deux savaient pertinemment que Nancy mentait.

— Jamais ?

— Je ne pense à aucun autre homme, mais il m'arrive évidemment de penser que Michael, je l'ai perdu pour toujours !

— Qu'est-ce que cela vous fait ?

— Je voudrais être morte.

Ce n'est pas ce qu'elle pensait et, encore une fois, toutes deux le savaient.

— Michael, c'est entendu, vous ne l'avez pas. Mais est-ce que, malgré tout, la vie n'est pas agréable ?

Nancy haussa les épaules. Faye poursuivit d'une voix infiniment douce.

— Peut-être faudrait-il approfondir ce sujet, Nancy.

— Vous ne croyez pas qu'il reviendra, n'est-ce pas ?

Elle se fâcha de nouveau, contre Faye cette fois, parce qu'elle n'avait personne d'autre à qui s'en prendre.

— Je ne sais pas, Nancy. Personne ne peut répondre à cette question, sauf Michael lui-même…

— Évidemment. Le salaud !

Elle se leva, arpenta de nouveau la pièce. Progressivement, sa colère s'apaisa. Elle finit par s'arrêter devant le foyer. Les larmes coulaient sur son visage.

— Ah, Faye ! J'ai tellement peur !

— Peur de quoi, Nancy ? demanda la voix douce derrière elle.

— D'être seule. De ne plus pouvoir être moi-même. De… Je me demande si je ne serai pas punie pour avoir fait cette chose épouvantable, pour avoir renoncé à l'amour pour un visage.

— Mais ne pensiez-vous pas avoir tout perdu ? Vous n'avez pas à vous croire coupable à cause de la décision que vous avez prise. Vous pouvez être heureuse au bout du compte.

— Peut-être.

Faye entendit d'autres sanglots et vit trembler les frêles épaules de Nancy.

— J'ai peur des vacances, aussi, vous savez. C'est pire que de retourner à l'orphelinat. Cette fois-ci il n'y aura plus personne avec moi. Lily et Gretchen sont parties depuis un mois, vous-même partez faire du ski, Peter sera en Europe une semaine et…

Elle ne pouvait s'arrêter de pleurer. C'étaient là des réalités de la vie auxquelles elle avait à faire face. Faye n'avait pas à se sentir coupable de partir, ni Peter. Ils avaient leur vie à vivre, même s'ils lui consacraient du temps.

— Peut-être serait-il temps que vous sortiez et vous fassiez de nouveaux amis ?

— Dans l'état où je suis ?

Elle tourna son visage du côté de Faye, enleva son chapeau, découvrant de larges bandages.

— Comment voulez-vous que je rencontre des gens ? Je vais les effrayer. Par ici les amis, c'est moi Dracula !

— Mais non, Nancy, on les enlèvera dans quelque temps, ce ne sont que des bandages après tout. Les gens comprendront.

— C'est possible. (Elle n'était pas prête à le croire.) De toute façon, je n'ai pas besoin d'amis. J'ai de quoi m'occuper avec mon appareil photo.

Ce cadeau de Peter avait été pour elle un don du ciel.

— Je sais. J'ai vu votre dernière série de photos l'autre jour chez Peter. Il en est si fier qu'il les montre à tout le monde. C'est du très beau travail !

— Je vous remercie.

Sa colère un peu apaisée, elle se rassit et allongea les jambes.

— Qu'est-ce que je vais donc faire de ma vie ?

— C'est précisément ce que nous essayons de voir, n'est-ce pas ? En passant, avez-vous pensé à ces cours de diction, aux leçons de musique ? Ça pourrait être amusant.

— Oui, il faudra que j'y repense. Quand comptez-vous revenir de vos vacances ?

— Dans deux semaines. Je vais laisser un numéro de téléphone pour que vous puissiez me joindre en cas d'urgence.

Faye était plus inquiète de laisser Nancy qu'elle ne voulait l'admettre. La période des fêtes est un temps propice à la dépression, même au suicide. Sans doute Nancy était-elle solide pour le moment, mais Faye ne voulait pas que la solitude brise l'équilibre de la jeune femme. C'était une coïncidence malheureuse qu'elle et Peter s'absentent en même temps, mais, d'un autre côté, il n'était pas mauvais que Nancy apprenne à ne pas trop dépendre d'eux.

— Pourquoi ne pas fixer tout de suite un rendez-vous pour dans deux semaines ? Au retour je tiens à voir une montagne des plus belles photos que vous aurez prises pendant les vacances.

— Oh, j'y songe !

Nancy avait bondi et disparu dans le corridor, où elle avait déposé un paquet enveloppé de papier brun. Quand elle revint, elle le tendit à Faye avec un grand sourire.

— Joyeux Noël !

Faye défit le paquet avec grand plaisir, puis elle fut émerveillée. C'était une photographie d'elle-même. On eût dit qu'elle avait été prise pendant de longues séances, pour permettre au photographe de capter avec justesse à la fois la physionomie et l'état d'âme du modèle. Cette photo avait la sensibilité rêveuse d'une toile impressionniste. On y voyait Faye sur la terrasse de Nancy, le vent dans les cheveux, portant un chemisier de soie rose pâle et, derrière elle, le soleil noyé dans des teintes rouges et rosées. Faye se souvenait du jour où la photo avait été prise, mais Nancy avait opéré à son insu.

— Quand avez-vous pris cette photo ?

— Quand vous ne regardiez pas.

Nancy était très contente d'elle-même et elle avait raison, la photo était magnifique. C'était elle-même qui avait fait l'agrandissement et le tirage. L'encadrement était lui aussi de très bon goût.

— Vous êtes extraordinaire, Nancy. Quel cadeau splendide !

— Il faut dire que j'avais un très bon modèle.

Les deux femmes s'embrassèrent et Nancy, à regret, remit son manteau.

— Bonnes vacances !

— Merci, Nancy. Je vous rapporterai de la neige.

— Vous êtes folle !

Nancy l'embrassa une dernière fois et elles se souhaitèrent un joyeux Noël.

Faye eut un petit serrement de cœur après que Nancy fut partie. Oui, Nancy était une très belle jeune femme, son âme surtout était très belle, et c'est ce qui importait.

12

— M. Calloway pour vous, monsieur Hillyard.

La neige était tombée pendant cinq ou six heures dans les rues déjà boueuses de New York sans que Michael s'en fût aperçu. Il était rivé à son bureau depuis 6 heures ce matin-là et il était maintenant 17 heures. Il saisit le téléphone tout en continuant à signer une série de lettres que sa secrétaire devait faire partir. Au moins, il n'avait plus le contrat de Kansas City sur les bras. Actuellement c'était de Houston qu'il avait à se soucier et, au printemps, le centre médical de San Francisco allait lui réserver quelques ulcères. Son travail était fait d'une chaîne sans fin de maux de tête, d'exigences, de contrats, de problèmes, de réunions…

— George ? Ici Mike. De quoi s'agit-il ?

— Ta mère assiste à une réunion et m'a demandé d'appeler. Elle te fait dire qu'elle rentrera de Boston ce soir si la neige le permet. Sinon, elle sera là demain.

— Il neige chez vous ?

Mike semblait aussi étonné que si on eût été en juin.

— Non. (George fut un moment stupéfait.) Mais on dit qu'il y a une tempête de neige à New York, est-ce vrai ?

Mike leva les yeux vers la fenêtre et grimaça.

— En effet. Je n'y avais pas fait attention, pardon.

Il était en train de se tuer, ce garçon, comme sa mère. George se demandait de quelle race ils étaient pour être si durs à l'égard d'eux-mêmes et de ceux qui les aimaient.

— Maintenant que ce problème de neige est réglé, dit George en riant, j'ai à t'avertir que ta mère t'attend pour le dîner de Noël, demain soir. Elle reçoit quelques amis et compte sur ta présence.

Michael soupira. Quelques amis, cela voulait dire vingt, trente personnes ennuyeuses ou inconnues et l'inévitable jeune femme célibataire et de bonne famille... à son intention. Quelle atroce façon de passer Noël !

— Je regrette, George. Il faut m'excuser auprès de ma mère. Je suis déjà pris.

— Oui ?

George parut un peu étonné.

— Je voulais la prévenir la semaine dernière, mais j'ai complètement oublié. Le centre de Houston m'a tellement accaparé... Elle pourra sûrement comprendre.

Il valait mieux qu'elle comprenne, après les miracles qu'il avait réussis avec le client de Houston. Michael savait qu'à cette occasion il avait eu le dessus sur elle.

— Elle va être déçue, cela va sans dire, mais elle sera contente de savoir que tu as tes projets pour Noël... Quelqu'un d'excitant, j'espère ?

— Oui, George, du tonnerre !

— Rien de sérieux ?

Maintenant voici que George devenait soucieux. Il n'y avait décidément pas moyen de contenter ces gens-là.

— Non, George, rien qui doive vous inquiéter. Du bon divertissement, dans les règles du genre !

— Excellent. Joyeux Noël donc !

— À vous aussi, George ! Dites à ma mère que je l'embrasse. Je l'appellerai demain.

— Je le lui dirai.

Quand il raccrocha, George était tout aise que le garçon se comporte plus normalement. Pendant un certain temps, en effet, Michael avait mené une drôle de vie. Sa mère serait sans doute réconfortée, elle aussi, tout en étant furieuse sur le moment qu'il ne vienne pas à son dîner. Il était jeune, après tout, il avait bien le droit de s'amuser un peu. George, après une gorgée de scotch, eut un sourire épanoui : il se rappela ce Noël à Vienne vingt-cinq ans auparavant. À ce moment-là, comme toujours d'ailleurs, ses pensées le ramenèrent à la mère de Michael.

Au bureau de Michael le téléphone s'était remis à sonner. C'était Ben, qui voulait s'informer des projets de Michael pour les vacances. Michael l'informa qu'il allait chez sa mère ; il y aurait une flopée d'invités ennuyeux, clients par surcroît, venus là pour se plaindre, flatter... et présenter leurs vœux de Noël.

Quand il eut raccroché une dernière fois, il marmonna :

— Allez tous au diable !

Et soudain il entendit dans le corridor un rire qui ne lui était pas familier. C'était le rire de la nouvelle décoratrice que Ben avait engagée. Une jolie fille, d'ailleurs. Sa chevelure, d'un riche châtain roux, lui descendait sur les épaules en ondulations souples qui faisaient ressortir le satiné de son teint et le bleu de ses yeux. Évidemment Michael ne l'avait pas remarquée, lui qui ne s'intéressait à rien d'autre qu'aux papiers qu'on déposait sur son bureau.

— Est-ce que vous souhaitez toujours un joyeux Noël aux gens de cette façon?

— Seulement aux gens dont j'aime avoir des nouvelles.

Il se demandait en souriant ce qu'elle pouvait bien faire là. Il ne l'avait pas convoquée et, autant qu'il le sût, elle n'avait pas directement affaire à lui.

— Est-ce que je puis faire quelque chose pour vous, mademoiselle…

Zut! Il ne pouvait même pas se rappeler son nom.

— Wendy Townsend. Je suis venue simplement vous souhaiter un joyeux Noël.

Évidemment… une enjôleuse. Amusé, Michael l'invita à s'asseoir.

— On ne vous a pas dit que c'était moi l'original du Scrooge de Dickens?

— J'ai pensé cela quand j'ai vu que vous n'étiez ni à la fête du personnel ni au dîner de Noël hier soir. On dit aussi que vous travaillez beaucoup trop.

— C'est bon pour mon teint, non?

— Il y a bien d'autres choses qui sont bonnes pour le teint, répondit-elle en croisant ses jolies jambes.

Michael avait bien remarqué le geste, mais il y fut insensible, comme il l'était à tout depuis mai dernier.

— Je voulais aussi vous remercier pour l'augmentation.

Elle déploya tout l'éclat de son sourire. Michael commençait à se demander ce qu'elle voulait vraiment. Une gratification ? Une augmentation supplémentaire ?

— C'est Ben Avery qu'il faut remercier. Je n'y suis pour rien, j'en ai peur.

— Je vois.

C'était une conversation qui ne menait nulle part. Elle s'en rendit compte, se leva et regarda par la fenêtre. Quelque vingt-cinq centimètres de neige s'étaient accumulés sur le rebord.

— Regardez. Nous aurons un Noël blanc. Il sera pratiquement impossible de rentrer chez soi ce soir.

— Je crois que vous avez raison. Pour ma part, je n'essaierai même pas. (Il désigna le divan.) J'ai l'impression qu'on a mis ce divan ici précisément pour m'enchaîner à mon bureau.

« Non, monsieur, c'est vous qui vous enchaînez », pensa-t-elle. Elle se contenta de sourire et de lui souhaiter un joyeux Noël.

Michael retourna à ses signatures pour ensuite s'allonger sur le divan. Cela lui convenait parfaitement, et il y passa même la nuit suivante. Noël tombant cette année-là un week-end, personne ne sut où il était, car le concierge et les domestiques avaient congé. Il n'y avait que le gardien de nuit qui savait que Michael n'était pas sorti de son bureau du vendredi jusqu'au dimanche soir. À ce moment-là, Noël était bien fini, de sorte qu'en rentrant à son appartement il n'avait plus à redouter les souvenirs qui menaçaient de l'assaillir. Une énorme azalée, envoyée par sa mère, l'attendait ostensiblement à sa porte. Il la posa à côté de la corbeille à papier.

À San Francisco, Nancy avait eu des vacances plus agréables, même si elle les avait passées aussi seule que Michael. Elle s'était fait rôtir un petit poulet, s'était chanté des chants de Noël sur la terrasse et avait dormi tard le lendemain. Elle aussi avait redouté cette journée-là. Impossible d'échapper à ses clinquants, à ses sapins, à ses promesses et à ses mensonges. Au moins le beau temps de San Francisco lui rappelait-il peu les fêtes de Noël qu'elle avait connues dans l'Est. Pour elle, c'était comme si les gens faisaient semblant.

Elle avait reçu deux cadeaux cette année : un très beau sac à main Gucci de la part de Peter et un livre très amusant de la part de Faye. Dans l'après-midi, après avoir savouré son poulet, elle se recroquevilla dans un fauteuil avec ses cadeaux, un peu comme ces vieilles dames qui semblent transporter tous leurs espoirs dans leur sac d'emplettes. Elle s'était toujours demandé ce qu'elles pouvaient bien y cacher. De vieilles lettres, des photos, des breloques, des babioles ou bien des rêves ?

Il était plus de 6 heures quand elle finit par poser le livre et s'étirer les jambes. Elle avait besoin d'air, une bonne marche lui ferait grand bien. Elle mit son manteau et son chapeau, prit son appareil et s'adressa un sourire dans la glace. Elle continuait d'aimer son nouveau sourire. Elle le trouvait rassurant. Elle se demandait comment serait le reste de son visage quand

Peter aurait fini son travail. C'était un peu comme si elle allait devenir une femme de rêve, puisqu'il lui avait dit qu'il réaliserait en elle son « idéal ». Ce n'était pas là une sensation des plus confortables. Néanmoins, elle aimait ce sourire nouveau. Elle mit son appareil en bandoulière et descendit par l'ascenseur.

Une brise d'air vif et l'absence de tout brouillard annonçaient une soirée idéale pour la photographie. Elle prit le chemin des quais par des rues presque désertes. Chacun se remettait du dîner de Noël : les gens devaient récupérer dans leurs chaises longues ou leurs divans, ou encore doucement ronfler devant leurs télés. Au moment où ces évocations éclairaient son visage, elle trébucha et laissa échapper un cri aigu. Peter l'avait avertie de prendre garde à ne pas tomber ; elle ne pouvait encore s'adonner à aucun sport rapide, précisément pour éviter ce danger. Et voilà qu'elle avait failli tomber dans la rue. Son bras tendu l'avait sauvée en lui permettant de reprendre son équilibre avant de heurter le pavé. C'est alors qu'elle se rendit compte qu'elle n'avait pas été seule à crier : elle avait trébuché sur un petit chien à longs poils. La bête avait l'air indigné ; elle s'était assise et tendait la patte avec de petits jappements aigus. Une boule embroussaillée beige et brun, qui regardait Nancy et continuait d'aboyer.

— Ça va, ça va. Je m'excuse. Tu m'as fait peur toi aussi, tu sais !

Elle se pencha pour le caresser : il agita la queue et aboya de nouveau. C'était un drôle de petit chien, presque un chiot. Il paraissait affamé et Nancy regretta de n'avoir rien à lui donner. Elle se releva et le caressa une fois encore avant de lui faire de petits signes de la main. Heureuse de n'avoir pas laissé choir son appareil photo, elle s'éloignait quand, après quelques pas, elle vit que le toutou trottinait à ses côtés jusqu'à ce qu'elle s'arrêtât pour le regarder.

— Maintenant, écoute-moi bien. Tu vas rentrer chez toi. Va !

À chacun de ses pas, il avançait. Quand elle s'arrêtait, il s'asseyait et attendait qu'elle reparte. Cette petite bête l'amusait beaucoup. Elle était mignonne. Nancy se pencha encore pour la caresser. Elle n'avait pas de collier.

Nancy eut tout à coup l'idée de prendre quelques photos du petit chien. Il se montra parfait modèle, très naturel, paraissant beaucoup s'amuser.

Nancy s'était fait un nouvel ami qui, après une demi-heure, ne semblait toujours pas vouloir la quitter.

— D'accord, alors viens !

Elle parvint jusqu'aux quais, où elle photographia des étalages de crabes, des vendeurs de crevettes, des touristes, des pères Noël en ribote, des bateaux, des oiseaux et encore le petit chien. Elle passa ainsi des heures très douces, toujours accompagnée du chien. Elle fit halte pour prendre un café. Elle avait acquis une habileté particulière à se présenter dans les cafés et les self-services : cela consistait à incliner la tête pour dissimuler une bonne partie de son visage sous son chapeau. Elle était même parvenue à exécuter un sourire en remerciant. Cette fois, elle commanda un café noir pour elle et un hamburger pour le chien.

Celui-ci le dévora dès qu'elle eut posé l'assiette en carton rouge sur le trottoir. Il la remercia par des aboiements vigoureux.

— Est-ce que ça veut dire merci ou encore ?

D'autres jappements ponctuèrent les rires de Nancy. Un passant s'arrêta pour le caresser et demander son nom.

— Je ne sais pas. Il vient tout juste de m'adopter.

— L'avez-vous déclaré ?

— Je pense que je devrais.

Le passant lui dit comment procéder. Elle appellerait de son appartement si le chien la suivait jusque chez elle. Effectivement, il la suivit et s'arrêta à sa porte comme s'il était de la maison. Elle appela donc la société protectrice des animaux. Personne n'était à la recherche d'un chien qui répondait à ce signalement. On lui suggéra soit de se résigner à le garder, soit de le déposer à la fourrière, où il serait piqué. Indignée qu'on lui fît une telle suggestion, elle entoura le petit chien d'un bras protecteur.

— Tu es tout crotté, dis donc ! Que dirais-tu d'un bon bain ?

Il agita et la langue et la queue. Elle le prit dans ses bras et le déposa dans la baignoire.

Nancy prit grand soin de ne pas éclabousser ses bandages. Le petit chien, de son côté, se soumettait sans résistance à l'opération. À mesure que celle-ci progressait, les couleurs n'étaient plus beige et gris-brun mais chocolat et blanc. Il était si adorable que Nancy espérait que personne ne le réclamerait. Elle n'avait jamais eu de chien. À l'orphelinat, c'était impossible et les animaux n'étaient pas autorisés dans l'immeuble de Boston où elle avait habité. Ici, il n'y avait pas d'interdiction.

Nancy, assise sur ses talons, essuya dans une serviette le toutou qui trépignait des quatre pattes. Il s'agissait maintenant de lui trouver un nom. Elle pensa à celui d'un chien dont Michael lui avait parlé, le premier chiot de son enfance. Nancy jugea que ce nom conviendrait parfaitement à son petit chien à elle.

— Que dirais-tu de Fred, mon ami ? Ça t'irait bien, non ?

Deux aboiements : Nancy comprit tout de suite que le chiot était d'accord !

13

Nancy apparut dans l'embrasure et sourit à Faye, déjà confortablement installée près du feu.

— Qu'essayez-vous de me cacher, petite madame ?

Faye se réjouissait de la revoir en si bonne forme.

— J'ai amené un ami.

— Un ami ? Je n'ai été partie que deux semaines et vous vous êtes déjà fait un ami ? Voyez-vous ça !

Fred bondit dans la pièce, fier de son collier rouge tout neuf. Personne ne l'ayant réclamé, il appartenait officiellement à Nancy. Déjà elle lui avait acheté un panier et une douzaine de jouets.

— Faye, je vous présente Fred, dit-elle en regardant le petit chien avec un air maternel.

— Mais il est adorable, Nancy. Où l'avez-vous dé-niché ?

— C'est lui qui m'a adoptée, le soir de Noël. J'au-rais dû l'appeler Noël, mais Fred m'a semblé plus adéquat.

Cette fois elle n'osa dire à Faye pourquoi, car elle avait un peu honte de se cramponner ainsi au souvenir de Michael.

— J'ai aussi apporté un tas de choses que j'ai faites.

— Mais, dites-moi, vous avez été très active ! Peut-être faudrait-il que je m'absente plus souvent !

— Soyez gentille, Faye, ne faites pas ça !

Un coup d'œil permit à Faye de se rendre compte que Nancy s'était sentie quand même très seule. Malgré tout, elle avait su vivre Noël sans personne. Ce qui n'était pas un succès négligeable.

— Et puis…, reprit Nancy avec fierté, j'ai fait des démarches auprès d'un professeur de diction. Peter m'assure que cela fait partie du traitement. J'aurai ma première leçon demain à 3 heures. Interdit encore de suivre les classes de danse, mais l'été prochain ce sera possible, mon visage sera alors pratiquement refait.

— Je suis fière de vous, Nancy.

— Moi aussi.

La séance fut excellente et, pour la première fois depuis huit mois, elles ne parlèrent pas de Michael, au grand étonnement de Faye. Ce ne fut qu'au printemps que Nancy mentionna à nouveau son nom. Elle parlait de ses leçons de diction, de ses projets pour le jour où elle maîtriserait pleinement la technique de la photographie.

Ce printemps-là, elles firent de longues marches ensemble, à travers les roseraies du parc, le long des sentiers qui les menaient jusqu'à la plage. Parfois Peter la conduisait en voiture jusqu'à des plages plus isolées où ses bandages importaient peu.

Petit à petit son nouveau visage prenait forme, sa personnalité aussi. On eût dit que, tout en modelant ses pommettes, son front et son nez, il faisait surgir ce qui avait été enfoui sous les avatars de son enfance. Elle avait considérablement mûri durant ces douze mois qui avaient suivi l'accident.

— Déjà un an !

Faye en fut vraiment étonnée en regardant Nancy un après-midi. À ce moment-là, Peter travaillait dans la zone des yeux et Nancy portait de grandes lunettes teintées.

— Oui, c'est arrivé en mai dernier ! Je vous vois depuis huit mois, Faye. Croyez-vous vraiment que j'aie fait des progrès ?

Elle avait l'air déprimée mais elle ressentait encore les fatigues de l'intervention chirurgicale pratiquée trois jours plus tôt.

— Avez-vous des doutes là-dessus ?

— Parfois, oui. Surtout quand je pense trop à Michael !

C'était un aveu difficile pour elle, qui s'accrochait aux dernières bribes d'un rêve, à l'espoir de le retrouver et de voir le marché conclu avec Marion perdre tout son sens.

— Je ne sais pas pourquoi je me tourmente avec cela.

— Attendez de pouvoir sortir davantage. Actuellement, tout ce que vous pouvez faire, c'est ressasser le passé et spéculer sur un avenir que vous ne connaissez pas. Il est bien normal que vous regardiez ainsi en arrière. Vous n'avez personne d'autre dans votre vie, mais cela viendra en son temps. Soyez patiente !

Nancy exhala un long soupir.

— J'en ai vraiment assez de patienter ; j'ai l'impression que ce travail sur mon visage va durer éternellement. Parfois, je déteste Peter, même si je sais que ce n'est pas sa faute à lui. Il va aussi vite qu'il peut.

— Ça vaut la peine de prendre le temps nécessaire. On en voit déjà les résultats !

En effet, le modelé délicat du visage se dégageait et chaque semaine apportait des touches nouvelles. La voix agréablement modulée avait légèrement baissé, et Nancy pouvait mieux en contrôler la douceur, grâce à ses leçons de diction. Faye eut alors une idée.

— Avez-vous songé à faire du théâtre quand tout sera fini ? C'est une expérience qui pourrait vous aider à prendre conscience d'un tas de choses.

Nancy secoua la tête.

— Faire des films, peut-être, mais pas jouer la comédie. J'aimerais plutôt être derrière la caméra.

— Ce n'était qu'une idée en l'air. Qu'avez-vous comme projets, cette semaine ?

— J'ai promis à Peter de prendre des photos pour lui. Nous partons en avion pour Santa Barbara, où nous passerons la journée de dimanche. Il a des gens à rencontrer et il a proposé de m'y emmener…

— C'est le genre de vie qu'il me faudrait. Eh bien, Nancy…, dit-elle en regardant sa montre, nous nous revoyons mercredi ?

— Entendu.

Nancy lui adressa un sourire chaleureux et Fred bondit hors de la pièce, la laisse dans sa gueule. Il était habitué à ces séances dans le bureau de Faye, car Nancy lui permettait toujours de rester près d'elle.

Elle résolut cette fois de marcher jusqu'à un petit parc tout proche, où elle pourrait photographier des enfants sur le terrain de jeu. Elle n'avait pas travaillé sur les enfants depuis quelque temps. Les modèles ne manquaient pas : les gosses grimpaient, se poussaient, criaient. Du banc où elle s'était assise, Nancy les observait pour mieux les comprendre et saisir ce qui les amusait.

La journée était magnifique et Nancy se sentit réconciliée avec la vie.

— Venez-vous souvent ici ?

Assis sur un banc, Michael leva les yeux avec surprise. Il s'était échappé du bureau pour une heure afin de jouir un peu de Central Park. Il y avait toujours quelque chose de magique dans ces premiers jours de printemps, quand New York passait du gris au vert et que la vie éclatait dans les buissons, les arbres et les fleurs. Il croyait cependant être seul dans ce coin isolé. Aussi, cette voix le prit par surprise. Il découvrit Wendy Townsend, la décoratrice du bureau.

— Non, je ne viens presque jamais. Je traverse en ce moment une crise aiguë de fièvre du printemps.

— Moi aussi.

Elle parut soudain gênée, son cornet de glace à la main.

— Ce doit être délicieux, ce cornet !

— En voulez-vous ?

Elle le lui tendit, telle une écolière à son petit ami. Michael refusa d'un geste de la tête.

— Merci quand même. Aimeriez-vous vous asseoir ?

Il se sentait un brin ridicule d'avoir été ainsi surpris,
mais la journée était si belle qu'il était prêt à la partager
avec cette jeune fille, qui était somme toute charmante.
Leurs pas s'étaient croisés plusieurs fois depuis qu'elle
avait pénétré dans son bureau cinq mois plus tôt pour
lui souhaiter un joyeux Noël. Elle s'assit près de lui et
continua de savourer sa glace.

— Sur quoi travaillez-vous ces jours-ci, mademoiselle ?

— Sur les projets de Houston et de Kansas City.
Mon travail est toujours cinq ou six mois en retard sur
le vôtre. C'est intéressant de vous suivre ainsi.

— Je ne sais pas au juste comment prendre ce que
vous dites.

— Prenez-le comme un compliment, dit-elle avec
un sourire.

— Je vous remercie. Ben vous traite-t-il bien ? Ne
joue-t-il pas les bourreaux d'esclaves comme je le lui
avais prescrit ?

— Il en serait bien incapable.

— Je sais. (Il sourit.) Nous nous connaissons, Ben et
moi, depuis longtemps. C'est un frère pour moi.

— C'est un type merveilleux !

Mike approuva sans un mot, se rendant compte qu'il
n'avait vu Ben que très peu depuis un an, faute de temps,
faute surtout de prendre le temps. Il ne savait pas ce
qui se passait dans la vie de son ami et avait laissé des
mois s'écouler sans prendre la peine de s'en enquérir.
Il se sentait coupable. Bien des choses avaient changé

pour lui au cours de la dernière année : lui-même avait considérablement changé.

— Je vous sens loin, monsieur Hillyard. Vous pensez à des choses agréables, j'espère ?

— Le printemps me fait un drôle d'effet ; c'est pour moi un temps d'arrêt d'une année à l'autre et ça m'incite à faire une sorte de bilan. C'est à ça que je pensais.

— C'est une bonne idée. Moi, je ne sais pourquoi, c'est en septembre. Je pense que les rentrées scolaires m'ont marquée. Bien des gens font cet inventaire en janvier. Mais c'est encore au printemps que cela a le plus de sens : la vie repart à neuf au printemps, alors pourquoi pas nous ?

Ils échangèrent des sourires. Michael regardait le petit lac du parc, parfaitement calme, où seuls quelques canards se pavanaient innocemment.

— Que faisiez-vous au même moment, l'an dernier ?

Elle avait beaucoup à dire sur ce sujet mais, pour Michael, la question le transperça comme un glaive. L'an dernier, à cette date…

— Rien de bien différent de ce que je fais maintenant.

Il fronça les sourcils, jeta un coup d'œil à sa montre et se leva.

14

À la grande surprise de Michael, Wendy participait à la réunion qui avait lieu dix minutes plus tard. Ben tenait à sa présence, parce qu'on devait y discuter des plans initiaux du centre médical de San Francisco. La décoration intérieure était un facteur important. Ben s'en était chargé, tandis qu'au bureau central de New York Wendy était responsable de la coordination, et ce plus que de coutume, en raison de l'absence de Ben, souvent appelé à San Francisco.

Le projet était, il va sans dire, loin de son achèvement, mais encore fallait-il se mettre à l'œuvre, travailler sur les plans, résoudre la multitude de problèmes qu'ils soulevaient.

La réunion fut longue, mais intéressante, menée en grande partie par Marion, avec l'aide de George Calloway. Michael prit une part à peu près égale aux délibérations. Ce projet était le sien et c'est ce que sa mère avait voulu dès le départ. Les plus importants bureaux d'architectes du pays avaient convoité ce contrat et Marion avait la ferme intention de l'exploiter pour bien asseoir le nom et la réputation de Michael.

Il était presque 18 heures quand la réunion prit fin et Wendy se sentait vidée. Elle avait bien présenté son point de vue, avait résisté à Marion quand il le fallait et, aux yeux de Michael, avait manifesté beaucoup de bon sens. Ben était fier d'elle : à la sortie, il lui donna une petite bourrade d'approbation sur l'épaule.

— Beau travail, ma petite, excellent travail.

Appelé par sa secrétaire, il dut abandonner Wendy, qui continua seule dans le corridor. Elle fut surprise quand Michael l'aborda à son tour.

— Votre travail m'a fortement impressionné, Wendy. Je crois qu'ensemble nous allons faire de l'excellente besogne.

— Je le crois, moi aussi.

L'éloge, venant de lui, la fit rougir.

— Je… Michael… je… je le regrette vraiment si cet après-midi, dans le parc, j'ai pu dire des choses qui vous ont blessé. Je ne voulais nullement m'immiscer dans vos secrets. Alors, si ma question était déplacée, je suis navrée…

Touché de sa délicatesse, il fit de la main un petit geste apaisant et lui sourit.

— Je suppose que la fièvre du printemps me rend aussi stupide que rêveur. Est-ce que je pourrais réparer ma bêtise en vous invitant à dîner ce soir ?

Il fut surpris autant qu'elle des mots qui lui venaient aux lèvres. À dîner ! Lui qui n'avait pas dîné avec une femme depuis le mois de mai. Celle-ci était gentille, elle travaillait et elle voulait bien faire. Il la vit confuse.

— Mais… ce n'est pas nécessaire que vous…

— Je sais, mais j'aimerais que vous acceptiez. (Il le pensait vraiment.) Êtes-vous libre ?

— Oui, et j'accepte volontiers.

— Très bien. Alors je passe vous chercher chez vous dans une heure.

Il griffonna l'adresse, sourit et regagna son bureau. « C'est peut-être là une folie mais, diable, pourquoi pas ? »

Il se présenta à l'appartement exactement une heure plus tard. C'était une petite maison de brique brune avec une porte peinte en noir et un gros heurtoir de cuivre. L'immeuble comprenait quatre appartements. Celui de Wendy était le plus petit, mais il avait l'avantage de donner à l'arrière sur un jardinet parfaitement bien tenu. La décoration intérieure comportait un agencement heureux d'ancien et de moderne bien choisis. Le tout baignait dans des couleurs chaudes et un éclairage discret. Elle semblait beaucoup aimer les étains et les plantes vertes.

Michael regarda autour de lui avec plaisir et s'assit pour déguster les amuse-gueules qu'elle avait préparés. Ils burent des bloody mary et échangèrent des propos sans importance sur leur travail. Une bonne heure s'écoula ainsi. Michael aurait voulu poursuivre, mais il avait fait une réservation dans un restaurant français des environs où on ne retenait plus les tables après cinq minutes de retard.

— Il va falloir partir si nous voulons arriver à temps. Mais est-ce que nous y tenons vraiment ?

Il fut étonné de l'entendre dire ce qu'il pensait intérieurement et se demanda quel sens pouvait avoir l'embarras qu'il lisait dans ses yeux. N'étant pas sorti depuis longtemps, il craignait de mal s'exprimer et d'être maladroit.

— À quoi pensez-vous exactement, mademoiselle Townsend ? Est-ce que l'idée est aussi choquante que ce que je puis lire sur votre visage ?

— Bien plus encore. Parce que, voyez-vous, ce à quoi je pensais, c'est à un pique-nique sur l'East River, où nous pourrions regarder passer les bateaux !

Elle avait l'air d'une petite fille avec son idée folle. Ils étaient là, tous les deux habillés pour un dîner en ville, lui en costume sombre, elle en robe de soie noire… et elle proposait un pique-nique sur l'East River.

— Extraordinaire. Avez-vous du beurre d'arachide ?

— Certainement pas. (Elle avait l'air offensé.) Mais j'ai du pâté que je fais moi-même, monsieur Hillyard. J'ai aussi du pain au levain.

Elle avait l'air très fière d'elle et Michael était impressionné.

— Seigneur… Je pensais plutôt à quelque chose comme du beurre de cacahuètes, ou encore des hot-dogs.

— Jamais de la vie.

Elle fit la moue et disparut dans la cuisine, où, en dix minutes, elle avait concocté un pique-nique pour deux : un reste de ratatouille, son pâté, du pain, une belle part de brie, trois poires bien mûres, du raisin et une petite bouteille de vin.

— Est-ce que ça ressemble assez à un pique-nique ? demanda-t-elle avec un petit air inquiet.

Il éclata de rire.

— Mais êtes-vous sérieuse ? Je n'ai jamais mangé de choses aussi appétissantes depuis ma douzième année. Je vis la plupart du temps de sandwichs au rosbif ou de ce que m'apporte ma secrétaire. Comme je n'y regarde pas de près, ça pourrait être de la nourriture pour chien, je ne m'en apercevrais pas.

— Grand Dieu ! C'est étonnant que vous ne soyez pas en train de mourir de faim.

— Tout est prêt ?

Wendy regarda autour d'elle et prit un joli châle beige pendant que Michael ramassait le panier de pique-nique.

Ils marchèrent jusqu'à l'East River, trouvèrent un banc et s'y installèrent, tout heureux de voir évoluer les bateaux. La soirée était chaude et belle avec un ciel rempli d'étoiles. La rivière fourmillait de remorqueurs, de bateaux de croisière et même de quelques voiliers en balade. Décidément Mike et Wendy n'étaient pas les seuls à ressentir la fièvre du printemps.

— Est-ce votre premier emploi, Wendy ?

— Oui, et aussi le premier que j'ai sollicité. J'en suis ravie : dès ma sortie de Parsons, c'est chez vous que je suis venue.

— Intéressant ! J'en suis à mon premier emploi, moi aussi.

Il fut tenté de lui demander ce qu'elle pensait de sa mère, mais il n'osa pas, ne voulant pas la mettre dans l'embarras. Après tout, si cette fille avait le moindre jugement, elle devait certainement la détester. Sur le plan du travail, Marion Hillyard était un monstre, et Michael était le premier à le savoir.

— Vous avez de bonnes chances de réussir dans votre carrière, Michael ! (Elle disait cela pour le taquiner, ce qui le fit rire.)

— Que ferez-vous ensuite, Wendy ? Le mariage ? Des enfants ?

— Je ne sais pas. Peut-être bien. Ce ne sera certainement pas avant un certain temps. Je veux d'abord assurer ma carrière. Il me sera toujours possible d'avoir des enfants quand j'aurai trente ans.

— Eh bien ! Les temps ont changé. Autrefois tout le monde était pressé de se marier.

— Certaines filles le sont encore.

Elle lui sourit et prit une pointe de fromage avec un quartier de poire.

— Vous avez l'intention de vous marier un jour ?

Elle le regardait avec curiosité ; il secoua la tête, les yeux perdus au loin.

— Jamais.

Se tournant vers elle, il secoua encore la tête, mais cette fois on eût dit que ses yeux voulaient lui crier quelque chose. Wendy se demanda s'il fallait ou non renoncer à sa question.

— Je ne veux pas insister, dit-elle.

— Oh, cela n'a plus beaucoup d'importance. J'ai évité cette question toute une année. Je l'ai évitée avec vous aujourd'hui même. Je ne pourrai pas toujours l'esquiver.

Il s'interrompit un moment, regardant ses mains, et il revint à elle.

— Je devais me marier l'an dernier. Nous étions en route pour le mariage, quand Ben Avery... ma fiancée et moi avons été victimes d'un accident de voiture. Le chauffeur de l'autre véhicule a été tué… ma fiancée aussi…

Il ne pleurait pas, mais il se sentait déchiré. Wendy le regardait avec des yeux pleins d'effroi.

— Mon Dieu, Michael. C'est effroyable. Un vrai cauchemar !

— En effet. J'ai passé quelques jours dans le coma. Quand j'en suis sorti… elle avait déjà disparu et moi… (Il se sentit presque incapable de poursuivre et de dire ce qu'il n'avait même pas avoué à Ben. Mais il avait besoin de le dire à quelqu'un.) Je suis retourné à son appartement deux semaines plus tard. Il avait été vidé. Quelqu'un avait appelé la compagnie Goodwill. Quant aux peintures, elles avaient été volées par des infirmières de l'hôpital. Ma fiancée était peintre.

Ils restèrent un long moment sans rien dire. Puis, Michael reprit pour tenter de mieux cerner ce qu'il ressentait :

— Il ne restait absolument rien d'elle… rien de moi non plus.

Quand il leva les yeux, des larmes ruisselaient sur les joues de Wendy.

— J'ai tellement de peine pour vous, Michael !

Il inclina la tête et, pour la première fois depuis un an, il se mit à pleurer et les larmes coulaient lentement pendant qu'il serrait Wendy dans ses bras.

15

— Mike, que penses-tu de cette femme responsable du bureau de Kansas City ?…

Elle le regardait, étendue sur une chaise longue de jardin. Michael n'écoutait pas, les yeux braqués sur le journal du samedi. Ils étaient dans le jardin, tous deux en maillot de bain sous le chaud soleil de New York. Wendy savait qu'il n'était pas plus attentif à elle qu'à son journal.

— Mike…

— Quoi ?

— Je te parlais de cette femme du bureau de Kansas City.

Elle constata, avec une pointe d'irritation, qu'il était perdu dans ses pensées.

— Un autre bloody mary ?

— Quoi ? Eh bien, oui. Mais il me faudra partir bientôt pour le bureau.

Il fixait un point invisible, loin derrière l'épaule gauche de Wendy :

— Parfait !

— Que veux-tu dire ?

Il la regardait maintenant sans trop savoir quoi lire sur son visage. Avec un peu d'attention, il aurait compris tout de suite.

— Rien de particulier.

— Écoute. Le centre médical de San Francisco va me faire travailler comme un forçat pendant les deux semaines qui viennent. C'est une des plus importantes entreprises du pays.

— Si ce n'était pas cela, ce serait autre chose. Et puis, tu n'as pas à te justifier devant moi.

— Ne me donne pas l'impression de pointer !

Il poussa le journal du pied et lui lança un regard furieux. De son côté, elle commençait à bouillir.

— Pointer ? Parlons-en. Tu es arrivé ici à minuit trente hier, alors que nous devions dîner chez les Thompson. J'aurais dû m'y rendre quand même d'ailleurs.

— Pourquoi n'y es-tu pas allée ? Tu n'avais pas à m'attendre !

— Non. Mais il se trouve que je suis amoureuse de toi. Je t'attends, moi, quoi qu'il arrive. De ton côté, tu n'essaies même pas d'avoir un peu d'égards pour moi. Mais qu'est-ce que tu as, mon Dieu ? As-tu peur de sortir de ton bureau ? As-tu peur que quelqu'un te mette le grappin dessus ? As-tu peur de tomber amoureux de moi ? Ce serait épouvantable, n'est-ce pas ?

— Ne sois pas sotte, Wendy, tu connais mes horaires mieux que quiconque.

— En effet, mais je sais aussi que la moitié de tes heures de travail n'ont pas d'autre fonction que de te cacher. Tu t'en sers pour m'éviter et pour t'éviter toi-même... (Et pour éviter Nancy, aurait-elle voulu ajouter.)

— Ridicule !

Il se leva et se mit à marcher sur les dalles chaudes du petit jardin. On était en septembre et il faisait encore beau à New York.

Après les premières semaines plutôt agréables de leur liaison, Michael et Wendy vécurent un été difficile. Ils l'avaient passé surtout à travailler, ne s'étant réservé qu'un week-end à Long Island.

— Et puis, diable, qu'attends-tu de moi ? Je croyais qu'au départ nous avions clarifié la situation. Je t'ai dit que je ne voulais pas...

— Tu m'as dit que tu ne voulais pas t'engager de peur d'être blessé, que tu n'étais pas sûr de vouloir jamais te marier. Cependant, tu ne m'as jamais dit que tu avais peur de la vie, peur d'être plus humain. Michael, tu passes plus de temps avec ton dictaphone qu'avec moi. Et tu es probablement plus gentil avec lui.

— Et alors ?

Elle sentit un petit frisson lui parcourir l'échine. Décidément, ça lui était bien égal ! Quelle folie de perdre son temps avec lui. Néanmoins, il y avait en lui une sorte de charme, de force un peu sauvage en même temps qu'une grande tristesse qui l'attiraient. Elle sentait surtout la profondeur de sa peine. Elle voulait éperdument lui montrer combien elle l'aimait, mais elle butait contre son indifférence. Elle n'était pas Nancy et tous deux s'en rendaient compte.

Sans rien ajouter, Wendy se leva et disparut dans le living-room pour cacher ses larmes. Dans la cuisine, elle se versa un autre bloody mary, resta là un moment, tremblante, les yeux clos, souhaitant trouver le moyen de le toucher, de le rendre vraiment présent. Elle commençait cependant à croire qu'il ne serait jamais vraiment « là » pour personne.

Elle but très vite ; elle allait déposer le verre vide sur la table quand elle sentit les mains de Michael caresser doucement sa peau bronzée par les longs week-ends passés seule dans son jardin.

Elle ne dit rien. Il était là derrière elle et elle pouvait sentir la chaleur de son corps. Elle le désirait désespérément, excédée qu'il le sache et qu'il pût la posséder à son gré. Zut, il était grand temps de lui rendre la partie plus ardue.

— Je te désire, Wendy.

Ces mots la tourmentèrent et la firent frissonner, mais elle ne fléchirait pas. Elle resta le dos tourné, irritée par la douceur de ses mains qui descendaient le long de son dos, puis remontaient vers ses seins.

— Et alors quoi ? comme tu viens de dire.

— Tu sais que je suis incapable de contrôler cette envie.

— Ce n'est pas que de l'envie, Michael, ce peut être de l'amour. Il est désolant que tu ne voies pas la différence. Était-ce la même chose avec cette autre femme ?

Les mains de Michael s'immobilisèrent. De son côté, Wendy ne pouvait contrôler son désir de le blesser.

— Avais-tu peur de l'aimer, elle aussi ? Les choses te sont peut-être plus faciles maintenant qu'elle est morte. Dorénavant tu n'as à aimer personne et tu peux te réfugier derrière le sentiment tragique d'être privé de sa présence.

Elle se retourna lentement pour l'affronter, les yeux pleins d'amertume.

— Comment peux-tu dire des choses pareilles ? Comment oses-tu ?

Un moment il lui rappela sa mère, il était presque aussi dur qu'elle, presque aussi froid. Pas tout à fait quand même. Qui, en effet, pouvait être comparé à Marion Hillyard ?

— Pourquoi déformes-tu ce que je te dis ?

— Je ne déforme rien. Je pose des questions, voilà tout. Si je me trompe, je le regrette. Cependant je commence à me demander si je fais vraiment erreur. (Appuyée contre la table, elle le regarda fixement. Il la saisit par les épaules et l'attira.) Michael…

Il ne dit pas un mot, il écrasa sa bouche sur la sienne. En même temps, il arracha le haut du bikini, tira violemment sur la culotte. Quand Wendy se vit étendue sur le plancher, elle se haïssait elle-même plus qu'elle n'en voulait à Michael, car elle savait qu'au fond d'elle-même c'était ce qu'elle désirait. Au moins il était bien vivant, au moins il lui faisait l'amour, quel qu'en fût le prix pour elle. Le prix était cependant trop élevé, puisque c'était un peu de son âme qu'il lui arrachait.

Pendant qu'ils restaient là, pantelants et ruisselants de sueur, Wendy entendit dans le silence le tic-tac de l'horloge de la cuisine. Michael ne disait rien, les yeux tournés vers le jardin, l'air étrangement triste.

« Est-ce que ça va ? » aurait-il pu lui demander, mais c'est elle qui lui posa la question. Cette liaison n'avait pas de sens, elle le savait, mais en même temps il ne lui semblait pas possible d'y mettre un terme. Elle se demandait ce qui arriverait quand ce serait fini.

— Mike…

— Hum ! Oui… Je m'excuse, Wendy, il m'arrive d'être un imbécile sans pareil.

Des larmes brillaient dans ses yeux.

— Il me serait difficile de te contredire sur ce point ! (Elle le regarda avec un sourire plein de regrets et lui embrassa la pointe du menton.) Mais il se trouve que je t'aime quand même.

— Tu mérites mieux, tu sais. (Pour la première fois depuis des mois, il paraissait la voir vraiment.) Parfois je me hais pour tout le mal que je te fais. Je ne…

Il allait poursuivre, mais elle lui posa un doigt sur les lèvres.

— Je sais, je sais.

Il se leva.

— Michael ! lança-t-elle, toujours étendue.

— Oui ?

Il y avait plus de douceur sur son visage que tout à l'heure ; elle avait donc pu lui apporter quelque chose.

— Est-ce que Nancy te manque toujours ?

Il attendit longuement avant de faire un signe affirmatif, les yeux pleins de tristesse. Sans rien ajouter, il se dirigea vers la chambre à coucher.

Wendy se releva lentement. Elle se souciait peu de son bikini déchiré : il lui avait servi tout l'été et l'agrafe pouvait être réparée.

Elle s'installa toute nue sur un des tabourets et réfléchit à ce qu'elle avait aperçu dans les yeux de Michael. Quand celui-ci revint, il la trouva toujours assise et plongée dans ses pensées. Elle leva un regard de surprise… puis de regret, quand elle le vit en jean et chemise blanche. Il tenait sa mallette d'une main et son tricot de l'autre. La mallette signifiait qu'il se rendait à son bureau, bien qu'on fût dimanche, et le tricot voulait dire qu'il y resterait longtemps. Ce n'était pas là bon signe pour Wendy.

— Est-ce que je te revois plus tard ?

Elle se haïssait d'avoir demandé ça : la voici qui demandait… qui mendiait.

— Je serai probablement occupé jusqu'à 2 ou 3 heures du matin, puis je rentrerai chez moi. Il faudrait que je m'y rende de toute façon pour m'habiller.

La gentillesse qu'elle avait vue sur son visage quelques minutes plus tôt avait disparu. Il était redevenu le Michael qui fuyait : il avait suffi de dix ou quinze minutes pour le perdre, après avoir fait l'amour avec lui. La situation semblait sans espoir, mais elle se refusait encore à abandonner la partie. Ce rejet l'incitait à donner encore plus, à essayer plus résolument, à s'engager davantage.

— Je te verrai donc au bureau demain.

S'efforçant de ne pas paraître malheureuse, elle le reconduisit à la porte en souriant. Il la quitta sans s'attarder plus que le temps d'un baiser rapide sur le front et partit sans se retourner. Wendy n'en était pas fâchée parce que, au moment où elle refermait la porte, elle avait fondu en larmes. Michael était vraiment un cas désespéré !

16

Les paysages s'étaient mis à courir derrière eux quand il eut enfoncé l'accélérateur de sa Porsche noire. La sensation était enivrante, ils se sentaient voler et personne ne paraissait pouvoir les arrêter. Nancy et Peter faisaient cette promenade tous les dimanches depuis quelque temps. Il passait la prendre vers 11 heures et ils fonçaient le plus loin possible vers le sud. Ils s'arrêtaient pour le déjeuner, se promenaient un peu, main dans la main, chacun s'amusant des propos de l'autre. Ils remontaient ensuite vers San Francisco. Cette balade était un rituel que Nancy adorait. Elle commençait à ressentir pour Peter des sentiments assez vifs. N'était-il pas devenu un personnage très important dans sa vie ? N'avait-il pas ravivé ses anciens rêves et n'en avait-il pas fait naître de nouveaux ?

Ce jour-là, ils s'étaient arrêtés près de Santa Cruz, dans un petit restaurant dont le style rappelait celui d'une auberge française. Ils avaient commandé une quiche lorraine et une salade niçoise avec un vin blanc sec. Nancy s'habituait à ce genre de repas. On était certes loin de la Nouvelle-Angleterre, de ses foires et de ses perles bleues.

Peter Gregson était un homme très raffiné et c'était un des traits de son caractère que Nancy appréciait beaucoup. Il lui donnait le sentiment d'être une femme de la haute société, malgré ses bandages et ses drôles de chapeaux.

On voyait mieux son visage maintenant, puisque toute la partie inférieure était terminée. Il n'y avait que le pourtour des yeux qui était encore caché en grande partie par les verres teintés. Déjà on pouvait entrevoir non seulement le miracle de reconstitution, mais le chef-d'œuvre que Peter était en train de réaliser. Nancy elle-même s'en rendait compte et cette constatation lui donnait plus d'assurance. Ne portait-elle pas ses chapeaux avec un brin de désinvolture ? N'achetait-elle pas des vêtements plus originaux, plus excentriques ?

Elle avait perdu encore deux autres kilos, ce qui la rendait plus élancée et plus élégante. Elle s'amusait même à jouer de sa voix. On voyait qu'elle commençait à aimer la nouvelle femme qu'elle devenait.

— Savez-vous, Peter, que j'ai songé à changer de nom ?

Elle avait dit cela avec un petit sourire timide. L'idée lui avait semblé moins sotte quand elle en avait parlé avec Faye. Cette fois elle regretta de l'avoir formulée. Peter la mit vite à l'aise.

— Je n'en suis pas du tout surpris. Vous êtes devenue une jeune femme toute nouvelle, alors pourquoi pas un nom nouveau ? Vous en est-il venu un à l'esprit ?

Il la regarda très affectueusement en allumant un cigare, dont l'arôme avait fini par plaire à Nancy, surtout après un bon repas. Peter était en train de l'initier à quantité de bonnes choses de la vie, façon on ne peut plus agréable d'accéder à la maturité.

— Alors, qui est ma nouvelle amie ? Quel est son nom ?

— Je ne suis pas sûre encore, mais j'avais pensé à Marie Adamson. Qu'est-ce que vous en dites ?

Il se tut un moment.

— Pas mal du tout… En fait, il me plaît beaucoup. Comment vous est-il venu à l'esprit ?

— C'est le nom de jeune fille de ma mère et celui de la religieuse que je préférais,

— Voilà une coïncidence heureuse.

Ils rirent de bon cœur et Nancy s'adossa avec un petit sourire de contentement. Marie Adamson ! Son nom l'enchantait.

— Quand vous est venue exactement cette idée de changer de nom ?

Il l'observait à travers la fumée de son cigare.

— Je ne sais pas. Comme ça.

— Pourquoi ne pas commencer tout de suite à vous en servir ? Cela vous permettra de mieux voir si vous l'aimez. Vous pourriez même signer vos œuvres ainsi.

Il paraissait enthousiaste, comme il l'était toujours quand il s'agissait des activités de Nancy ou des siennes.

Pour le plus grand plaisir de Nancy, Peter s'intéressait autant à ce qu'elle faisait qu'à elle-même. Il en était venu à estimer son talent.

— Sérieusement, Nancy, pourquoi pas ?

— Quoi ? Signer Marie Adamson les photos que je vous donne ?

Elle était ravie qu'il lui réponde si sérieusement. Lui et Faye étaient les seuls à connaître ses œuvres.

— Cela pourrait élargir encore vos horizons.

Cette allusion n'était pas nouvelle ; elle hocha la tête avec un petit sourire bien décidé.

— Ne revenons pas là-dessus, voulez-vous ?

— J'y reviendrai jusqu'à ce que vous deveniez raisonnable, Nancy. Vous n'allez pas garder indéfiniment la lumière sous le boisseau. Vous êtes une artiste, que ce soit en peinture ou en photographie, et c'est un crime de cacher vos œuvres comme vous le faites. Il va falloir que vous prépariez une exposition.

— Ah, non !

Elle but une gorgée de vin et se mit à regarder au loin.

— J'ai déjà été exposée plus que je ne le souhaitais.

— Voyez-vous ça ! C'est extraordinaire. Je fais tout ce que je peux pour faire de vous une femme neuve et belle et vous allez vous cacher dans un appartement le reste de votre vie pour y prendre des photos de moi ?

— Est-ce vraiment si terrible ?

— Terrible pour moi, en tout cas.

Il lui sourit gentiment en lui prenant la main.

— Terrible pour vous aussi, sans aucun doute. Vous n'avez pas le droit d'être aussi avare de vos talents. N'allez pas les cacher et vous faire ce tort à vous-même. Pourquoi pas une exposition sous le nom de Marie Adamson ? Cela vous permettrait d'abandonner ce nom si vous étiez mécontente de l'exposition. Faites l'essai. Greta Garbo elle-même n'était-elle pas une étoile jusqu'au jour où elle se mua en recluse ? Donnez-vous au moins une chance !

Il y avait une imploration émouvante dans sa voix. D'autre part, l'anonymat constituait une bonne idée. Peut-être aussi ce changement de nom modifierait-il son optique, car quelque chose se contractait en elle à la seule pensée de redevenir une artiste professionnelle. Cela lui donnait un sentiment de vulnérabilité… en lui rappelant Michael.

— Je vais y penser.

C'était là la réponse la plus positive qu'il lui eût arrachée et il en fut très heureux.

— Pensez-y sérieusement, Marie.

Il la regarda avec un large sourire et elle rit aux éclats.

— Ça me fait tout drôle de porter un nouveau nom.

— Pourquoi ? Vous avez un nouveau visage, est-ce que ça vous fait tout drôle ?

— Non, plus réellement. Grâce à Faye et à vous, je m'y suis habituée !

La plupart des femmes auraient tout donné pour un si joli visage, elle le savait bien.

— Alors, est-ce que je commence à vous appeler Marie ?

Il ne voulait que la taquiner, mais il perçut comme une lumière nouvelle dans ses yeux, malicieux et éclatants de vitalité.

— À vrai dire… oui. Je pense que je vais m'y habituer.

— Parfait, Marie. Pincez-moi si j'oublie.

— Aucun problème, je n'aurai qu'à vous donner un coup avec mon appareil.

Il demanda l'addition. Ils échangèrent des sourires pleins de tendresse. Après le déjeuner, ils flânèrent dans la petite ville, jetant un coup d'œil dans les boutiques, s'aventurant dans des rues étroites et musardant dans les galeries. Fred trottait derrière eux, habitué lui aussi à ces promenades dominicales. Pendant le déjeuner, il les attendait dans la voiture.

— Fatiguée ?

Il la regarda avec beaucoup d'attention après une heure de promenade. Sans doute avait-elle de plus en plus d'endurance, mais Peter, plus que tout autre, savait qu'elle se fatiguait facilement. Depuis dix-sept mois, elle avait subi quatorze opérations et il allait falloir encore un an pour en arriver à une complète récupération. Cependant, ceux qui ne la connaissaient pas aussi bien n'auraient jamais soupçonné cette fatigabilité. Elle était toujours pleine d'entrain, même si une heure de marche lui demandait un certain effort.

— Êtes-vous prête à rentrer ?

— Oui, même si je refuse de l'admettre, dit-elle avec un petit air triste.

Peter serra sa main dans la sienne.

— Dans un an, Marie, vous me battrez à la course !

La phrase la fit rire autant que l'aisance avec laquelle il prononçait le nouveau nom.

— Je relève le défi.

— C'est vous qui gagnerez, j'en ai bien peur. Vous avez un grand avantage sur moi.

— Quel avantage ?

— La jeunesse.

— Mais vous êtes jeune, vous aussi !

Elle le disait avec tant de conviction qu'il éclata de rire.

— J'espère que vous me verrez toujours avec des yeux aussi bienveillants, ma chérie…

Quand il regardait au loin, une ombre de tristesse passait devant ses yeux, Nancy l'avait bien perçu. Il n'y avait pas à se cacher leur différence d'âge. Ils étaient sans doute assez proches l'un de l'autre pour connaître une certaine intimité, mais il y avait entre eux un écart de vingt-trois ans. Elle lui avait dit déjà que cela importait peu et, selon ses humeurs, il lui arrivait de la croire. Ce qu'il n'était pas arrivé à s'avouer à lui-même, c'était son propre malaise : cette jeune fille était la première qui lui avait fait rêver de redevenir jeune, de nier une décennie ou deux d'un passé qu'il avait sans doute apprécié, mais qu'il portait maintenant comme un fardeau.

— Nancy ?…

Il avait tout à coup oublié le nouveau nom et il la regardait gravement.

— Oui ?

— Est-ce que… Est-ce qu'il vous manque toujours ?…

Il y avait tant de chagrin dans les yeux de Peter qu'elle eut envie de l'enlacer et de lui dire que tout allait bien. Elle ne pouvait pas non plus lui mentir. Sans doute surprise de voir que la question lui arrachait encore des larmes, elle se contint et fit signe que oui.

— Parfois. Mais pas toujours.

C'était une réponse franche et honnête.

— L'aimez-vous encore ?

Avant de répondre, elle le regarda droit dans les yeux.

— Je ne sais pas. Je me souviens de lui tel qu'il était, je me souviens de nous tels que nous étions, mais rien de cela n'est plus réel aujourd'hui. Je ne suis plus la même personne ; lui non plus ne peut plus être le même, l'accident l'a nécessairement marqué. Il est fort possible que, si nous nous revoyions, nous nous rendions compte qu'il n'y a plus rien entre nous… Dans ces conditions, il m'est difficile de répondre, parce que tout ce qui reste, ce sont des rêves du passé. Parfois je voudrais le rencontrer, ne serait-ce que pour en finir… Comme j'en suis arrivée à croire que je ne le reverrai plus, il va bien falloir que je jette ces rêves aux oubliettes.

Un tel avenir lui avait été difficile à accepter, mais elle l'avait fait avec beaucoup de détermination.

— Ce n'est pas facile, avait répondu Peter, les yeux pleins de chagrin.

Nancy se demanda soudain s'il n'avait pas vécu lui-même une expérience analogue. C'était peut-être à cause de cela qu'il l'avait toujours si bien comprise.

— Peter, comment se fait-il que vous ne vous soyez jamais marié ?

Ils marchaient lentement vers la plage, Fred sur leurs talons.

— Je ne devrais pas vous demander ça !

— Si, vous pouvez. Il y a une quantité de bonnes raisons. Je suis trop égoïste. J'ai été trop occupé. Mon travail m'a avalé. Tout cela mis ensemble. Et puis, je suis trop remuant, je suis incapable de me fixer.

— En un sens, je ne vous crois pas.

— Moi non plus, même s'il y a quelque chose de vrai dans toutes ces raisons. (Il s'arrêta longuement, puis poussa un grand soupir.) Bien sûr, il y a d'autres raisons. J'ai aimé quelqu'un pendant douze ans. Elle était une de mes patientes. J'étais épris d'elle, mais j'ai toujours évité de m'engager, au point qu'elle ne sut d'abord rien de mes sentiments… Si ce n'est beaucoup plus tard seulement. On eût dit que le sort nous poussait constamment l'un vers l'autre, aux réunions mondaines, aux dîners, dans nos activités professionnelles. C'est que son mari était lui-même médecin. Alors, vous voyez, elle était mariée et j'ai résisté à la tentation pendant un an. Ensuite j'ai cédé, je suis tombé sérieusement amoureux d'elle et nous eûmes ensemble de bons moments. Nous avons pensé nous marier, partir ensemble, avoir un enfant, mais tout cela ne s'est jamais concrétisé. Les choses continuèrent ainsi… pendant douze ans. Je ne comprends pas encore comment nous avons fait… Je suppose que ce sont des choses qui arrivent… Le temps passe, la vie suit son cours et un jour vous vous éveillez pour constater que dix années, douze années se sont écoulées. Nous avons toujours trouvé des raisons, moi pour ne pas me marier, elle pour ne pas divorcer : son mari, ma carrière, sa famille. Il y avait toujours un tas de raisons. Il est bien possible que nous ayons préféré laisser les choses comme elles étaient. Je ne sais pas.

C'était là un aveu qu'il n'avait jamais fait. Nancy l'avait observé pendant qu'il parlait, les yeux perdus.

— Pourquoi avez-vous cessé de vous voir ?

Peut-être n'ont-ils jamais cessé, pensa-t-elle. Sa question la fit rougir, et elle se demanda si elle n'avait pas été indiscrète. Après tout, elle ignorait probablement beaucoup de choses qu'elle n'avait aucun droit de connaître.

— Je m'excuse, je n'aurais pas dû vous demander ça !

— Voyons, Nancy…

Ses yeux étaient revenus vers elle avec leur gentillesse coutumière.

— Il n'y a rien que vous ne puissiez me demander. La raison est qu'elle est morte d'un cancer il y a quatre ans. J'ai été auprès d'elle la plupart du temps, sauf le dernier jour. Je pense que Richard, son mari, avait fini par savoir. Mais rien n'importait plus, puisque nous l'avons perdue l'un et l'autre. Je crois que Richard a été très reconnaissant qu'elle ne l'ait jamais quitté. Nous l'avons regrettée ensemble, lui et moi. C'était une femme extraordinaire. Elle était… elle vous ressemblait beaucoup.

Il avait les yeux remplis de larmes en regardant Nancy, qui pleurait elle aussi. Sans réfléchir, d'une main légère, elle essuya doucement les larmes de Peter et sans retirer sa main l'embrassa tendrement sur la bouche. Ils restèrent longtemps ainsi, très près l'un de l'autre, les yeux clos. Elle sentit ensuite les bras de Peter l'enlacer : elle n'avait pas connu une aussi grande paix depuis plus d'un an, ni une aussi grande sécurité. Il l'étreignit ainsi longuement. Puis il pencha son visage vers le sien et l'embrassa avec une passion contenue depuis quatre ans. Sans doute avait-il désiré d'autres femmes après la mort de Livia, mais il n'en avait aimé aucune avant de rencontrer Nancy.

— Savez-vous que je vous aime ?

Il recula un peu pour la regarder, mais d'un regard qu'elle ne lui avait jamais vu encore. De son côté, elle était à la fois heureuse et triste, n'étant pas certaine d'être prête à lui donner en retour tout ce qu'il lui apportait. Elle l'aimait sans doute… mais pas du même amour.

— Je vous aime moi aussi, Peter, mais à ma façon.

— Je n'en demande pas plus pour le moment.

C'est ce que Livia lui avait déjà dit. Ces deux femmes se ressemblaient de façon étonnante.

— Faye m'a beaucoup aidé à la mort de Livia. Voilà pourquoi j'étais certain qu'elle vous serait précieuse.

Elle l'avait aidé d'autres façons, mais il importait peu d'en parler, du moins pour le moment.

— Vous avez raison, Peter. Faye a été admirable. Vous l'avez été tous les deux.

Ce fut elle cette fois qui prit la main de Peter. En remontant de la plage, elle lui dit :

— Peter… je… je ne sais comment dire… je ne voudrais pas vous blesser en disant que je vous aime, j'en suis encore à liquider mon passé, morceau par morceau. Ça pourrait prendre du temps.

— Je ne suis pas pressé, je suis un homme très patient.

— Tant mieux, parce que je tiens à ce que vous soyez là quand je serai prête.

— Je serai là, ne vous inquiétez pas.

La façon dont il le disait la remplit de bonheur et de chaleur. Elle se demanda si elle ne l'aimait pas plus qu'elle ne croyait. Aussi, à mesure qu'ils avançaient, il lui vint une idée qui l'effraya d'abord et la troubla. Elle savait clairement ce qu'elle voulait faire. Peter de son côté avait bien vu l'étincelle dans ses yeux au moment où ils avaient rejoint la voiture.

— Eh bien, qu'est-ce que vous avez derrière la tête ?

— Peu importe.

— Grand Dieu, insista Peter, de quoi s'agit-il ?

Plusieurs semaines auparavant, elle lui avait donné un coup de fil très matinal pour lui dire de se lever afin d'admirer un extraordinaire lever du soleil.

— Nancy, non, Marie plutôt, à partir de maintenant c'est Marie, seulement Marie. Mais, dites-moi, est-ce que Marie est aussi dangereuse que Nancy ?

— Bien plus. Marie a toutes sortes de nouveaux trucs dans la tête !

— Alors, ménagez-moi un peu !

Il n'avait pas l'air de quelqu'un qui tenait à être ainsi traité.

— Un indice ! Seulement un petit indice !

Elle secouait la tête et le taquinait. Fred avait sauté sur ses genoux et Peter avait mis la voiture en marche.

— Eh bien, j'ai moi-même une suggestion à vous faire. Le travail sur votre visage sera terminé vers la fin de l'année. Pourquoi ne pas commencer la nou-

qu'elle cherchait était sur le dessus. Elle s'assit sur le plancher pour le regarder avec beaucoup d'attention et de concentration. Cette toile devait être le cadeau de mariage de Michael, un an et demi plus tôt. C'était le paysage avec le petit garçon caché dans l'arbre. Elle le regarda longuement, jusqu'à ce que les larmes coulent de ses yeux. Il lui avait fallu dix-huit mois pour y faire face. C'était le moment. Elle allait terminer ce tableau pour Peter !

17

Le matin était clair et vif. Marie rabattit son feutre blanc, releva le col de son manteau de lainage rouge et traversa les quelques rues qui la séparaient encore du bureau de Faye Allison. Fred, comme toujours, trottinait à ses côtés ; son collier et sa laisse étaient de la même couleur que le manteau de sa maîtresse. Nancy lui sourit quand ils tournèrent le dernier coin de la rue. Elle était en grande forme et le brouillard ne parvenait pas à l'assombrir. Elle monta l'escalier à grandes enjambées et entra.

— Bonjour ! Me voici ! chantait-elle dans la maison chaude et confortable.

Une réponse lui vint rapidement de l'étage supérieur. Marie enleva son manteau ; elle portait une simple robe de lainage blanc ornée d'une broche en or que lui avait donnée Peter.

Presque distraitement, elle se regarda dans la glace, donna à son chapeau un angle plus désinvolte et s'amusa de ce qu'elle voyait. Elle ne portait plus de lunettes et pouvait enfin découvrir ses yeux. Il ne lui restait que quelques bandes très étroites de diachylon sur le front. Celles-ci allaient bientôt disparaître. Quelques semaines encore et tout serait fini.

— Satisfaite de ce que vous voyez, Nancy ?

Faye se tenait derrière elle et lui souriait affectueusement.

— Oui, tout à fait. Je suis même déjà habituée !

Son regard était espiègle quand elle se retourna pour regarder son amie.

— Que voulez-vous dire, Nancy ?

— Vous m'appelez encore Nancy. C'est Marie maintenant qu'il faut dire, rappelez-vous. C'est mon nom officiel !

Faye hocha la tête et la précéda dans son bureau.

— Je me trompe encore, voyez-vous.

Marie ne parut pas s'en formaliser.

— J'imagine qu'il n'est jamais facile de se débarrasser de vieilles habitudes. (Ses traits s'assombrirent quand elle prononça ces derniers mots. Faye attendit la suite de sa réflexion.) J'ai beaucoup réfléchi ces derniers temps et je pense avoir pris le dessus sur lui !

Elle avait dit cela calmement, les yeux fixés sur le feu du foyer.

— Sur Michael ?

Marie ne fit qu'un signe de la tête avant de lever les yeux.

— Qu'est-ce qui vous fait penser que vous avez pris le dessus ?

— Je pense que c'est parce que je l'ai décidé. Je n'ai pas le choix, Faye. Les faits sont là et deux années se sont passées depuis l'accident, dix-neuf mois pour être précise, et il ne m'a pas rejointe. Il n'a pas envoyé sa mère au diable en disant qu'il lui fallait à tout prix être près de moi. Au contraire, il n'a absolument rien fait.

— Ce n'est pas facile. Pendant longtemps vous avez tant attendu de lui.

— Depuis trop longtemps… et il m'a laissée tomber !

— Comment vous sentez-vous ?

— Bien, je pense. Je suis furieuse contre lui, pas contre moi.

— Vous n'êtes plus fâchée contre vous-même pour avoir conclu cet arrangement avec sa mère ?

Faye touchait là un point sensible. Elle le savait bien, mais c'était un sujet qu'il fallait éclaircir complètement.

— Je n'avais pas le choix !

La voix était froide et dure.

— Vous ne vous reprochez rien ?

— Qu'est-ce que je me reprocherais ? Pensez-vous que Michael ait quelque remords de m'avoir abandonnée, de n'avoir jamais pris la peine de venir me voir après l'accident ? Pensez-vous qu'il en fait de l'insomnie ?

— Vous, Nancy, passez-vous encore des nuits blanches à cause de cela ? C'est ce qui m'intéresse.

— Zut, dites donc Marie !… Non, vraiment, j'ai décidé de balancer tous ces rêves. J'ai vécu trop longtemps avec eux !

Elle avait l'air convaincue, mais Faye n'était pas encore parfaitement sûre des sentiments de la jeune fille.

— Et puis après ? Qu'est-ce qui prendrait la place de Michael ? Ou plutôt, qui pourrait prendre sa place ? Peter ?

— Pour le moment, je travaille. Je compte d'abord prendre des vacances dans le sud-ouest pendant la période de Noël. Il y a là des régions magnifiques que je veux photographier. J'ai déjà préparé un itinéraire. J'irai d'abord en Arizona et au Nouveau-Mexique. Il est possible que je prenne l'avion pour le Mexique et que j'y passe quelques jours.

Elle avait l'air enchantée en disant cela, mais il restait sur son visage quelque chose de dur qui cachait de la tristesse. Ne venait-elle pas de renoncer à Michael pour de bon, au terme d'un long cheminement ?

— Et puis ensuite ?…

— Le travail, le travail, encore le travail. C'est tout ce qui m'intéresse maintenant. Peter a organisé l'exposition qui se tiendra en janvier. Vous ferez bien d'être là !

Faye sourit.

— Pensez-vous que je manquerais une telle occasion ?

— J'espère bien que non. J'ai choisi les choses que je préfère. Vous n'en avez encore vu que très peu. Peter aussi. J'espère qu'il va aimer mon choix.

— Il va certainement l'aimer, puisqu'il aime tout ce que vous faites. Ce qui m'amène à vous demander ce que vous pensez de Peter.

Les yeux de Nancy revinrent vers les flammes du foyer.

— Oh, je sens un tas de choses au sujet de Peter.

— Est-ce que vous l'aimez ?

— D'une certaine façon, oui.

— Pourrait-il jamais prendre la place de Michael dans votre vie ?

— C'est possible. J'essaie de le laisser prendre la place de Michael, mais quelque chose me retient. Je ne suis pas prête, Faye. Et puis… je ne sais pas… je me sens coupable de ne pouvoir donner davantage à Peter. Il a tant fait pour moi et je sais… quel intérêt il me porte.

— C'est un homme très patient.

— Peut-être trop patient. J'ai peur de le blesser.

Elle regarda de nouveau Faye.

— Eh oui ! Il me plaît beaucoup.

— On verra ce qui arrivera. Peut-être vous sentirez-vous plus libre maintenant que vous avez décidé de chasser Michael de votre vie.

Faye vit la bouche de Marie se durcir.

— Marie, j'espère que vous n'allez pas laisser tomber tout le monde, que vous n'avez pas renoncé à l'amour.

— Non. Pourquoi est-ce que je ferais ça ?

La réponse était trop rapide et trop peu réfléchie.

— Vous ne devriez pas, en tout cas. Michael est un homme parmi d'autres, ne l'oubliez pas. Il y a quelqu'un sur la terre pour vous. C'est peut-être Peter, ou quelqu'un d'autre, mais il y a certainement quelqu'un. Vous êtes belle et vous n'avez que vingt-trois ans et toute la vie devant vous.

— C'est aussi ce que Peter me dit.

Elle n'avait cependant pas l'air d'y croire vraiment. Les yeux levés vers Faye avec un petit sourire nerveux qui voulait masquer sa crainte et sa peine, elle ajouta :

— J'ai pris une autre décision !

— À propos de quoi ?

— À propos de nous deux. Je crois que j'en ai fini, Faye. J'ai dit tout ce que j'avais à dire. Je me sens prête à partir, à voler de mes propres ailes et à conquérir le monde.

— Pourquoi ne pas plutôt en jouir ?

Il y avait encore quelque chose qui inquiétait Faye. Nancy avait renoncé à une chose en laquelle elle ne croyait plus. Elle était prête maintenant à se battre pour son travail, mais pas pour elle-même.

— Vous avez reçu un don merveilleux, Marie, celui de la beauté. N'allez pas le cacher derrière un appareil photo.

Marie la regardait avec des yeux durs et froids.

— Cela n'a pas été un don, Faye. Je l'ai payé avec tout ce que j'avais.

Elles échangèrent des vœux de Noël, mais la voix de Marie avait une fausse gaieté, une sorte de vacuité qui continuait d'inquiéter Faye. Marie enfonça son feutre et sortit, n'adressant qu'un geste désinvolte de la main à cette amie de deux ans. On eût dit qu'elle disait adieu à tout pour entrer dans une vie nouvelle, et qu'elle abandonnait derrière elle ce qu'elle avait aimé.

18

Quand Marie eut quitté le bureau de Faye, elle héla un taxi pour se rendre à Union Square. Les réservations étant déjà faites, elle n'aurait qu'à s'arrêter pour payer son billet. Ce devait être son premier voyage depuis des années, depuis ce week-end passé avec Michael aux Bermudes. Les jours de Noël étaient là… elle s'efforça de ne pas y penser davantage. Le taxi s'engageait déjà dans le trafic du centre de la ville. Fred, assis sur ses genoux, regardait le mouvement des autres voitures et de temps en temps regardait sa maîtresse, comme s'il sentait chez elle quelque chose de spécial, une sorte de nervosité quand elle tira une cigarette de son sac et l'alluma.

— Ici, mademoiselle ?

Le chauffeur s'était arrêté près de l'hôtel Saint-Francis.

Elle paya sa course, ouvrit la portière à Fred, qui sauta sur le trottoir, elle-même écrasa sa cigarette et descendit de voiture. Elle vit que l'agence n'était qu'à quelques pas. Pour une fois, il n'y avait pas de queue à cette heure assez matinale. Les entrevues avec Faye étaient toujours… ou plutôt avaient été fixées à 8 h 45. Elle se rendait compte qu'elle était libre, que tout était bien terminé, classé, qu'elle n'avait plus à rencontrer la psychiatre. Cette décision l'effrayait un peu, elle se sentait à la fois libérée et seule, avec le besoin à la fois de s'amuser et de pleurer.

— Puis-je vous aider ? lui demanda la jeune fille du guichet. Vous venez prendre vos billets ?

— Oui. Je les ai réservés la semaine dernière. Au nom de Adam… de McAllister.

Il lui sembla étrange de revenir ainsi à l'ancien nom dont elle ne s'était pas servi depuis deux mois. Ce voyage allait remplir une fonction symbolique ; légalement son nom devait changer le premier janvier ; au retour elle ne serait plus Nancy McAllister mais Marie Adamson. C'était un peu comme un voyage de noces qu'elle allait faire toute seule, dernière étape d'un cheminement qui avait duré presque deux ans. Marie Adamson allait naître officiellement et Nancy McAllister allait disparaître et être oubliée à jamais. Puisque Michael l'avait oubliée, elle pouvait bien s'oublier elle-même. Il n'y aurait plus rien dont se souvenir ; Peter y avait pourvu, puisque ceux qui l'avaient connue ne la reconnaîtraient plus. Ce visage délicat, parfaitement dessiné, c'était celui dont d'autres femmes avaient rêvé et qu'elle-même n'avait pas connu durant vingt-quatre années de vie antérieure. N'étant plus Nancy McAllister, elle ne se sentait pas pour autant étrangère à elle-même.

Sa voix était différente, plus douce, plus profonde, plus sensuelle. Elle se plaisait à voir les gens l'écouter davantage ; s'exprimant mieux, elle avait l'impression d'avoir plus à dire. Ses mains étaient gracieuses et délicates, leurs mouvements plus assurés après ces cours de ballet que Peter lui avait permis de prendre quand le traitement fut assez avancé. Le yoga avait apporté l'harmonie à l'ensemble de sa personne. Tout cela avait concouru à composer l'image de Marie Adamson.

— Ce sera cent quatre-vingt-dix dollars, mademoiselle.

L'employée, après un coup d'œil à l'écran de télévision, regarda attentivement cette cliente en face d'elle. Elle ne pouvait détourner les yeux de ces traits magnifiques, de ce sourire éblouissant et de cette grâce de tous les mouvements. Tout en elle portait spontanément les gens à se demander : « Mais, qui est-elle donc ? »

Marie fit un chèque, prit son billet et retourna vers Union Square dans le soleil de décembre, portant Fred dans ses bras pour l'empêcher d'être bousculé. La journée était superbe et la vie était belle. Elle pouvait partir, puisqu'elle en avait enfin fini avec les interventions chirurgicales.

C'est une vie nouvelle qui commençait, une nouvelle carrière aussi. Elle habitait un appartement adorable et il y avait un homme qui l'aimait, qu'espérer de plus ?

Elle entra chez Magnin, le sourire aux lèvres et la démarche légère, avec l'intention de s'acheter quelque chose de beau, un cadeau qu'elle voulait se faire et qui lui servirait pour le voyage. Elle passa d'un comptoir à l'autre, essayant ici des chapeaux, là des bracelets, des foulards, des sacs à main, des bottes, une amusante paire de souliers lamés or. Elle fixa son choix sur un pull blanc d'un cachemire très soyeux ; avec sa peau satinée et ses cheveux noirs, elle ressemblait à Blanche-Neige. La comparaison l'amusa. Elle se disait aussi que Peter serait enchanté de son achat. Le tricot moulait son corps, dont le modelé avait changé lui aussi depuis un an, grâce à la danse et au yoga : il était plus ferme, plus mince, la faisait paraître plus grande et merveilleusement souple.

Revenue au rez-de-chaussée, elle examinait les étalages et observait les gens. Elle acheta des chocolats pour Faye. N'était-ce pas là un présent tout indiqué pour souligner la fin agréable d'une thérapie ? Sur la carte, elle n'écrivit que ces mots : « Merci. Amitiés, Marie. »

Que pouvait-elle dire d'autre ? Merci pour m'avoir aidée à oublier Michael ? Merci pour m'avoir aidée à survivre ?

Comme elle jonglait avec ces pensées, elle s'arrêta soudain. On eût dit qu'elle avait aperçu un fantôme. Quand la vendeuse lui remit sa carte de crédit, elle continuait de regarder ailleurs fixement. C'est que Ben Avery était à quelques mètres d'elle, examinant de luxueux articles de voyage. Marie resta figée sur place pendant ce qui lui parut une éternité. Elle s'approcha davantage ; il fallait le voir, le toucher, l'entendre. Stupidement elle se demanda un moment s'il la reconnaîtrait.

Elle l'espérait, même si elle savait que c'était impossible. Elle sentit que cela valait mieux, parce que ainsi elle pourrait se tenir près de lui et l'observer.

Elle se demandait depuis quand il avait vu Michael, s'il travaillait toujours pour la firme. Elle s'avança près des valises qu'il était en train d'examiner. Ses yeux ne le quittaient pas. Tout à coup, il se tourna pour la regarder, lui sourit de son bon sourire tranquille. Pas le moindre indice qu'il l'eût reconnue : il la regardait plutôt en admirateur et tendit ensuite la main vers Fred.

— Bonjour, mon chien.

La voix était si familière qu'elle faillit se sentir mal, mais elle resta là, sentant même la chaleur de cette main qui frôlait la sienne en caressant Fred. Elle n'avait pas imaginé que le simple fait de voir un ami de Michael lui causerait un tel choc. Il faut dire que c'était le premier contact, si anonyme fût-il, qu'elle avait avec lui depuis… Elle ravala ses larmes et regarda les valises que Ben examinait encore. Sans même y penser, sa main caressa la chaîne que Ben lui avait prêtée le soir du mariage et qu'elle portait encore.

— Vous faites vos emplettes de Noël ?

Elle se trouvait bien hardie de bavarder ainsi avec lui, mais elle tenait à lui parler pour voir s'il ne la reconnaîtrait pas à sa voix, même si le timbre en était changé. Cette fois encore il la regarda avec cette sorte de sourire convenu qu'échangent deux étrangers.

— Oui, c'est pour une jeune femme et je ne puis me décider à choisir.

— Elle est comment ?

— Fantastique !

Marie éclata de rire. C'était Ben tout craché. Elle faillit lui demander s'il parlait sérieusement.

— Elle a une sorte de crinière rousse et… elle a à peu près votre taille.

Il examinait Marie de nouveau et ses yeux parcouraient sa silhouette presque avec gourmandise. Elle ne savait pas si elle allait rire ou s'émouvoir, l'attitude était tellement caractéristique de Ben.

— Êtes-vous sûr que ce sont des valises qu'elle aimerait ?

Pour Marie, le cadeau manquait de fantaisie. Elle comptait recevoir quelque chose de plus original de la part de Peter.

— C'est que nous partons en voyage et j'avais pensé… Voyez-vous, c'est une surprise et je voulais cacher les billets dans la valise.

Cinq cents dollars de valises pour cacher des billets ? Benjamin Avery, quelle extravagance ! Les deux dernières années avaient donc été prospères !

— C'est une demoiselle bien chanceuse !

— Non, c'est moi qui suis le garçon chanceux !

— Est-ce votre voyage de noces ?

Marie commençait à se sentir gênée par sa propre indiscrétion, mais c'était merveilleux d'apprendre ainsi des nouvelles et peut-être des nouvelles de… Elle ne perdit pas son sourire calme et détaché.

— Non. Seulement un voyage d'affaires. Elle n'en sait encore rien. Alors, qu'en pensez-vous ? La brune ou la vert foncé ?

— Je préfère la brune avec la ligne rouge. Elle est magnifique !

— Moi aussi, je l'aime bien.

De la tête il approuva le choix de Marie et s'adressa à la vendeuse. Il acheta trois valises et demanda qu'on les expédiât à New York par avion. Donc, c'était là qu'il vivait. Elle se l'était demandé.

— Merci pour votre aide… mademoiselle… ?

— Adamson. J'ai été enchantée de vous aider. Je m'excuse de vous avoir posé ces questions. Le temps des fêtes a toujours des effets étranges sur moi.

— Sur moi aussi, figurez-vous. C'est un temps tellement agréable. Même à New York… ce qui n'est pas peu dire.

— Vous vivez à New York ?

— Quand j'y suis. Je voyage beaucoup pour mon travail.

Cela ne lui apprenait toujours pas s'il travaillait pour Michael. C'était un renseignement qu'elle ne pouvait lui demander.

Soudain cela lui fit mal d'être là, si près de lui, si anxieuse encore de s'informer sur quelqu'un qui n'existait plus pour elle… qui ne devrait plus exister pour elle. Il la regarda, l'air intrigué. Un moment elle se sentit gênée, mais le sourire de Ben l'assura qu'il ne se faisait aucune idée sur celle à qui il parlait.

Elle abaissa un peu son chapeau pour bien cacher le dernier diachylon qu'elle avait encore et pressa Fred un peu plus dans ses bras pendant que Ben continuait de la regarder.

182

— Je sais que c'est une proposition banale… mais pourrais-je vous inviter à prendre un verre ? Je dois prendre un avion dans quelques heures, nous pourrions faire un saut au Saint-Francis, si…

Elle lui retourna son sourire et déjà elle allait accepter.

— J'ai moi aussi à prendre un avion, je regrette, monsieur Avery.

Son sourire à lui disparut.

— Comment savez-vous mon nom ?

— J'ai entendu la vendeuse le mentionner.

La repartie avait été rapide. Il haussa les épaules, plein de regret. C'était une jeune femme si incroyablement belle. Même s'il en était venu à aimer Wendy, après ces trois mois de liaison, il pouvait bien se permettre de prendre un verre avec une jolie fille. Il eut une autre idée.

— Où vous rendez-vous, mademoiselle Adamson ?

— Santa Fe, au Nouveau-Mexique.

Il parut désappointé comme un écolier et l'expression de son visage la fit éclater de rire.

— Zut ! Moi qui espérais que vous alliez à New York. Nous aurions pu faire ensemble le trajet.

— J'imagine que la jeune femme aux valises aurait peu apprécié, dit-elle avec des yeux grondeurs qui les firent rire tous les deux.

— Touché ! La prochaine fois, peut-être ?

— Vous venez souvent à San Francisco ?

Elle redevenait curieuse.

— Pas très souvent, mais je reviendrai certainement…

Les yeux tournés vers les valises, il se reprit :

— Nous reviendrons. Ma compagnie s'occupe ici d'un projet important, si bien que je devrai probablement passer plus de temps à San Francisco qu'à New York.

— Alors, nous nous reverrons peut-être ?

La voix était presque triste. Ce n'était que Ben après tout et il importait peu qu'elle le revît. La vendeuse interrompit sa rêverie. Il était d'ailleurs temps de partir. Elle se contenta de regarder Ben longuement pendant qu'il faisait son chèque. Sans dire un mot, elle lui serra le bras. Il leva les yeux, surpris. En chuchotant, elle lui souhaita un joyeux Noël avant de s'éloigner.

Quand il eut signé son chèque, il fut déçu de voir qu'elle avait disparu de façon si abrupte. Il scruta en vain la foule des clients de Noël, mais elle était déjà sortie par une porte latérale. Elle se sentait fatiguée et le cœur lourd.

Elle héla un taxi, donna au chauffeur l'adresse du vétérinaire et déposa Fred avant de rentrer chez elle. Tout était prêt ; elle n'avait qu'à prendre ses bagages et à partir pour l'aéroport. Elle ne trouvait pas très gentil de laisser Fred à San Francisco, mais son voyage comportait trop d'arrêts fatigants. Surtout, c'était un voyage qu'elle tenait à faire seule : il marquait la fin d'une vie, celle de Nancy McAllister, et le commencement d'une nouvelle.

Elle jeta un dernier regard à son appartement, un peu comme si elle s'attendait à ne plus le revoir avec les mêmes yeux. En fermant la porte, elle murmura un mot qu'elle se disait à elle-même, qu'elle disait à Ben et à

Michael, qu'elle disait à tous ceux qu'elle avait aimés ou qu'elle avait connus : « Adieu. »

Les yeux brouillés de larmes, elle descendit en hâte l'escalier en tenant fermement sa valise et son appareil photo.

19

Elle n'avait pas permis à Peter de venir l'accueillir à l'aéroport. Partie seule, elle tenait à rentrer seule.

Le voyage avait eu des effets presque magiques. Ces trois semaines avaient été une période de calme et de travail. Ne parlant pour ainsi dire à personne, elle n'avait fait qu'observer et réfléchir.

À mesure que les jours passaient, elle se sentait plus libre intérieurement. D'avoir revu Ben Avery avait sans doute été pour elle un choc, parce qu'il avait ravivé trop de souvenirs, mais c'était maintenant du passé. Sa vie nouvelle avait commencé pour de bon.

Les jours de Noël s'étaient confondus avec les autres. Elle les avait passés à prendre des photos de neige aux alentours de Taos. Le ski l'avait tentée, mais elle avait promis à Peter d'éviter les risques d'accident et les trop longues expositions au soleil. Elle avait tenu sa promesse, comme il avait tenu la sienne en ne venant pas à l'aéroport.

Elle regarda autour d'elle avec soulagement; seule au milieu d'une foule d'étrangers, elle trouvait réconfortant de se perdre ainsi dans la cohue, de s'y sentir à l'abri dans l'anonymat. Cette dernière année, elle avait essayé de se rendre invisible. Mais voilà que maintenant elle attirait l'attention de bien des hommes. Sa démarche, le feutre qu'elle avait acheté en voyage pour cacher les derniers diachylons, le jean noir, le manteau de mouton, tout contribuait à la faire remarquer. Il était bien difficile de cacher des attraits dont elle-même ne connaissait pas toute la séduction.

Elle prit un taxi à la sortie, donna l'adresse au chauffeur et s'adossa à la banquette. Elle se sentait fatiguée : il était presque 11 heures et elle s'était levée à 5 heures pour prendre des photos. Elle se promit donc de se coucher tôt car le lendemain allait être une journée chargée. À 9 heures, Peter devait enlever les derniers diachylons. Après avoir passé seule le reste de la matinée, il était convenu qu'elle déjeunerait avec Peter pour bien marquer l'événement. Finies les opérations, finis les bandages. Elle pouvait dorénavant vivre comme tout le monde. Son nouveau nom était maintenant légal. Marie Adamson était née.

Le chauffeur la déposa devant chez elle et elle monta lentement l'escalier. C'était comme si elle allait trouver un appartement différent de celui qu'elle avait quitté. C'était pourtant bien le même. Elle fut surprise de se sentir un peu déçue. Réflexion faite, elle se mit à rire d'elle-même. Que voulait-elle donc ? N'avait-elle pas dit à Peter de ne pas venir l'accueillir ? S'attendait-elle à une fanfare cachée dans la chambre ou à Peter tapi sous le lit ? Elle s'attendait à quelque chose mais ne savait au juste à quoi.

Elle enleva chapeau et manteau et s'allongea sur le lit, se demandant pourquoi elle était revenue. Toutes sortes d'idées lui trottaient dans la tête. Qu'adviendrait-il maintenant que Peter avait achevé son travail ? Et si elle n'allait plus le revoir ? Ces questions étaient sottes et elle le savait. N'avait-il pas organisé une exposition de ses œuvres qui devait ouvrir ses portes le jour même du « dévoilement » de son visage ? Il s'intéressait à elle personnellement, pas comme à un cas parmi d'autres. Cela aussi elle le savait. Étendue dans le noir, elle ressentait quand même une étrange insécurité. Elle aurait voulu entendre quelqu'un lui dire qu'elle n'était pas seule, que tout allait bien pour elle, Marie Adamson.

— Et puis, zut. Qu'importe si je suis seule ?

Elle se leva précipitamment et alla se placer devant la glace pour se répéter ces mots à elle-même. Mal à l'aise, elle saisit son appareil photo et se mit à le caresser ; elle n'avait besoin de rien d'autre. Le voyage l'avait fatiguée, il était vain de se préoccuper de sa solitude, de l'avenir, de Peter... Elle se mit au lit, se disant qu'elle avait mieux à penser, à son travail par exemple.

Elle s'éveilla peu après 6 heures le lendemain. À 7 h 30 elle était habillée et déjà dehors. Avant son rendez-vous avec Peter, elle fit un tour dans le marché aux fleurs pour y prendre des photos. Elle passa aussi chercher Fred chez le vétérinaire.

— Comme vous avez l'air en forme ce matin... et jolie aussi ! Il est superbe ce manteau.

Peter regardait avec admiration le manteau en co-
yote acheté à bas prix dans une réserve indienne du
Nouveau-Mexique. Elle le portait avec un jean, un
tricot noir à col roulé et des bottes. Tenant à la main
son feutre noir, qu'elle avait enlevé en entrant, elle le
balança d'un geste calculé au-dessus de la corbeille à
papier où il tomba.

— Docteur Gregson, c'est la dernière fois que je
porte un chapeau !

Il approuva de la tête, sachant combien ce geste était
important pour elle.

— Vous n'en aurez plus besoin.

— Grâce à vous.

Elle aurait voulu l'embrasser, mais le regard qu'elle
posa sur Peter lui disait assez ce qu'il voulait savoir.
Elle-même sentit qu'elle lui avait manqué pendant ce
voyage.

Dorénavant il allait être pour elle quelqu'un de différent. À partir de ce matin, il ne serait plus son médecin,
il serait son ami ou ce qu'elle voudrait qu'il soit. Cette
incertitude demeurait, même s'il lui avait souvent dit
son amour. Elle n'avait pas encore fait le dernier pas et
il ne l'avait jamais pressée.

— Vous m'avez manqué, Peter.

Elle lui toucha le bras affectueusement avant de s'asseoir dans le fauteuil déjà si familier, ferma les yeux et
attendit.

Il l'observa un moment avant de prendre place sur le
petit tabouret tournant.

— Vous avez l'air pressée, ce matin.

— Après vingt mois, vous ne seriez pas pressé ?

— Je sais, ma chérie, je sais.

Elle entendit le cliquetis des instruments délicats dans la cuvette de métal et le sentit tirer doucement les diachylons collés sur le front, à la naissance des cheveux.

À chaque millimètre de chair libérée, c'était elle-même qui se sentait plus libre. Elle comprit enfin que rien ne restait plus sur son visage.

— Vous pouvez ouvrir les yeux maintenant, Marie. Allez vous voir dans la glace.

Ce voyage vers le miroir, elle l'avait fait des milliers de fois. Au début, elle ne vit que de minuscules pièces, puis de plus grands morceaux du puzzle. Jamais encore elle n'avait vu le visage de Marie Adamson complètement libéré, totalement découvert, comme deux ans plus tôt elle voyait celui de Nancy McAllister.

— Allez, regardez.

C'était stupide, mais elle était presque effrayée. Sans dire un mot, elle se leva et s'avança lentement vers le miroir. Elle s'y arrêta : sur son visage il y avait un sou-rire rayonnant… et des larmes. Peter se tenait à quelque distance pour la laisser à elle-même. C'était son heure à elle !

— Mon Dieu, Peter, c'est très beau.

Il riait doucement.

— Ne dites pas c'est très beau, petite sotte, mais je suis très belle, parce que c'est vous, ça, vous savez.

Elle ne put faire qu'un signe de tête avant de se retourner. Ce n'est pas que son visage eût beaucoup changé après la disparition des derniers diachylons ; ce qui l'émut, c'était que tout était fini, et qu'elle était devenue Marie.

— Oh, Peter...

Elle se précipita dans ses bras et le serra très fort. Ils se tinrent longuement ainsi avant que Peter se reculât un peu pour essuyer gentiment ses larmes.

— Vous voyez, je peux même me mouiller et je ne fonds pas.

— Vous pouvez même prendre le soleil, sans faire d'excès. Vous pouvez faire tout ce que vous voulez et cela pour le reste de votre vie. Qu'y a-t-il en tête de votre agenda ?

— Travailler.

Elle pouffa de rire, s'assit sur le tabouret tournant et, les jambes repliées sous son menton, elle se fit tournoyer sur elle-même.

— Bon Dieu, elle va se casser une jambe ici, dans mon bureau !

— Même si je me casse une jambe, je sortirai d'ici, mon chéri. J'ai ma vie à fêter ce matin.

— Je suis bien content d'entendre ça.

Fred l'était aussi, puisqu'il se mit à sautiller, à agiter la queue, à japper comme s'il avait compris ce qu'elle avait dit. Ils rirent de bon cœur tous les deux et Peter se pencha pour caresser la tête du petit chien.

— Nous déjeunons ensemble ?

Il y avait une sorte d'inquiétude dans le regard de Peter et Marie en fut émue, parce qu'elle comprenait ce qu'il vivait, son anxiété. Allait-elle encore souhaiter sa présence, maintenant qu'elle n'avait plus besoin de lui ? Il lui sembla si vulnérable qu'elle lui tendit la main.

— Bien sûr que nous déjeunons ensemble, Peter...

Le regardant fixement elle ajouta :

— Il y aura toujours une place pour vous dans ma vie. Toujours. Vous le savez bien. C'est à vous seul que je dois ma vie nouvelle.

— Non, pas à moi seul. Vous la devez aussi à quelqu'un d'autre.

À Marion Hillyard. Sachant qu'elle détestait la vieille dame, il n'osa prononcer son nom. Il n'avait jamais compris pourquoi Marie réagissait si négativement sur ce sujet. Il se contenta de la taquiner.

— Je suis très heureux d'avoir été là pour vous aider. J'y serai toujours si vous avez besoin de moi... ou pour d'autres raisons...

— Entendu. Alors veillez à bien me nourrir à 12 h 30 !

Elle se leva et mit son manteau de fourrure.

— Où allons-nous nous retrouver ?

Il suggéra un nouveau restaurant près des quais, d'où ils pourraient regarder les remorqueurs et les péniches sillonner la baie, et plus loin les collines de Berkeley.

— Ça vous va ?

— C'est parfait. Je pourrai flâner aux alentours avant le déjeuner et prendre quelques photos.

— Je serais plutôt jaloux si vous alliez faire autre chose.

Il ouvrit toute grande la porte de son bureau et s'inclina avec solennité. Elle lui répondit par un clin d'œil et partit. Au lieu de descendre directement vers les quais, elle se rendit au centre de la ville pour faire des emplettes. Elle tenait à porter une robe nouvelle lors de ce repas en compagnie de Peter. N'était-ce pas le jour le plus important de sa vie ? Elle tenait à en savourer toutes les secondes. Dans le taxi, en consultant son carnet de chèques, elle fut satisfaite de l'argent que son travail lui avait rapporté. Elle pouvait donc se permettre une petite extravagance pour elle-même et acheter un cadeau pour Peter.

Elle trouva une robe de cachemire fauve dont la coupe moulait parfaitement son corps. Elle s'arrêta aussi chez le coiffeur, où, pour la première fois depuis des années, elle se fit faire une mise en plis qui dégageait entièrement son visage. Elle s'acheta de splendides boucles d'oreilles en or, une ceinture de satin beige ornée de coquillages, des souliers de daim crème, un sac à main, enfin son parfum favori. Elle était prête pour le déjeuner avec le Dr Peter Gregson et elle était belle à faire chavirer le cœur de n'importe quel homme. Elle s'arrêta enfin chez Shreve, où elle découvrit précisément, et comme par enchantement, ce qu'elle avait jusqu'ici cherché en vain et avait cru ne jamais pouvoir trouver. Il s'agissait d'un boîtier en or pour cette montre de poche que Peter portait parfois et qu'il aimait particulièrement. Elle y ferait graver plus tard la date de cette journée mémorable.

Un taxi la déposa devant le restaurant au moment où Peter s'y installait. Elle croyait qu'il s'exclamerait de joie en la voyant s'avancer. D'ailleurs plusieurs autres clients du restaurant avaient marqué leur admiration.

— C'est bien vous ?

— Cendrillon, pour vous servir. Cela vous plaît ?

— Si ça me plaît ? Mais je suis éberlué. Qu'avez-vous fait durant cette matinée ? Couru les magasins ?

— Évidemment. C'est aujourd'hui une journée très spéciale.

Elle faisait donc des choses qu'il n'avait pas crues possibles. Il aurait voulu l'embrasser, là, au restaurant, mais il se contenta de lui serrer fortement la main, l'air ravi.

— Je suis tellement content que vous soyez heureuse, ma chère Marie.

— Je suis très heureuse, mais pas seulement à cause de mon visage. Il y a l'exposition de demain… mon travail… ma vie nouvelle… et il y a vous.

Les derniers mots étaient enveloppés de douceur. Ces instants avaient une telle signification pour lui qu'il ne put que plaisanter.

— Je suis tout à la fin de votre énumération. Et Fred, où le placez-vous ?

Ils rirent de bon cœur. Il commença par commander deux bloody mary, puis, se ravisant, il commanda du champagne.

— Du champagne ? Ciel !

— Pourquoi pas ? J'ai fermé le bureau pour l'après-midi : je suis complètement libre… à moins qu'évidemment… vous n'ayez d'autres projets ?

— Quels projets aurais-je ?

— Votre travail, peut-être ?

Il se sentit tout penaud d'avoir posé une telle question.

— Ne soyez pas stupide. Il faut nous amuser aujourd'hui.

— Comment, par exemple ? Qu'aimeriez-vous ?

Elle essaya d'y penser, ne trouva rien d'abord, puis le regarda avec un lumineux sourire.

— Aller à la plage.

— En janvier ?

— Bien sûr ! Après tout nous sommes en Californie, pas dans le Vermont. Nous pourrions aller en voiture jusqu'à Stinson et là marcher le long de la mer.

— Très bien. Vous n'êtes pas difficile à combler.

Ces marches sur la plage étaient devenues pour elle des instants privilégiés. Et quel meilleur endroit pour lui offrir son cadeau ? Malgré sa tentation de le faire plus tôt, elle attendit tard dans l'après-midi, au moment où, main dans la main, ils marchaient le long de la plage. Sa fourrure la protégeait du vent très vif qui soufflait dans la brume montante.

— J'ai quelque chose pour vous, Peter.

Il s'arrêta et la regarda avec surprise, comme s'il ne comprenait pas très bien. C'est alors qu'elle tira de son sac à main la petite boîte.

— Je le ferai graver, si vous voulez.

— Mais, Marie, c'est trop… Vous n'auriez pas dû… Je ne voulais pas…

Il fut à la fois touché et embarrassé en ouvrant la petite boîte. Enchanté par le boîtier en or, il entoura de son bras les épaules de Marie.

— Pourquoi avoir fait cela ? dit-il en la regardant doucement.

— Parce que vous êtes un homme affreux qui n'a jamais rien fait pour moi.

Il rit, puis la prit dans ses bras pour l'étreindre longuement. Elle l'embrassa comme elle ne l'avait pas encore fait jusqu'alors, avec son corps et avec son cœur. Il la désira au point de pouvoir à peine se maîtriser.

— Vous feriez mieux de faire attention, petite madame, autrement je vous viole ici même sur la plage.

Elle ouvrit son manteau avec un sourire provocant et se mit à rire.

— Et alors ?

Il l'attira de nouveau vers lui. Quelle fille extraordinaire et quel prix prenait sa longue attente ! Dorénavant il pouvait en toute liberté exprimer ses sentiments.

— Ma chérie… Marie…

Elle le fit taire avec un long baiser passionné. Il se dégagea un moment, se demandant si cette passion était bien celle qu'il voulait lui inspirer, mais une si forte envie les attirait l'un et l'autre qu'il cessa d'en douter.

— Est-ce que… ne vaudrait-il pas mieux rentrer ?

Elle opina doucement de la tête et ils rejoignirent la voiture. Le visage de Marie n'était pas aussi grave que celui de Peter. Dès qu'ils furent arrivés devant l'appartement, elle se tourna vers lui et lui dit en souriant :

— J'ai autre chose pour vous, Peter. J'aimerais que vous montiez, si vous avez le temps.

— Vous êtes sûre ?

— Absolument.

Sans rien ajouter, elle le précéda dans l'escalier, ouvrit la porte sans allumer. Traversant le salon, elle écarta son chevalet de la fenêtre et fit de la lumière. Ce qu'il aperçut, ce fut une toile où un petit garçon se cachait à demi dans le feuillage. Elle y avait mis la dernière touche avant les vacances, mais l'avait gardée pour cette journée, pour cet instant précis. Peter la regarda abasourdi.

— Elle est à vous, Peter. Je l'ai finie… pour vous !

— Ma chérie…

Il marcha vers elle les yeux brillants, l'air ému et reconnaissant. Cette journée avait décidément été riche d'émois et de surprises.

— Je ne puis vraiment pas accepter, j'ai déjà beaucoup de vos œuvres. Vous m'en avez tellement donné qu'il ne vous restera rien à exposer.

— Ce que vous avez, ce sont des photos, Peter. Ceci est différent, c'est le gage de ma vie nouvelle. C'est la première fois que je me suis remise à la peinture ; cette toile a déjà signifié beaucoup pour moi, et je tiens à ce qu'elle soit maintenant à vous. Prenez-la, je vous en prie.

Ses yeux s'étaient remplis de larmes. Peter s'approcha et la prit de nouveau dans ses bras.

— Elle est superbe. Je vous remercie, je ne sais trop quoi dire. Vous avez été si bonne pour moi.

— Vous n'avez rien à ajouter ?

Elle l'embrassa alors d'un baiser qui disait tout. Cette fois, il savait, il était sûr. Il s'avança avec elle dans la chambre et, vibrant de désir, il la déshabilla avec des gestes lents. Et c'est dans l'ombre douce du crépuscule, au son d'une corne de brume lointaine, qu'ils firent l'amour.

20

— Chéri, voudriez-vous remonter ma fermeture ?

Elle tourna vers lui son dos lisse et doré et il lui embrassa l'épaule.

— J'aime mieux la descendre, vous savez.

— Allons, allons, Peter. Nous n'avons pas le temps.

Marie le regarda avec un air de reproche qui les fit rire. Il portait un smoking, elle, une robe noire aux manches kimono et une ceinture étroite qui soulignait sa taille fine. C'était une robe ravissante.

— J'ai le regret de vous en avertir, ma chérie, mais personne ne regardera vos œuvres. C'est vous qu'ils admireront.

— Vous croyez ?

Il rit de sa fausse incrédulité et il ajusta sa cravate. Ils formaient un couple très élégant.

— Tout a été disposé comme vous le vouliez ? Je n'ai pas eu le temps de vous emmener vérifier.

En effet, quand il s'était réveillé ce matin-là, elle était déjà partie et ce n'est qu'à la fin de l'après-midi qu'il était revenu à l'appartement. Quelques instants volés leur révélèrent qu'ils ne faisaient que commencer à assouvir la faim qu'ils avaient l'un de l'autre.

— Oui, on a tout disposé comme je le voulais, grâce à vous. Merci, Peter. J'ai l'impression que vous leur avez dit : Je tiens à ce que tout soit placé comme je veux… Sinon Jacques ou moi-même, nous y veillerons !

Jacques était propriétaire de la galerie ; c'était un vieil ami de Peter.

— Je me sens gâtée, une vraie *artiste*, quoi !

— C'est ce qu'il faut, parce que votre œuvre va devenir importante, vous verrez.

Elle le sut bientôt, car le lendemain la presse fut extrêmement élogieuse. Ils lisaient les journaux en prenant le café du petit déjeuner.

— N'est-ce pas ce que je vous disais ?

Il paraissait aussi enchanté, sinon plus, de son œuvre à elle que de la sienne. Elle lui sauta sur les genoux, tout épanouie.

— Attendez, ma chérie. La semaine prochaine vous aurez à vos trousses tous les représentants des studios de photographie du pays.

— Vous perdez la tête, mon ami !

Il se trompait à peine, puisque le lundi suivant elle recevait des appels de Los Angeles et de Chicago. Elle n'en revenait pas, enchantée et amusée. Elle en reçut même un de Ben Avery. C'était l'après-midi, au moment où elle était en train de développer quelques pellicules. En entendant la sonnerie, elle s'était essuyé les mains et s'était dirigée vers l'appareil. Elle pensait que l'appel venait de Peter ; celui-ci devait lui dire à quel moment il pouvait la voir ce soir-là, après une réunion. De son côté elle avait beaucoup à faire dans la chambre noire, car l'exposition avait provoqué une avalanche de commandes.

— Allô !

— Mademoiselle Adamson ?

— Oui, monsieur.

Elle ne reconnaissait pas la voix.

— Je ne suis pas sûr que nous nous connaissions, mais j'ai rencontré une demoiselle Adamson lors de mon dernier voyage à San Francisco. C'était chez Magnin et j'y faisais quelques emplettes de Noël… J'ai acheté des valises et puis…

Il se sentait un parfait imbécile. Pendant quelques secondes, qui lui parurent une éternité, elle ne dit pas un mot.

C'était donc Ben. Zut ! Comment s'y était-il pris pour la retrouver ? Et pourquoi ? Elle fut tentée de dire non.

— C'est bien possible, en effet.

— Merveilleux. Je vous appelle parce que j'arrive de votre exposition à la galerie Montpelier. J'ai été très impressionné, tout autant que mon associée, Mlle Townsend.

Marie fut tout à coup très intriguée. Était-ce la jeune femme pour qui il avait acheté les valises ? Elle ne prit pas la liberté de le lui demander. Elle s'assit et enchaîna.

— Je suis heureuse que l'exposition vous ait plu, monsieur Avery.

— Vous vous souvenez de mon nom ?

— J'ai la mémoire des noms, voyez-vous.

— Vous avez de la chance. Moi, j'ai la mémoire comme une passoire et dans ma profession c'est un handicap, croyez-moi. De toute façon, j'aimerais beaucoup vous rencontrer pour discuter de certaines choses au sujet de votre travail.

— Que voulez-vous dire ? Que peut-il bien y avoir là à discuter ?

— Nous devons construire ici, à San Francisco, un centre médical. C'est une énorme entreprise et nous voudrions vous associer à la décoration de chacun des bâtiments. Sans trop savoir encore comment cela pourra se concrétiser, nous sommes cependant déjà sûrs de vouloir retenir vos services. Nous aimerions discuter de ce projet avec vous. Ce pourrait être une occasion unique pour votre carrière.

Il disait cela avec beaucoup de fierté et s'attendait à ce qu'elle perdît le souffle à l'autre bout du fil ou encore à des cris d'enthousiasme… il s'attendait à tout, sauf à ce qu'il entendit.

— Je vois. Quelle firme représentez-vous ?

Elle attendit, connaissant déjà la réponse.

— Cotter-Hillyard, de New York.

— Eh bien, je vous remercie, monsieur Avery, ce n'est pas tout à fait mon genre.

— Comment ? Je ne comprends pas.

— Inutile d'aller plus loin, monsieur Avery, je dois vous dire tout de suite que je ne suis pas intéressée.

— Pourrions-nous au moins nous rencontrer pour en discuter ?

— Non…

— Mais j'ai déjà parlé à… Je…

— La réponse est non. Merci d'avoir appelé.

Très lentement elle raccrocha et retourna à la chambre noire. Elle n'allait pas avoir affaire à eux ! C'en était bien fini avec Michael Hillyard : il ne la voulait pas comme épouse, elle n'allait pas l'accepter comme employeur.

Le téléphone sonna de nouveau avant même qu'elle eût fermé la porte de la chambre noire. Elle pensa que c'était encore Ben, aussi voulut-elle trancher une fois pour toutes. Elle courut vite à l'appareil, le décrocha et cria presque :

— La réponse est non, je vous l'ai dit déjà.

— Grand Dieu, qu'est-ce que je vous ai fait ?

Il était moitié rieur, moitié estomaqué, mais le ton de la voix la détendit.

— Zut ! Je m'excuse, mon chéri. Je viens tout juste de répondre à quelqu'un qui m'ennuyait avec ses propositions.

— Suite à l'exposition ?

— Plus ou moins.

— La galerie ne devrait pas donner votre numéro de téléphone à n'importe qui. Pourquoi ne prennent-ils pas les messages ? (Il avait l'air vraiment ennuyé.) Je vais le suggérer à Jacques.

Peter était vraiment troublé à la seule pensée que des importuns puissent la poursuivre ainsi.

— À part ça, ça va ?

— Oui, ça va.

Elle semblait encore troublée, il le percevait dans sa voix.

— Très bien. Je serai là dans une heure. Ne répondez pas au téléphone avant que j'arrive. Je vais m'occuper de cela.

— Merci, mon amour.

Ils échangèrent encore quelques mots et raccrochèrent.

Elle se sentait coupable de ne pas lui dire la vérité à propos de cet appel téléphonique. Elle n'avait rien contre Ben Avery personnellement, mais il travaillait pour Michael Hillyard. Elle ne voulait pas dire à Peter que c'était cela qui l'avait à ce point énervée. Il n'avait pas à savoir combien elle était encore fragile quand il s'agissait de Michael, même si elle avait réussi à le chasser de ses pensées.

Heureusement Ben Avery ne rappela pas ce soir-là. Il attendit le lendemain matin et la surprit au moment où elle se préparait à partir.

— Bonjour, mademoiselle Adamson. C'est encore moi, Ben Avery.

— Écoutez-moi. Je croyais que nous avions mis un point final hier soir. Je ne suis nullement intéressée.

— Mais vous ne savez même pas de quoi il s'agit. Pourquoi ne déjeunerions-nous pas ensemble, vous et moi, ainsi que mon associée ? Nous pourrions discuter. Je ne vois pas en quoi cela pourrait vous gêner.

« Oui, Ben, oui. Ça pourrait me faire bien mal », pensa-t-elle.

— Je regrette mais je suis très occupée.

Elle ne cédait pas d'un pouce. Dans sa chambre d'hôtel, Ben, roulant des yeux, signifiait à Wendy qu'il n'y avait rien à faire. Il n'y comprenait rien. Que pouvait-elle avoir contre Cotter-Hillyard ? C'était un non-sens.

— Alors demain ?

— Écoutez-moi bien... Ben... monsieur Avery. Je ne suis pas du tout intéressée et ne veux pas discuter davantage avec vous, ni avec votre associée ni avec personne d'autre. Est-ce assez clair ?

— C'est clair, malheureusement. Je persiste à penser que vous faites une grave erreur. Si vous avez un agent, c'est certainement ce qu'il vous dira.

— Eh bien, je n'ai pas d'agent et je n'ai de conseils à recevoir de personne.

— Je crois que vous faites erreur, mademoiselle Adamson. De toute façon nous resterons en contact.

— C'est gentil à vous, mais vraiment, ce n'est pas la peine.

— Très bien, très bien. Je vous écris un mot. Si vous changez d'idée, vous pourrez m'appeler ici ou à New York. Je serai au Saint-Francis jusqu'à la fin du mois avant de regagner New York. Il nous reste beaucoup de temps encore pour parler de tout cela.

« Peut-être pour vous, mais pas pour moi. Vous êtes en retard de deux ans », se disait-elle.

— Je regrette, mais je n'en crois rien.

Elle coupa la communication, mais cette fois elle décrocha l'appareil avant de retourner à la chambre noire.

21

C'était un matin très froid de février. Ben Avery, engoncé dans son manteau comme une tortue dans sa carapace, avait franchi à pied la distance qui séparait son bureau sur Park Avenue de la sortie du métro. Il neigerait avant la fin de la journée, on le sentait dans l'air, et on aurait dit que le jour se levait à peine. Il n'était pas 8 heures du matin et une montagne de travail l'attendait. Il reprenait aujourd'hui, après son séjour sur la côte ouest. Une rencontre importante avec Marion était fixée pour 10 h 30. Il allait lui apporter, somme toute, de bonnes nouvelles.

Le hall était plein de monde et l'ascenseur presque rempli quand il y monta. Même à cette heure matinale, le monde des affaires débordait déjà d'activité. Après le rythme plus lent de la vie à San Francisco, et même à Los Angeles, cela faisait un choc de se replonger dans ce courant.

Il semblait que personne ne fût encore à la besogne quand il longea le couloir qui le menait au bureau que Marion avait fait aménager pour lui à son entrée dans la maison. Sans doute, ce bureau n'avait ni les dimensions ni l'élégance du bureau personnel de Marion, mais sa disposition était parfaite. Marion ne regardait pas à la dépense quand il s'agissait de la compagnie Cotter-Hillyard.

Ben jeta un coup d'œil à sa montre en enlevant son manteau et se frotta les mains pour les réchauffer, ne s'habituant pas au vent glacial et au froid humide de New York. Certains hivers, il se demandait s'il arriverait jamais à se réchauffer et ne comprenait pas qu'on vive ici, alors qu'il y avait des villes comme San Francisco où les gens jouissaient d'un climat de rêve tout le long de l'année. Même son bureau lui sembla glacé. Comme il n'avait pas de temps à perdre, il s'empressa de vider sur sa table le contenu de sa serviette et de mettre en ordre documents et dossiers. Tout s'était bien passé durant ce voyage, à une petite chose près qui pouvait éventuellement s'arranger.

Il regarda de nouveau sa montre, s'arrêta un moment pour réfléchir, puis décida de tenter sa chance une fois encore : il ferait un joli coup s'il pouvait arriver à la réunion avec cette dernière bonne nouvelle.

Ben avait apporté quelques échantillons du travail de Marie Adamson, qu'il avait dû acheter à la galerie, persuadé du bien-fondé de cette dépense. Quand Marion et Michael découvriraient ces œuvres, la beauté de leur style, il est probable que Marion elle-même prendrait l'affaire en main et que la jeune femme finirait par signer un contrat. Il sourit à cette idée.

Il appela donc et attendit. La démarche était un peu folle, quand on songe qu'à San Francisco il n'était que

5 heures du matin, qu'il pourrait surprendre la jeune femme dans son sommeil.

— Allô ! répondit une voix pâteuse.

— Hum, mademoiselle Adamson… Je suis vraiment navré de vous importuner. Ici Ben Avery, je vous appelle de New York. Je dois incessamment assister à une réunion et j'aimerais par-dessus tout pouvoir dire à notre présidente que vous consentez à travailler pour nous au centre médical. J'avais pensé que…

Il comprit tout de suite qu'il avait fait un faux pas, il le sentit dans ce long silence accablant à l'autre bout du fil. Elle finit par répondre.

— À 5 heures du matin ? Et vous m'appelez pour me parler de votre réunion avec… Nom de Dieu, c'est une histoire de fous ! Je vous ai dit non, n'est-ce pas ? Que diable faudra-t-il que je fasse ? Me faire rayer de l'annuaire ?

Ben l'avait écoutée les yeux fermés en partie à cause de son embarras et aussi à cause d'autre chose. Cette voix avait quelque chose d'étrange sans qu'il sût trop pourquoi elle lui semblait familière. Elle ne résonnait pas cette fois comme celle de Marie Adamson : elle était plus aiguë, plus jeune, assez singulière pour toucher quelque chose au fond de sa mémoire. Intrigué, il se demandait qui cette voix pouvait lui rappeler.

— N'avez-vous pas encore compris ma réponse, nom d'un chien ?

La colère que traduisaient ces mots le ramena vite à la réalité présente. C'était bien Marie Adamson qui parlait et elle n'était pas du tout enchantée de cet appel téléphonique.

— Je suis vraiment navré, mademoiselle. Je sais que j'ai fait là une sottise. J'espérais seulement que…

— Je vous l'ai dit. C'est non. Je refuse d'écouter, de discuter, de considérer ou de dire quoi que ce soit au sujet de votre centre médical. Et fichez-moi la paix !

Sur ce, elle raccrocha. Ben resta là, l'appareil à la main, l'air penaud.

— Eh bien, mes amis, j'ai tout l'air d'avoir bousillé l'affaire !

Il n'avait pas vu Michael nonchalamment appuyé sur le seuil de sa porte.

— Bienvenue à la maison. Qu'est-ce que tu as bousillé comme ça ?

Mike n'avait pas l'air particulièrement intéressé. Très heureux de revoir son ami, il s'avança et s'assit dans un des confortables fauteuils de cuir.

— Comme c'est bon de te voir de retour !

— Je suis content d'être revenu, même s'il fait terriblement froid dans cette satanée ville. Après avoir vécu à San Francisco, je n'arriverai plus à m'adapter ici.

— Nous arrangerons les choses pour te réserver désormais la côte ouest, toi, le frileux ! Et cet appel téléphonique ? De quoi s'agit-il ?

— De l'unique déconvenue de mon voyage.

Il se passa la main dans les cheveux avec un geste d'irritation et se renversa sur sa chaise.

— Tout a marché comme prévu. Absolument tout. Ta mère va être au septième ciel quand elle verra les rapports. À une exception près. C'est là un problème mineur, mais j'aurais voulu que tout fût parfait.

— Y a-t-il de quoi s'inquiéter?

— Non, je suis simplement ennuyé. J'ai rencontré une artiste. Une photographe extraordinaire. Je veux dire d'un très grand talent : pas un simple amateur. Elle est vraiment brillante : j'ai pu le constater en visitant son exposition à San Francisco. J'aurais voulu l'engager pour décorer le hall de l'édifice principal. Tu te souviens du thème que nous avions approuvé en réunion avant mon départ?

— Et alors?

— Elle m'a simplement envoyé promener, ne voulant même pas en discuter.

— Mais pourquoi? C'était trop commercial pour elle, je suppose.

Michael n'avait aucunement l'air impressionné.

— Je ne sais pas pourquoi. Elle est montée sur ses grands chevaux dès mon premier appel. Ça n'a pas de sens.

Michael souriait d'un air amusé.

— Bien sûr que cela a un sens. Elle se fait prier pour obtenir plus d'argent. Sachant qui nous sommes, elle veut sans doute jouer serré pour obtenir un contrat plus alléchant. Est-elle vraiment aussi brillante que tu le dis?

— La meilleure. J'ai apporté quelques reproductions de ses œuvres. Tu vas certainement les aimer.

— Elle pourra donc obtenir ce qu'elle exigera. Tu me montreras cela plus tard. Pour le moment j'ai quelque chose à te demander.

Michael devint sérieux. C'était un sujet qu'il se proposait d'aborder depuis des semaines.

— Quelque chose ne va pas ? demanda Ben. (Il s'adaptait vite aux états d'âme de son ami.)

— Non, en fait, dit Michael, je me sens un parfait idiot simplement de t'en parler. Tu vois à quel point j'ai perdu contact… Eh bien… voici, y a-t-il quelque chose entre toi et Wendy ?

Ben le scruta un moment avant de répondre. Mike avait l'air plus curieux qu'offensé. Bien sûr que Ben était au courant des relations de Wendy avec Michael et ce n'était un secret pour personne que Michael avait fait peu de cas d'elle. Ben se sentait quand même mal à l'aise d'avoir accueilli celle que son ami avait laissée tomber. La vérité était que lui et Wendy s'aimaient. Le mois passé ensemble pendant le voyage d'affaires sur la côte ouest avait été merveilleux. Wendy s'était même amusée à l'appeler un voyage de noces.

— Eh bien, Avery, qu'en est-il ? Tu ne réponds pas à ma question.

Il y avait un petit sourire amusé sur les lèvres de Michael, car il connaissait la réponse.

— Je me sens mufle de ne pas t'en avoir parlé plus tôt. Mais la réponse est oui. Est-ce que cela t'ennuie ?

— Pourquoi ? Je suis plutôt embarrassé de l'avouer… mais je ne me suis pas tenu très au courant. Je suis sûr en tout cas que Wendy t'a dit à quel point j'ai été d'un extraordinaire empressement…

Il y avait de l'amertume dans ses derniers mots, mais la réponse de Ben fut pleine de gentillesse.

— Elle ne m'a rien dit, sauf qu'elle trouvait que tu n'étais pas un homme très heureux. Il n'y a pas là de quoi nous surprendre, n'est-ce pas, vieux ?

Mike approuva sans rien dire.

— Je n'ai pas marché dans tes plates-bandes comme un salaud, Michael, sache-le bien. Vous aviez déjà cessé de sortir ensemble depuis un bon bout de temps. Je ne te cache pas que j'ai toujours eu un faible pour elle.

— Je le soupçonnais déjà quand tu l'as engagée. C'est une chouette fille, bien meilleure que ce que je mérite.

Il ajouta, en souriant :

— Et probablement meilleure que ce que tu mérites toi-même.

— Holà ! Attention ! (Il y avait de la malice dans ses yeux à ce moment.)

— Est-ce que ce serait sérieux entre vous, par hasard ?

Ben ricana un peu et fit signe que oui.

— Je crois que c'est sérieux.

— C'est donc vrai ? Et vous songez à vous marier ?

Michael était éberlué. Comment avait-il vécu pour ne s'être aperçu de rien ? Il est vrai que Ben était absent depuis un mois. Il avait donc été à ce point loin de tout durant ces deux longues années ?

— Le diable m'emporte ! Marié ! Avery marié ! Alors, c'est réglé ?

— Je n'ai pas dit ça. Mais nous y pensons et je dirais qu'il y a de bonnes chances. Aurais-tu des objections ?

C'était de la taquinerie, l'un et l'autre le savaient, puisque les moments les plus embarrassants étaient passés.

— Absolument aucune objection. (Il restait là, assis, à secouer la tête.) J'ai l'impression d'avoir manqué un chapitre ou deux du roman. À moins que vous n'ayez été d'une particulière discrétion !

— Mais pas du tout. C'est plutôt toi qui as été particulièrement occupé. Tu n'as fait que travailler sans te payer le moindre bon temps. Ce régime-là va faire de toi un homme riche et célèbre dans ta sphère, mais totalement ignorant des rumeurs de la ville.

Ben n'exagérait qu'à demi et Mike le savait.

— Tu aurais pu me mettre au courant, espèce d'imbécile !

— Bien sûr. Tu as raison. Je m'en excuse. Quand il se passera des événements importants, je te le ferai savoir. Pendant que nous y sommes, accepterais-tu d'être mon...

Il se serait mordu la langue d'avoir abordé cette question. Lui-même avait consenti à jouer le rôle de témoin au mariage de Mike le soir de l'accident, et voici qu'il avait presque demandé à Mike de jouer le même rôle.

— Oublions ça. Nous avons bien le temps !

Mike se leva et s'avança pour donner une poignée de main à son ami. Une ombre avait de nouveau assombri son regard, parce qu'il savait trop bien ce que Ben avait été sur le point de lui demander.

— Mes félicitations, mon vieux !

Le sourire était authentique, tout autant que la peine qu'il ressentait.

— Et puis, ne va pas t'inquiéter au sujet de la photographe de San Francisco. Si elle est aussi bonne que tu dis, il suffira de l'accrocher avec un contrat somptueux. Elle joue le jeu après tout.

212

— J'espère que tu as raison.

Mike fit un petit salut et disparut ; Ben réfléchit un moment à ce qui venait d'être dit. Il se sentait soulagé que Mike fût maintenant au courant. Ce qu'il regrettait, c'était son stupide manque de tact : même après tant de temps, toute allusion à Nancy ramenait l'angoisse dans le regard de son ami. Il se haïssait d'avoir ainsi fait resurgir ces souvenirs, mais sa requête lui avait paru si naturelle que, sur le coup, il n'avait pas pensé au choc qu'elle pouvait provoquer.

Il hocha la tête, tout confus, et se mit au travail. Il ne lui restait qu'une heure avant cette rencontre importante avec Marion et il lui sembla qu'il ne s'était écoulé que quelques minutes quand Wendy frappa à la porte, déjà ouverte, et lui fit signe en souriant.

— Viens, Ben. Il nous faut être dans le bureau de Marion dans cinq minutes.

— Déjà ?

Il fronça les sourcils nerveusement, mais se reprit à sourire en la regardant. Elle était exactement ce qu'il avait toujours désiré.

— À propos, j'ai parlé à Mike, ce matin.

Il avait l'air bien content de lui-même.

— Parlé de quoi ?

L'attention de Wendy était concentrée sur le projet de San Francisco et sur la réunion. Ces rencontres avec la grande déesse de l'architecture lui faisaient une peur du diable.

— Je lui ai parlé de nous deux, voyons. Je pense qu'il était content.

— J'en suis heureuse.

En fait, cela lui était personnellement égal, bien qu'elle sût que pour Ben c'était important. Quant à elle, elle se fichait éperdument de Mike ; il avait manqué de chaleur et de sensibilité, jamais il n'avait été vraiment proche d'elle pendant leur brève liaison.

— Prêt ?

— Plus ou moins. J'ai fait une autre tentative auprès de Marie Adamson ce matin. Elle m'a envoyé au diable.

— C'est dommage.

Ils parlèrent de cela en se rendant à l'ascenseur privé qui menait à la tour d'ivoire de Marion. Tout son étage était couleur sable, même l'ascenseur, complètement capitonné du sol au plafond. Voyager là-dedans, c'était comme monter dans une capsule insonorisée et luxueuse qui s'ouvrait soudain à l'étage où Marion avait son bureau. Le point de vue y était d'une splendeur extraordinaire. Wendy se sentait les mains moites chaque fois qu'elle rencontrait Marion Hillyard, si aimable fût-elle, car la jeune femme avait perçu ce qui se cachait sous ces dehors avenants.

— Nerveuse ? murmura Ben comme ils arrivaient à la porte de verre et de chrome qui s'ouvrait sur la salle de conférence de Marion.

— Tu peux en être sûr !

Ils échangèrent un petit rire étouffé et prirent sagement leur place dans la longue pièce remplie de plantes vertes. Sur un mur il y avait un Mary Cassatt, sur un autre, un Picasso, première période. En face, une

214

vue magnifique de New York qui donnait le vertige à Wendy chaque fois qu'elle se tenait là, au soixante-cinquième étage. C'était comme une montée en avion, le bruit en moins. Marion semblait toujours se mouvoir dans une sorte de silence figé.

Vingt-deux personnes attendaient assises autour de la table de conférence en verre fumé, quand enfin Marion fit son entrée, suivie de George, de Michael et de Ruth, sa secrétaire. Ruth portait une brassée de dossiers. George et Michael poursuivaient une conversation très animée. Petit à petit, George avait passé les rênes à Michael et avait été surpris d'en éprouver du soulagement. Seule Marion paraissait vraiment intéressée, parcourant du regard l'assemblée pour s'assurer que tout le monde était présent. Elle avait la même pâleur que celle de l'environnement. Wendy pensa que c'était là le teint blême des New-Yorkais. Elle s'était tellement habituée aux visages bronzés de la côte ouest que, revenue à New York au cœur de l'hiver, elle fut frappée de la pâleur de tous.

Marion était plus chic que jamais dans ce qui pouvait être un Givenchy ou un Dior : une simple robe de lainage noir relevée par quatre rangs de grosses perles. Le vernis à ongles était foncé, le maquillage à peine perceptible.

Même aux yeux de Michael, elle paraissait encore plus pâle que de coutume ; elle travaillait probablement beaucoup sur le projet actuel, et autant sur une bonne dizaine d'autres. Elle mettait la main à tout et Michael marchait sur ses pas. Aussi admirait-elle l'ardeur au travail qu'il avait manifestée durant ces deux dernières années. C'est ainsi que des empires prospères maintiennent leur vitalité, grâce au sang que leur infusent ceux qui en sont les gardiens sacrés, ces chevaliers d'un nouveau Graal.

Marion fut la première à parler. Elle saisit le premier dossier que lui présenta Ruth et commença à poser des questions, passant d'un groupe à l'autre, discutant des problèmes qui avaient surgi depuis la précédente assemblée, évaluant les solutions proposées. Tout alla bien jusqu'au moment où on arriva au tour de Ben. Elle fut très satisfaite de ce que lui et Wendy avaient rapporté, des progrès accomplis à San Francisco, des développements nouveaux. Elle vérifiait à mesure sur une liste et jetait à Michael des regards d'approbation. L'entreprise de San Francisco prenait brillamment forme.

— Nous n'avons qu'un seul problème, dit Ben d'une voix un peu faible.

À l'instant les yeux de Marion le foudroyèrent.

— Quel problème ?

— Une jeune photographe. Nous avons pu juger son travail et l'ayant trouvé excellent nous avons voulu l'engager pour la décoration de l'édifice principal. Malheureusement elle a refusé de nous rencontrer.

— Qu'est-ce que cela veut dire ? (Marion n'avait pas l'air contente du tout.)

— Simplement cela. Au moment où elle a compris pourquoi je l'appelais, elle a coupé presque tout de suite la communication.

Les yeux de Marion étaient devenus inquisiteurs.

— Savait-elle de qui vous étiez le représentant ?

Comme si une telle information pouvait y changer quelque chose. Michael réprima un sourire. Ben aussi. Marion avait une si haute opinion de la firme que tout le monde devait aspirer à travailler pour elle.

— Oui. J'ai bien peur que ce soit précisément ce qui provoqua son refus et ce qui la rendit même furieuse.

— Furieuse ?

Pour la première fois, le visage de Marion se colora. Elle était furieuse à son tour. Pour qui se prenait cette fille pour ainsi faire la moue face à une proposition de Cotter-Hillyard ?

— Peut-être que *furieuse* n'est pas le mot exact. Je dirais plutôt que la mention du nom de la firme lui a fait peur.

La correction n'était pas véridique, mais elle satisfaisait les besoins du moment, puisque la rougeur du visage de Marion disparut, au grand soulagement de tout le monde, de Ben plus particulièrement.

— Est-ce que ça vaut la peine d'aller plus avant ?

— Je le crois. Nous avons apporté quelques reproductions de son travail pour vous les montrer. J'espère que vous serez d'accord.

— Comment avez-vous obtenu ces documents puisqu'elle n'a même pas consenti à discuter avec vous ?

— Nous les avons achetés à la galerie. C'était sans doute une dépense un peu lourde, mais si cela pose quelque problème je serais heureux de les racheter pour moi. Vous verrez qu'elle fait du très beau travail.

Sur ce, Wendy se dirigea lentement vers le mur du fond et en rapporta un carton à dessins d'où elle tira trois splendides photographies en couleur que Marie avait prises à San Francisco. L'une représentait une scène dans un parc et la composition en était très simple : un vieillard assis sur un banc regardait jouer des petits enfants. Aucune sensiblerie, mais beaucoup de tendresse. La deuxième représentait une scène du port où l'exubérance de la foule ne distrayait pas du vendeur de crevettes au premier plan. Enfin, une vue époustouflante de San Francisco au crépuscule, telle que l'admirent les touristes. Ben ne disait rien. Il se contentait de tenir les photos. Les agrandissements étaient d'une telle précision que chacun pouvait en apprécier le fini délicat. Marion elle-même resta un moment silencieuse pour finalement approuver de la tête.

— Vous avez raison. Elle vaut certainement la peine que nous insistions encore.

— Je suis bien content que vous soyez de cet avis.

— Mike ?

Elle se tourna vers son fils, qui semblait perdu dans ses pensées en regardant les photos. Il y avait quelque chose d'à la fois fascinant et familier dans la qualité artistique et la nature même des sujets. Il ne savait pas ce que c'était, mais d'un seul coup quelque chose l'avait plongé dans une rêverie dont il ne pouvait se dégager, se demandant pourquoi ces photos l'intriguaient à ce point. Il convint qu'elles étaient remarquables et qu'elles rehausseraient l'éclat du nom de Cotter-Hillyard.

— Les aimes-tu autant que moi ? insistait Marion.

Il répondit à sa mère d'un signe de tête plein de gravité. Marion ne perdait pas de temps.

— Alors, Ben, comment allons-nous convaincre cette jeune femme ?

— Je voudrais bien le savoir.

— Pas l'argent, ça me semble évident. Quel genre de femme est-elle ? L'avez-vous rencontrée ?

— Si étrange que cela soit, oui, je l'ai rencontrée lors de mon dernier voyage à San Francisco. Elle est d'une beauté rare, presque irréelle, presque trop parfaite. On ne peut s'empêcher de la regarder. Elle est posée, plaisante, quand elle le veut ; évidemment très douée. Elle était peintre avant de devenir photographe. Ses toilettes coûteuses me disent qu'elle n'est pas dans le besoin et le propriétaire m'a laissé entendre qu'elle avait un ami. Ce serait un homme plus âgé qu'elle, un médecin, je crois, un spécialiste en chirurgie esthétique. De toute façon, elle n'a certes pas besoin d'argent. C'est là tout ce que j'ai pu savoir.

— L'argent n'est donc pas la solution.

Soudain, Marion était devenue aussi songeuse que son fils. Elle venait d'avoir une idée absolument folle, dépourvue de tout bon sens. La coïncidence serait vraiment étonnante, à moins que…

— Quel âge a cette demoiselle ?

— Difficile à dire. Quand je l'ai rencontrée, elle portait un très large chapeau qui, en partie du moins, lui cachait le visage. Je dirais qu'elle a… je ne sais, vingt-quatre, vingt-cinq ans ? Au plus vingt-six. Pourquoi voulez-vous savoir cela ?

— J'étais simplement curieuse. Je suis sûre, Ben, que Wendy et vous avez fait votre possible et il ne semble pas que vous puissiez aller plus loin avec cette fille. J'aimerais faire un nouvel effort de mon côté. Laissez-moi toutes les informations utiles et je m'arrangerai pour la joindre. De toute façon, je devrai me rendre à San Francisco dans quelques semaines. Peut-être sera-t-elle plus embarrassée d'éconduire une vieille dame qu'un jeune homme.

Cette référence à la « vieille dame » fit sourire Ben, parce que Marion Hillyard n'en avait pas du tout l'air. Tout au plus était-elle un peu pâle et il se demanda si elle n'était pas malade. Elle ne lui laissa pas le temps de s'en enquérir : elle se leva, exprima sa satisfaction, reçut de Ben toutes les informations dont elle avait besoin et remercia chacun d'être venu. Quand elle quitta la pièce, la réunion prit fin. La porte ornée de cuivre de son bureau se ferma doucement derrière Ruth un moment plus tard et tous les autres se dirigèrent vers l'ascenseur, en parlant des succès de l'entreprise. Ils étaient tous satisfaits et réconfortés, parce que Marion l'était elle-même. Habituellement quelqu'un la faisait sortir de ses gonds, mais aujourd'hui elle avait été d'une aménité inouïe. Ben se demanda encore si elle n'était pas malade. Il fut parmi les derniers à quitter la salle de conférence et Wendy était déjà descendue quand Ruth sortit précipitamment en réclamant Michael, l'air anxieux.

— Monsieur Hillyard, votre mère… est…

Ce fut George qui réagit le premier et courut jusqu'au bureau, suivi de Michael, déconcerté, et Ben à ses trousses. Une fois encore, ce fut George qui sut quoi faire, n'ignorant pas où se trouvaient les médicaments ; il s'empressa de les apporter à Marion avec un verre d'eau. Aidé par Michael, il la porta de son bureau au divan. D'une pâleur extrême, elle semblait respirer avec difficulté. Un moment terrifié, Michael se demanda si elle n'allait pas mourir. Les yeux aveuglés de larmes, il se précipita sur le téléphone pour appeler le Dr Wickfield, mais elle lui fit signe faiblement et se mit à parler dans un chuchotement à peine perceptible.

— Non, Michael… n'appelle pas… Wick… Cela arrive… toutes les fois… que…

Aussitôt Michael regarda George. C'était nouveau pour lui mais pas pour George, sans quoi celui-ci n'aurait pas si bien su que faire ni où étaient les médicaments. Michael se rendit compte encore une fois que, ces derniers mois, il avait été complètement insensible au monde qui l'entourait. Regardant sa mère, blême et tremblante, il s'interrogeait sur la gravité de son état. Sans doute savait-il qu'elle rencontrait souvent le Dr Wickfield, mais il croyait que c'était pour s'assurer de sa santé, non pour des problèmes sérieux. Cette fois, c'était grave et un coup d'œil au flacon de comprimés que George avait laissé sur le bureau le confirma dans ses craintes. C'était un médicament classique des maladies de cœur.

— Mère…

Michael s'était assis à son chevet et lui avait pris la main.

— Est-ce que ces faiblesses sont fréquentes ?

Il était maintenant aussi pâle qu'elle. Elle ouvrit les yeux, lui sourit, puis sourit à George.

— Ne vous inquiétez pas. (La voix était encore faible mais plus assurée.) Ça va bien !

— Ça ne va pas bien. Et je veux en savoir davantage.

C'était Michael qui parlait. Ben se demandait s'il n'était pas importun, mais il ne voulait pas se retirer, étonné de ce qu'il venait de voir. La grande Marion Hillyard était humaine, elle paraissait même extrêmement vulnérable et fragile, étendue là, dans cette robe noire qui la faisait paraître plus pâle encore. Ses yeux cependant reprenaient vie alors qu'elle parlait à son fils.

— Mère...

Michael insistait pour qu'elle réponde.

— Très bien, mon chéri, très bien.

Elle reprit son souffle, se releva lentement, se mit debout et, regardant directement dans les yeux son fils unique :

— C'est mon cœur, dit-elle. Je traîne ce problème depuis des années, mais cela n'a jamais été très sérieux.

— Eh bien, c'est sérieux maintenant.

Elle était d'une froideur réaliste.

— Je ne vivrai peut-être pas assez longtemps pour devenir une affreuse vieille femme. Seul le temps nous le dira. En attendant, ces petits comprimés me permettent de fonctionner. On ne peut en dire plus pour le moment.

— Depuis combien de temps êtes-vous malade ?

— Un bon bout de temps. Wick a commencé de s'en occuper il y a deux ans, mais cette année la situation s'est aggravée.

— Je tiens alors à ce que vous vous retiriez des affaires. (Il parlait comme un enfant têtu en regardant sa mère avec inquiétude.) Et tout de suite.

Elle ne fit que rire, en souriant à George. Mais la physionomie de son associé lui disait que lui aussi s'inquiétait.

— Il n'en est pas question, mon cher. Je serai ici jusqu'à ce que je tombe. Il y a trop à faire encore. D'autre part, je deviendrais folle si je restais à la maison. Qu'est-ce que je ferais toute la journée ? Regarder les feuilletons à la télé et lire des revues de cinéma ?

— Ça vous irait parfaitement !

Tout le monde éclata de rire.

— Ou bien… (Michael regardait sa mère et George, tour à tour.) … Ou bien vous pourriez vous retirer tous les deux, vous marier et jouir enfin de la vie.

C'était la première fois que Michael faisait état ouvertement de la sollicitude de George, qui durait depuis vingt ans. George rougit, mais cet hommage ne lui déplut certes pas.

— Michael ! (Sa mère était presque redevenue elle-même.) Michael, tu vas gêner George.

Assez curieusement, elle-même ne parut ni choquée ni horrifiée par cette proposition.

— De toute façon, il n'est pas encore question de me retirer. Je suis trop jeune, malade ou pas. Vous m'aurez à vos trousses tout le temps que je durerai, j'en ai bien peur.

Michael savait qu'il avait perdu la bataille, mais il ne renonçait pas.

— Au moins soyez raisonnable, pour l'amour de Dieu, et ne voyagez plus. Vous n'avez pas à vous rendre à San Francisco, je puis y aller moi-même. Cessez de vous affairer, restez à la maison et prenez soin de vous.

Elle ne fit que rire, se leva et rejoignit son bureau. Elle avait l'air ébranlé, fatigué, quand elle s'enfonça dans son fauteuil pendant qu'ils la regardaient tous avec consternation.

— J'aimerais que vous sortiez tous et quittiez ces têtes d'enterrement; j'ai à travailler, même si vous, vous semblez n'avoir rien à faire.

— Mère, je vous ramène à la maison. Pour aujourd'hui, en tout cas.

Michael était devenu agressif, mais elle ne fit que secouer la tête.

— Pas question. Maintenant, sors d'ici, Michael, ou je demande à George de te jeter dehors.

La proposition amusa George.

— Je partirai peut-être plus tôt, mais pas tout de suite, poursuivit-elle. Merci de l'intérêt que vous me portez et tout le tralala. Ruth !

Elle pointa du doigt la porte que sa secrétaire avait docilement ouverte et, un par un, ils sortirent, désemparés. Elle était plus forte qu'eux tous et elle le savait.

— Marion ?

George s'était arrêté sur le seuil, l'air inquiet.

— Oui.

Sa figure s'était adoucie en le regardant. Il lui sourit en retour.

— Voulez-vous rentrer chez vous maintenant ?

— Un peu plus tard, George.

— Je reviendrai dans une demi-heure.

Elle sourit mais eut peine à attendre qu'il refermât la porte derrière lui. Il n'y avait aucun doute dans son esprit sur ce qui avait provoqué cette crise. Elle ne pouvait plus souffrir d'être contrariée par quoi que ce soit. Elle regarda sa montre et composa le numéro de téléphone que Ben lui avait donné ; elle entendit trois ou quatre sonneries. Elle ne savait pas au juste pourquoi elle était aussi certaine, mais elle l'était. Elle l'avait été dès le moment où Ben avait commencé à décrire la jeune femme. Elle comptait la rencontrer quand elle se rendrait à San Francisco. Elle la reconnaîtrait certainement. À moins que la métamorphose fût trop grande ! Alors qu'elle était plongée dans ses pensées, on répondait à l'autre bout du fil. Marion prit une profonde respiration et ferma les yeux. Personne n'aurait pu imaginer qu'elle venait d'avoir un coup au cœur une demi-heure plus tôt. Marion Hillyard, comme toujours, avait repris la maîtrise de la situation.

— Mademoiselle Adamson ? Ici Marion Hillyard, à New York.

La conversation fut brève, froide, maladroite, de sorte que Marion n'en savait pas plus quand elle raccrocha. Mais elle finirait par savoir. Un rendez-vous était fixé à 16 heures pour mardi, dans trois semaines. Marion l'inscrivit sur son agenda, s'adossa et ferma les yeux.

La rencontre pourrait n'avoir aucun résultat… mais elle avait certaines choses à dire. Elle espérait en tout cas être encore en vie dans trois semaines.

22

L'horloge poursuivait son interminable tic-tac. Dans le salon de sa suite du Fairmount, Marion Hillyard ne trouvait aucun intérêt au spectacle cependant admirable de la baie de San Francisco. Elle ne pensait qu'à cette jeune fille, se demandant quel air elle pouvait avoir et ce qu'elle était devenue, se demandant si le Dr Gregson avait réussi les merveilles qu'il avait promises. Ben Avery n'avait vu qu'une étrangère quand il avait rencontré Marie Adamson. Qu'en serait-il de Michael ? La reconnaîtrait-il ? Était-elle amoureuse de quelqu'un d'autre ou, comme Michael, était-elle devenue un être amer et blasé ?

Marion pensait donc encore à son fils pendant qu'elle attendait cette étrangère qui pouvait bien être la femme que Michael avait aimée. Et si elle ne l'était pas ? Elle pourrait être n'importe qui, une photographe locale qui avait plu à Ben Avery. Ses suppositions pouvaient être complètement fausses. Peut-être…

Elle croisa et décroisa ses jambes, plongea une fois encore dans son sac à main pour y prendre son étui à cigarettes, celui dont George lui avait fait cadeau à Noël. Ses initiales y étaient dessinées en superbes saphirs incrustés dans le boîtier d'or.

Elle alluma sa cigarette avec le briquet assorti, tira une longue bouffée et s'adossa au fauteuil, les yeux clos. Elle était exténuée : le vol de New York lui avait paru très long et elle s'était donné une journée de repos avant de voir la jeune fille. Elle était cependant trop impatiente pour remettre cette rencontre à un peu plus tard. Il fallait qu'elle sache au plus tôt.

Elle regarda l'horloge, il était 16 h 15 donc 19 heures à New York. Michael devait être encore au bureau. Avery, lui, devait être déjà parti, avec cette fille du service décoration. Elle pinça les lèvres en pensant à eux. Ben n'était pas un garçon sérieux comme Michael. Cependant… il n'était pas malheureux comme Michael. S'était-elle trompée ? Avait-elle fait une folie, il y a deux ans ? Avait-elle trop exigé de cette fille ? Non, probablement, parce que ce n'était pas une fille pour Michael, et puis, avec le temps, il finirait par trouver quelqu'un ; il n'y avait aucune raison pour que cela ne se produise pas, puisqu'il avait tout pour lui, séduction, argent, position enviable, présidence d'une des principales compagnies des États-Unis. N'était-il pas un homme de prestige et de talent, en même temps que jeune et charmant ?

Ses traits s'adoucissaient quand elle pensait à son fils. Comme il était bon et fort… combien seul aussi ! Elle se sentait seule elle-même, puisqu'il la tenait à distance, comme si une part de lui-même était morte à jamais. Au moins il avait cessé de boire et de ruminer…

mais cela avait été pour tomber dans l'hyperactivité d'une vie de travail acharné. Ses yeux étaient ceux d'un homme qui a vécu trop longtemps dans le désert, déterminé à réussir sans trop savoir pourquoi. Il avait tout pour être heureux, mais il ne prenait jamais le temps de jouir de la vie. Elle se demandait même s'il aimait son travail. Son attitude à cet égard n'était certes pas la sienne à elle, ni celle de son père et de son grand-père. Elle se rappelait son mari avec beaucoup d'affection encore… puis, ses pensées se tournèrent vers George. Comme il avait été bon pour elle, ces dernières années surtout ! Sans lui, elle n'aurait pu continuer. Il prenait les charges les plus lourdes aussi souvent que possible, afin de lui laisser les décisions intéressantes, le travail créateur et le renom. Combien de fois il avait fait cela pour elle, cet homme de grand courage en même temps que d'une si grande humilité. Aussi se demandait-elle pourquoi elle n'avait pas été plus consciente de ses qualités, il y a une douzaine d'années. Elle n'avait pas eu le temps, ni pour lui ni pour personne, en tout cas pas depuis la mort de son mari. Quant à son fils, était-il si différent d'elle après tout ?

Elle souriait, quand la sonnerie interrompit le cours de ses pensées. Elle sursauta ; pendant un moment elle avait oublié où elle se trouvait. La jeune fille était en retard, mais au fond Marion n'était pas mécontente d'avoir gagné ce temps-là.

Elle donna à son visage son masque de dignité et marcha calmement vers la porte. Sa robe de soie bleue et les quatre rangs de perles lui allaient parfaitement ; la coiffure, le maquillage la faisaient paraître beaucoup plus jeune qu'une femme proche de la soixantaine. Elle serait toujours une très belle femme, vivrait-elle encore vingt-cinq ans. Rien n'avait prise sur Marion Hillyard, pas même le temps, et elle s'en félicitait. Elle ouvrit la porte à une élégante jeune femme qui portait à la main un grand carton d'artiste.

— Mademoiselle Adamson ?

— Oui. (Marie acquiesça avec un petit sourire crispé.) Madame Hillyard ?

La question était futile, puisqu'elle savait bien qui était devant elle. Elle n'avait pas vu Marion ce lointain soir de mai, puisqu'elle avait alors les yeux couverts de bandages. En revanche elle avait vu plusieurs photos d'elle dans l'appartement de Michael. Elle l'aurait reconnue dans une ruelle obscure de Tokyo. C'était donc là cette femme qui l'avait hantée pendant deux ans, la femme dont elle aurait voulu faire une mère et une amie.

— Comment allez-vous ?

Marion tendit une main fermé et réservée. Elles échangèrent une poignée de main plutôt cérémonieuse avant que Marion fasse un geste pour l'inviter à entrer.

— Je vous en prie…

— Merci.

Les deux femmes se regardèrent avec intérêt et circonspection. Marion s'assit dans un fauteuil près de la table. Elle y avait fait servir du thé et des jus de fruits. C'était, lui semblait-il, prendre beaucoup de peine pour une fille qui lui avait déjà coûté presque un demi-million de dollars. Si c'était cette jeune femme… Elle la regarda avec grand soin, mais ne put rien déceler qui ressemblât à aucune des photographies qu'elle avait vues au cours des dernières années. Ce n'était pas la même personne. À tout le moins, il ne lui semblait pas. Marion s'adossa pour bien l'observer et l'écouter, croyant qu'elle pourrait reconnaître cette voix torturée et cassée qu'elle avait entendue quand elles avaient conclu leur accord.

— Puis-je vous offrir à boire ? Un thé ? Un soda ? Nous pourrions commander quelque chose d'autre, si vous le désirez.

— Non merci, madame Hillyard, réellement je préfère…

Elles se surveillaient l'une l'autre, oubliant la raison de leur rencontre. La vieille dame jaugeait la jeune femme, observait ses gestes, sa chevelure, pour ensuite se donner une idée d'ensemble. C'était une fille extrêmement belle et richement vêtue, au point que Marion se surprit à se demander si elle ne dépensait pas tout son salaire pour s'habiller. La robe de lainage venait de Paris, son sac à main et ses souliers étaient des Gucci et son trench-coat beige était doublé d'opossum.

— Vous avez là un manteau très élégant. Il doit être idéal pour San Francisco. Je vous envie le climat d'ici. J'ai quitté New York sous soixante centimètres de neige ou plutôt sous dix centimètres de neige et cinquante centimètres de boue. Connaissez-vous New York ?

La question était un piège et Marie le savait. Elle pouvait quand même y répondre honnêtement. Elle avait vécu en Nouvelle-Angleterre mais passé très peu de temps à New York. Si elle avait épousé Michael, elle y aurait vécu, mais, en fait, elle n'y avait pas séjourné. Son expression se durcit et sa voix s'affermit.

— Non, je ne connais pas très bien New York. Je ne suis pas une femme des grandes villes.

C'était du pur Marie Adamson, sans aucune trace de Nancy McAllister.

— J'ai peine à le croire, vous avez l'air très citadine.

Marion lui sourit de nouveau, mais c'était le sourire d'un fauve à l'affût de sa proie.

— Je vous remercie.

Sans plus de cérémonie, Marie alla chercher son carton et l'ouvrit sous l'œil observateur de Marion, à qui elle présenta un cahier noir très épais contenant des reproductions de ses photos. Le livre était si lourd que la vieille dame vacilla presque en le prenant. C'est à ce moment que Marie constata le tremblement de ses mains et s'aperçut de sa grande faiblesse. Les années ne lui avaient donc pas été très favorables. Marie la surveillait avec grande attention, mais Marion parut se ressaisir à mesure qu'elle tournait silencieusement les pages.

— Je vois pourquoi Ben Avery tenait à vous engager. Vous faites un travail extraordinaire. Vous devez avoir une très longue expérience ?

Cette fois la question était sans malice. Marie fit signe que non.

— Non, la photographie est un art nouveau pour moi. J'étais peintre auparavant.

— Ah oui, Ben me l'avait dit.

Néanmoins Marion se trouva surprise. Elle avait perdu de vue qu'elle parlait à Nancy McAllister, peut-être fascinée qu'elle était par la beauté des œuvres qu'elle regardait.

— Êtes-vous aussi douée en peinture ?

— Je le pensais.

Marie sourit. Entre elles se produisait une étrange communication. Marie avait en effet l'impression de voir Marion Hillyard à travers un miroir truqué : celui-ci lui permettait de bien voir Marion, alors que celle-ci recevait l'image d'une tout autre personne. Marie se croyait seule à connaître le secret de ce miroir magique.

— J'aime la photographie tout autant.

— Pourquoi avez-vous changé ?

Marion regardait.

— Parce que tout a changé dans ma vie à un certain moment, au point que je suis devenue quelqu'un de nouveau. La peinture faisait partie de ma vie antérieure, de mon ancien moi. Aussi me serait-il plutôt pénible de traîner celui-ci alors que j'ai conquis une personnalité neuve.

À ces mots, Marion faillit sursauter.

— Je comprends. Eh bien, d'après ce que je vois, le monde n'a certainement pas perdu au change. Vous êtes une merveilleuse photographe. Qui vous a initiée à cet art ? Sans doute un des grands photographes de San Francisco ?

Marie ne fit que hocher la tête avec un petit sourire. C'était vraiment étrange : elle était venue ici pour haïr cette femme, et voici qu'elle ne s'en sentait plus capable. Elle lui paraissait si lasse et si frêle. Sous le vernis se dissimulaient les tristesses de l'automne, de l'hiver bientôt.

Marie s'efforça de revenir à la question que Marion lui avait posée, essayant de se souvenir de ce dont il s'agissait.

— Non. En fait, c'est un ami qui m'a initiée. Il est médecin et c'est à lui que je dois de m'être lancée dans la photographie. Il connaît tout le monde ici.

— C'est le Dr Peter Gregson.

Les mots avaient une tonalité douce sur les lèvres de Marion, comme si elle n'avait pas voulu les prononcer. Toutes les deux furent touchées par le silence qui suivit.

— Le connaissez-vous ?

Pourquoi avait-elle dit cela ? Savait-elle ? Mais c'était impossible. Est-ce que Peter ?... Mais, il n'aurait jamais fait ça.

— Je... oui.

Marion avait hésité longtemps avant de regarder Marie droit dans les yeux.

— Oui, Nancy, je le connais. Il a fait sur vous un travail vraiment magnifique.

Elle avait une chance sur mille, une pure supposition, mais il lui fallait la tenter, au risque de se ridiculiser. Il fallait qu'elle sache.

— Il doit y avoir un malentendu. Mon nom est Marie...

À ce moment, comme une petite fille, Marie s'effondra. Les yeux pleins de larmes, elle se leva et marcha jusqu'à la fenêtre, où elle se tint le dos tourné.

— Comment avez-vous su ?

La voix était brisée, chargée de colère : c'était la voix d'il y a deux ans. Marion, elle, s'adossa à son fauteuil, fatiguée mais soulagée. D'un certain point de vue, elle était réconfortée de savoir qu'elle avait eu raison et que ce pénible voyage n'avait pas été vain.

— Quelqu'un vous a-t-il dit ? demanda Marie.

— Non, j'ai deviné. Je ne sais pas pourquoi, mais j'ai eu une intuition la première fois que Ben nous a parlé de vous. Les détails se recoupaient très bien.

— Est-ce que…

Mon Dieu… elle voulait s'informer de lui, elle voulait… Est-ce que cette histoire la poursuivrait toujours ? Est-ce qu'elle ne pourrait jamais s'en libérer ?

— Pourquoi êtes-vous venue jusqu'ici ? Est-ce pour confirmer ce dont nous étions déjà convenues ? (Marie se retourna pour regarder cette femme qui la tourmentait.) Vous vouliez vous assurer que je remplirais mes engagements ?

— Mais vous l'avez déjà prouvé…

La voix de Marion était à la fois lasse et douce, curieusement vieillie.

— Non, reprit-elle, je ne suis même pas sûre de bien le comprendre moi-même, mais je suis venue pour vous voir, pour vous parler, pour savoir si c'était bien vous.

— Mais pourquoi maintenant ? Pourquoi suis-je devenue tout à coup si intéressante après deux ans ?

Il y avait, à ce moment, du venin dans la voix de Marie et de la haine dans ses yeux, cette haine que, pendant des mois, elle avait rêvé d'anéantir.

— Pourquoi, madame Hillyard ? Étiez-vous simplement curieuse d'examiner le travail de Gregson ? C'est ça ? Eh bien, comment trouvez-vous votre bébé de quatre cent mille dollars ? Est-ce qu'il vaut la dépense ?

— Pourquoi ne pas répondre vous-même? Êtes-vous contente?

Elle le souhaitait désespérément. Tout le monde avait payé le prix fort pour ce nouveau visage. Elle avait fait une grave erreur et, tout à coup, elle s'en rendait compte, mais il était trop tard, personne n'était plus désormais comme avant. Elle pouvait le constater chez cette jeune femme tout autant que chez Michael. Il était trop tard, beaucoup trop tard pour l'un et l'autre. Il leur faudrait tenter de réaliser leurs rêves ailleurs!

— Vous êtes très jolie maintenant, Marie.

— Merci. Oui, je sais que Peter a fait de l'excellent travail. Mais c'était comme un pacte avec le démon: un visage, une vie.

Avec un soupir de déchirement, Marie s'enfonça dans le fauteuil.

— Et c'est moi le diable!

La voix de Marion tremblait tandis qu'elle regardait la jeune fille.

— Je suppose que c'est là une chose bien étrange à vous dire aujourd'hui, mais à l'époque je croyais faire ce qu'il fallait.

— Et maintenant, qu'en pensez-vous?

Marie la regardait bien en face.

— Michael est-il heureux? Valait-il la peine que vous vous débarrassiez de moi, madame Hillyard? Peut-on dire que votre manœuvre a été couronnée de succès?

Grand Dieu, comme elle aurait voulu la frapper, la détruire, cette femme, avec sa robe trop chic et ses perles.

— Non, Marie, Michael n'est pas heureux, pas plus que vous. J'ai toujours pensé qu'il reprendrait sa vie en main. Je croyais que vous le feriez vous aussi, mais quelque chose me dit que vous n'avez pas réussi non plus. Je n'ai vraiment aucun droit de vous le demander.

— Non, vous n'avez pas le droit. Et Michael ? Est-il marié ?

Elle se haïssait d'avoir posé cette question, elle priait que Marion réponde non.

— Oui, il est marié.

Marie faillit s'évanouir, mais elle se ressaisit.

— Il est marié avec son travail. Il vit, il mange, il dort, il respire pour son travail, comme s'il voulait s'y perdre pour de bon. À tel point que je le vois très peu.

« Tant mieux, vieille diablesse, tant mieux. »

— Avouerez-vous alors que vous vous êtes trompée ? Je l'aimais, nous nous aimions, plus que tout…

— Je sais. Mais je croyais que ça lui passerait.

— Est-ce que ça lui a passé ?

— Peut-être. Il ne m'a jamais parlé de vous, en tout cas.

— A-t-il essayé de me retrouver ?

Marion bougea la tête.

— Non, dit-elle sans lui donner la raison.

Elle n'avait pas dit à Marie que Michael la croyait morte. Ce mensonge pesait lourd sur sa conscience et elle s'aperçut que, de son côté, la jeune femme avait remis son masque de haine.

— Très bien, mais pourquoi suis-je ici, moi ? Pour satisfaire votre curiosité ? Pour vous montrer mon travail ? Pourquoi ?

— Je ne le sais pas clairement, Nancy… Je m'excuse : Marie ! Je voulais savoir comment tout s'était passé pour vous… Je… pense que c'est pour ainsi dire un peu… mélodramatique de vous le dire, mais je suis mourante, vous savez.

Elle paraissait s'apitoyer sur elle-même face à la jeune femme, tout en regrettant de le lui avoir dit. Marie ne semblait pas émue. Elle la regarda longuement avant de lui dire d'une voix douce et brisée :

— J'en suis désolée, madame Hillyard, mais moi, je suis déjà morte il y a deux ans. À vous entendre, il semble que votre fils soit mort lui aussi. Pour être sincère avec vous, madame Hillyard, il m'est difficile d'avoir beaucoup de sympathie pour vous. J'imagine qu'il me faudrait vous être reconnaissante, que je devrais vous remercier du plus profond du cœur, parce que les hommes se retournent pour me regarder au lieu de me fuir, horrifiés. Je suppose que je devrais ressentir bien des choses, mais je ne ressens absolument rien pour vous en ce moment, sauf un immense regret que vous ayez ruiné la vie de Michael, comme vous le savez vous-même, sans parler du coup que vous avez porté à la mienne.

Marion s'inclina sans rien dire, ressentant tout le poids des reproches de la jeune femme. Elle en savait elle-même la justesse et elle l'avait reconnue secrètement depuis deux ans. À propos de Michael en tout cas. Pour Nancy, elle n'avait pu savoir. Voilà peut-être la raison de sa venue à San Francisco.

— Je ne sais quoi vous dire.

— « Adieu » serait parfait !

Marie prit son manteau et son carton et marcha vers la porte. Elle s'arrêta un moment, la main sur la poignée, la tête penchée, les larmes aux yeux. Elle se retourna et vit des larmes aussi sur le visage de Marion. La détresse intime de la vieille dame l'avait rendue muette. Après avoir repris son souffle, elle ajouta :

— Adieu, madame Hillyard... Présentez mes amitiés... à Michael.

Elle referma doucement la porte derrière elle. Marion, elle, ne bougea pas. Elle sentit une douleur déchirante lui traverser la poitrine. Suffocante, elle se leva et marcha en trébuchant vers le bouton de la sonnerie pour appeler la femme de chambre. Elle réussit tout juste à le presser avant de s'évanouir.

23

Ses talons martelèrent les dalles de l'hôpital quand il prit le corridor au pas de course pour se rendre à la chambre de Marion. Pourquoi avait-elle donc insisté pour venir seule ici ? Pourquoi lui fallait-il toujours agir avec cette indépendance détestable, et cela depuis tant d'années ? Il frappa doucement à la porte et l'infirmière apparut avec un regard inquisiteur.

— C'est bien la chambre de Mme Hillyard ? Je suis George Calloway.

Il avait l'air nerveux, fatigué, vieilli, et c'était bien ainsi qu'il se sentait. Il en avait assez de cette conduite absurde et il comptait le lui dire dès qu'il le pourrait, comme il l'avait dit à Michael en quittant New York.

L'infirmière sourit en entendant prononcer son nom.

— Oui, monsieur Calloway, nous vous attendions.

Marion n'était à l'hôpital que depuis la veille, vers 18 heures. George s'était arrangé pour arriver à San Francisco vers 23 heures, heure locale. Il était minuit passé. Impossible de faire plus vite. Par un sourire, Marion fit voir qu'elle appréciait une telle diligence.

L'infirmière introduisit George dans la chambre et sortit sur la pointe des pieds.

— Bonjour, George.

— Bonjour, Marion. Comment vous sentez-vous ?

— Fatiguée mais encore en vie. C'est ce qu'on me dit du moins. Ça n'a été qu'une petite attaque.

— Pour cette fois. Et la prochaine ?

En traversant la chambre il avait l'air d'un lion, de la rage plein les yeux. Il ne s'était même pas arrêté pour l'embrasser, comme il en avait l'habitude. Il avait trop à dire.

— La prochaine fois, nous verrons quand nous y serons. Pour le moment, asseyez-vous, détendez-vous. Vous m'énervez ! Prendrez-vous quelque chose ? J'ai prié l'infirmière de vous faire un sandwich.

— Je ne pourrais pas manger.

— Calmez-vous, George. Je ne vous ai jamais vu dans un tel état. Ce n'est pas si grave que ça. Pour l'amour du ciel, ne dramatisez pas !

— Surtout ne me dites pas comment me comporter, Marion Hillyard. Pendant trop longtemps je vous ai vue vous détruire, c'est une chose que je ne puis plus tolérer.

— Et vous n'en pouvez plus ? (Elle poursuivit avec un air narquois.) Pourquoi ne pas tout simplement vous retirer ?

Toute cette situation l'amusait ; mais elle fut moins gaie quand il se tourna vers elle avec l'expression d'un homme déterminé.

— C'est exactement ce que je vais faire, Marion, me retirer !

Elle s'aperçut qu'il était sérieux.

— Ne soyez pas ridicule !

Cette fois, elle n'était pas sûre de faire reculer George par une plaisanterie. Elle s'assit sur le lit avec un petit sourire.

— Je ne badine pas. C'est la décision la plus intelligente que j'aie prise depuis vingt ans. Et savez-vous qui, en plus de moi, va se retirer ? Vous-même. Vous et moi allons nous retirer, et sans préavis. En route vers l'aéroport, où Michael a eu la gentillesse de me conduire, j'en ai discuté avec lui. Je dois vous dire, en passant, qu'il regrette de n'avoir pu venir lui-même, il est trop pris en ce moment. Il est d'avis que cette idée est excellente. C'est aussi ma conviction. Et nous ne voulons absolument pas connaître votre opinion là-dessus. La décision est déjà prise.

— Mais êtes-vous fou ! Que vais-je faire de moi si je renonce ? Tricoter ?

— Excellente idée. Cependant, la première chose à faire, c'est de nous marier. Après cela vous ferez ce que vous voudrez. Sauf… (Le ton monta, menaçant) … Sauf travailler. C'est clair, madame Hillyard ?

— Me marier ? Allez-vous au moins me le demander ou tout simplement me l'annoncer ? Est-ce un ordre qui me vient aussi de Michael ?

Elle était plutôt touchée que fâchée. Elle se sentait vraiment soulagée, parce qu'elle en avait assez, parce qu'elle avait assez fait de bien et de mal. Depuis l'entrevue de l'après-midi, elle avait touché le fond de la question.

— Michael est d'accord, si son approbation peut faire quelque différence.

Sa voix à lui s'était apaisée. Il s'approcha du lit, prit sa main et la retint affectueusement dans la sienne.

— Consens-tu à m'épouser, Marion ?

Il avait presque peur de formuler cette demande, après tant d'années. Il en avait parlé avec Michael, juste avant de prendre l'avion. Celui-ci avait alors dit quelque chose d'étrange, quelque chose comme « fêter leur amour ». George n'avait pas compris.

— Alors, y consens-tu, Marion ?

Il pressa sa main plus fermement et attendit. Elle fit oui de la tête, avec un sourire chaud, cordial et presque nostalgique.

— Nous aurions dû y penser bien des années plus tôt, George.

Elle voulait ajouter quelque chose, mais n'était pas certaine d'en avoir le droit…

— De mon côté, murmura-t-elle, j'y ai pensé pendant des années, mais je n'ai jamais cru que tu accepterais.

— Ne va pas te tourmenter avec les bêtises du passé.

Marion se tenait droite, sa main froide et ferme dans celle de son ami.

— Et si ces bêtises, comme tu dis, avaient détruit la vie d'autres êtres ? Ai-je le droit de les oublier, George ?

— Mais, Marion, qu'as-tu pu faire qui aurait détruit la vie d'autres êtres ?

Il se demandait si le médecin ne lui avait pas administré une drogue trop forte, à moins que la dernière crise ne l'ait touchée mentalement, car elle déraisonnait, selon lui.

Appuyée de nouveau sur les oreillers, ses yeux se refermèrent.

— Tu ne comprends pas.

— Que devrais-je comprendre ?

— Si tu savais certaines choses, tu ne serais pas si pressé de m'épouser.

— C'est absurde. Cependant, si c'est ce que tu crois, j'estime que j'ai le droit de savoir ce qui te tourmente. De quoi s'agit-il ?

Il ne lâchait pas sa main. Elle finit par ouvrir les yeux et le regarda longuement avant de répondre.

— Je ne sais pas si je dois te le dire !

— Pourquoi pas ? Je ne puis penser à quoi que ce soit qui puisse me choquer. D'autre part, j'ai peine à imaginer que j'ignore certaines choses sur toi.

Ils n'avaient en effet jamais eu de secrets l'un pour l'autre.

— Je commence à me demander si le malaise de cet après-midi ne t'a pas un peu ébranlée.

— C'est pourtant une vérité que j'ai pu regarder en face cet après-midi qui m'a rendue ainsi.

Elle parlait sur un ton qu'il ne lui connaissait pas. En relevant les yeux, il s'aperçut qu'elle pleurait. Il aurait voulu l'entourer de ses bras, la rassurer, mais il comprit qu'elle avait quelque chose de très important à ajouter. Avait-elle eu une autre liaison pendant toutes

244

ces années ? Cette hypothèse le heurta mais, parce qu'il l'aimait, il était prêt à l'accepter. En dépit de tout, il l'avait toujours aimée. S'il avait attendu ce moment si longtemps, il n'allait pas permettre que quelque chose le ternisse.

— Est-il arrivé quelque chose de particulier cet après-midi ?

Il l'observa avec une extrême attention. Elle ne fit que fermer les yeux sur les larmes qui continuaient de couler. Enfin, elle fit un signe de tête et dit en chuchotant :

— Oui, il est arrivé quelque chose.

— Je vois. Maintenant détends-toi. Ne nous tourmentons pas pour cela.

Elle commençait à l'inquiéter. Allait-elle avoir un autre malaise ?

— J'ai vu la jeune fille.

— Quelle jeune fille ?

— La jeune fille que Michael aimait.

Les larmes s'arrêtèrent un moment, elle se tint très droite pour bien observer George.

— Tu te souviens du jour de l'accident, quand Michael est venu à New York, pour me parler ? Il est entré furieux, en faisant claquer la porte, pour me dire qu'il allait épouser cette fille. Je lui ai… alors montré ce rapport de l'agence que j'avais fait faire sur elle… et…

Sa voix s'était affaiblie à l'évocation de ces souvenirs. George fronça les sourcils, se disant que la drogue devait certainement embrouiller ses souvenirs, puisque cette fille était morte lors de l'accident.

— Ma chère Marion, c'est impossible que tu aies vu cette jeune fille. Autant que je me souvienne, elle est décédée… dans…

Marion secoua la tête sans cesser de le regarder.

— Non, George, elle n'est pas morte, mais j'ai dit qu'elle était morte et Wicky a gardé le secret. La jeune fille est sortie vivante de l'accident, mais complètement défigurée. Seuls les yeux étaient restés intacts.

George était tendu. Il avait devant lui une Marion effarée et navrée, mais certainement pas une Marion délirante. Il savait qu'elle lui disait la vérité.

— Ce soir-là, je suis entrée dans la chambre de la jeune fille et je lui ai proposé un marché.

Il attendait sans rien dire. Elle ferma les yeux comme sous l'effet de la souffrance.

— Tu n'es pas trop mal ?

Elle lui fit signe que tout allait bien et rouvrit les yeux.

— Ça va… mais quand je t'aurai tout dit ça ira mieux. Je lui ai donc proposé un marché. Son visage, en échange de Michael. Il y aurait des façons plus élégantes de te le dire, mais ça revient à ça. Wicky m'informa qu'il connaissait un médecin qui pouvait lui refaire un visage. Les opérations coûteraient une fortune mais c'était possible. Je l'ai dit à la jeune fille, je lui ai offert d'assumer les frais des opérations et de payer tout ce dont elle aurait besoin. Je lui ai offert en somme une vie nouvelle, une vie telle qu'elle n'en avait jamais eu, pourvu qu'elle consente à ne plus tenter de revoir Michael.

— Elle a accepté?

— Oui.

— C'est dire qu'elle ne l'aimait pas tant que cela, après tout. Tu as été d'une extraordinaire générosité. Diable, s'ils s'aimaient comme ils prétendaient, aucun d'eux n'aurait consenti à pareil marché.

— Tu ne comprends pas, George.

C'est à elle-même plutôt qu'à George que s'adressait son irritation.

— Je n'ai été honnête ni envers l'un ni envers l'autre. J'ai dit à Michael qu'elle était morte, mais je savais très bien qu'elle ne pensait pas que Michael respecterait un tel engagement. C'est probablement pour cette raison qu'elle a accepté. Il faut ajouter qu'elle n'avait pas le choix. Il ne lui restait absolument rien et je lui offrais un pacte avec le diable, comme elle me l'a dit aujourd'hui. Tu sais très bien, George, que Michael n'aurait jamais accepté un tel marché. S'il avait su la vérité, il serait allé vers elle sans hésiter et tout de suite.

— Entre-temps, Michael n'a pas souffert et il s'est complètement remis. Il est possible qu'aujourd'hui ils ne s'aimeraient plus.

Désespérément, George essayait de panser les blessures de Marion, mais il lui fallut admettre qu'elles étaient très profondes. Il savait bien que Marion avait cru agir dans l'intérêt de Michael, mais elle avait joué avec la vie des autres un jeu extrêmement dangereux.

— C'est vrai, il est possible qu'ils aient changé au point de ne plus vouloir l'un de l'autre.

— C'est possible.

Elle s'étendit sur le lit, soulagée.

— Michael est obsédé par son travail. Il n'a rien, pas d'amour, pas de joie de vivre, pas de loisirs, rien. Et je le sais mieux que personne. Elle... (Sa pensée la ramenait à l'après-midi.) C'est une femme exquise, élégante et très belle, mais elle a le cœur plein d'amertume et de colère. Ils feraient un couple charmant !

— Et tu te crois la cause de tout cela ?

— Sachant tout maintenant, n'es-tu pas d'accord ?

Elle s'était remise à pleurer malgré elle.

— J'ai eu tort, George, d'intervenir. J'en suis certaine maintenant.

— Peut-être pourrait-on réparer... D'abord tu as redonné la vie à cette jeune fille et une vie meilleure, en un sens.

— C'est précisément pour cela qu'elle me déteste.

— Alors elle est folle !

Marion secoua la tête.

— Non, George. Elle a parfaitement raison. Je n'avais pas le droit de faire ce que j'ai fait. Si j'avais plus de courage, j'avouerais tout à Michael.

George espérait qu'elle n'en ferait rien. La colère de Michael la briserait et son fils n'aurait plus jamais les mêmes sentiments à l'égard de sa mère.

— Ne va pas lui dire, ma chérie. Ça ne changerait absolument plus rien maintenant.

Marion devina les appréhensions de George.

— Ne t'inquiète pas. Je n'ai pas ce courage. Avec le temps il finira bien par l'apprendre. J'y veillerai d'ailleurs. N'a-t-il pas le droit de savoir ? J'espère que c'est elle qui le lui apprendra, si jamais elle lui revient. Dans de telles circonstances, peut-être me pardonnerait-il !

— Crois-tu qu'il y ait une chance qu'elle lui revienne ?

— Non, vraiment. Mais je vais faire ce que je peux.

— Mon Dieu…

— Étant à l'origine de ce malheur, je me dois de faire quelque chose pour eux. Il est bien possible que je ne réussisse pas, mais je peux essayer.

— Pendant toutes ces années, es-tu demeurée en relations avec elle ?

— Non. Je l'ai revue pour la première fois aujourd'hui.

— Comment es-tu arrivée à la rencontrer ?

— J'ai moi-même suscité cet entretien. À ce moment-là, je ne savais pas si c'était elle. Je n'avais que des soupçons, mais j'avais bien deviné. C'était elle.

Marion parut se féliciter de sa perspicacité.

— Ça a dû être une terrible rencontre !

À ce moment, George put s'expliquer la crise cardiaque et trouvait même étonnant qu'elle ne fût pas plus grave.

La voix de Marion se fit plus douce encore et ses yeux étaient de nouveau baignés de larmes.

— Cela aurait pu être pire. J'ai compris la gravité de mon erreur, puisqu'en agissant ainsi je détruisais leurs vies.

— Tais-toi, Marion. Tu n'as rien détruit. Tu as procuré à Michael une carrière pour laquelle n'importe qui donnerait sa vie et tu as donné à cette jeune femme ce que personne d'autre ne pouvait lui rendre.

— J'ai donné quoi? Des tourments? Des désillusions? Du désespoir?

— Si c'est ce qu'elle pense, je dirais que c'est une ingrate. Ne lui as-tu pas donné un visage nouveau, une vie nouvelle, un monde nouveau?

— J'imagine que ce monde est pour elle un monde vide, qu'elle essaie de combler par son travail. En ce sens, elle se trouve dans la même situation que Michael.

— Dans ce cas, ils pourraient bâtir quelque chose ensemble. En attendant, ce qui est fait est fait. Tu ne peux tout de même pas te punir sans fin, toi qui as fait ce que tu croyais juste. N'oublie pas, non plus, qu'ils sont jeunes. Ils ont toute la vie devant eux; s'ils la gâchent, ce sera leur faute à eux. Nous, nous ne devons pas gâcher la nôtre.

Il voulait ajouter « il nous reste si peu de temps », mais ne le dit pas. Il se pencha vers elle. Marion lui tendit les bras. Il l'étreignit et sentit la chaleur de son corps.

— Je t'aime, ma chérie. Je suis très peiné que tu aies été seule à traverser ces heures difficiles. Ce sont des choses que tu aurais dû me confier.

— Tu m'aurais détestée, dit-elle d'une voix assourdie.

— Certainement pas. Comment t'aurais-je détestée, moi qui n'ai jamais rien su faire d'autre que t'aimer. J'ai une immense admiration pour le courage dont tu as fait preuve en me disant tout cela. Tu n'étais pas obligée de le faire, tu aurais pu me le cacher et je n'en aurais jamais rien su.

— Certes, mais moi j'aurais su. Je tenais à connaître ta réaction.

— J'ai l'impression que cette affaire a apporté des tourments à tout le monde. Alors, fais ce que tu peux et ensuite laisse aller les choses, efface tout cela de ton esprit, de ton cœur, de ta conscience. C'est fini. Nous avons une nouvelle vie à vivre, et nous y avons droit. Tu as déjà payé très cher. Tu n'as pas à te punir. Nous allons nous marier, partir et vivre enfin notre vie. Laissons-les faire la leur.

— En ai-je vraiment le droit ?

— Oui, mon amour, tu en as le droit.

Il l'embrassa doucement d'abord, avidement ensuite. Au diable Michael, au diable la fille et toute l'affaire. Il désirait Marion avec ses bons et ses mauvais côtés, son génie et son caractère impossible.

— Maintenant tu vas chasser tout cela de ton esprit, tu vas dormir et demain matin nous allons nous parler tranquillement et organiser notre mariage. Commence à penser à des choses raisonnables, comme le genre de robe que tu vas commander, qui va s'occuper des fleurs... D'accord ?

Elle le regarda et ils éclatèrent de rire.

— George Calloway, je t'aime.

— C'est mieux ainsi parce que, même si tu ne m'aimais pas, je t'épouserais quand même. Rien ne pourra maintenant m'arrêter. C'est clair ?

Ils s'embrassaient encore tendrement du regard quand l'infirmière passa la tête dans l'embrasure de la porte. À 1 heure du matin, faveurs médicales ou non, George devait partir. Approuvant d'un signe de tête, il embrassa doucement Marion et lui donna une petite tape affectueuse sur la main, avec un sourire rayonnant ; il quitta la chambre à regret. Marion, de son côté, se sentait plus légère. George l'aimait en dépit de tout et avait ravivé un peu sa confiance en elle.

Après avoir consulté l'horloge, elle décida d'appeler Michael. Peut-être pourrait-il faire tout de suite quelque chose. Au diable le décalage horaire, elle n'avait pas une minute à perdre, d'ailleurs personne n'avait de minute à perdre. Elle se pencha vers l'appareil téléphonique et appela New York. Il fallut à Michael quatre sonneries avant d'atteindre le récepteur et d'articuler un « allô ! » ensommeillé.

— Chéri, c'est moi.

— Mère ? Est-ce que tout va bien ?

Il fit tout de suite la lumière et s'ébroua.

— Tout va bien. J'avais quelque chose à te dire.

— Je sais, je sais. George m'en a parlé.

Il bâilla, regarda l'appareil en souriant et battit des paupières en voyant l'heure. Il était 5 heures à New York, 2 heures à San Francisco. Que diable faisait-elle éveillée à pareille heure ? Que pouvait bien fabriquer son infirmière ?

— Évidemment j'accepte la double proposition de George. Je suis même prête à me retirer. Plus ou moins en tout cas.

Cette réticence fit rire Michael : c'était bien elle. Sans doute George n'était-il pas au bout de ses peines. Il était tout de même content pour eux.

— Je t'appelle pour autre chose.

Le style femme d'affaires avait repris le dessus, Michael le reconnut aussitôt…

— Ne parlons pas affaires à pareille heure, s'il te plaît.

— Ridicule. Il n'y a pas d'heure pour les affaires. Je voulais te dire que j'ai rencontré la jeune fille.

— Quelle jeune fille ?

Il était absolument incapable de se souvenir. La veille avait été une journée impossible : trois réunions, cinq rendez-vous, et cette nouvelle de sa mère encore une fois terrassée par une crise, seule à San Francisco.

— La photographe, Michael. Allons, réveille-toi.

— Oh, elle ? Alors ?

— Nous voulons l'engager.

— Nous voulons ?

— Absolument. Je ne puis m'en occuper pour le moment, George me tuerait. Toi, tu peux.

— Tu plaisantes. J'en ai déjà trop sur les bras. Que Ben s'en charge !

— Mais elle l'a déjà éconduit. C'est une jeune femme qui a de la classe, de l'intelligence et du tempérament. Ce n'est pas quelqu'un qui discute avec des subalternes.

— J'en ai plein le dos de cette fille !

— Je commence à en avoir plein le dos de toi ! Maintenant, écoute-moi bien. Peu importe tes occupations, fais ce que je te dis. Courtise-la, conquiers-la. Invite-la à dîner, joue de ton charme. Elle en vaut la peine et je tiens à ce qu'elle travaille pour le centre. Fais cela pour moi.

La voici qui le cajolait ; elle s'en amusa à part elle, parce que la cajolerie n'était pas dans ses habitudes.

— Mais tu es folle, je n'ai pas le temps.

Il se disait que décidément sa mère perdait l'esprit.

— Tu vas le faire, pas moi. Si tu ne le fais pas, je reviendrai au bureau à plein temps et je vous mènerai la vie dure.

Le ton de sa voix indiquait assez sa détermination. Il ne put s'empêcher de rire.

— Ça va, ça va. Je le ferai.

— Je ne te perdrai pas de vue. Sache-le.

— Merde, alors ! Entendu. Tu es contente, là ? Je peux me recoucher maintenant ?

— Je tiens à ce que tu t'occupes de cela tout de suite.

— Son nom, déjà ?

— Adamson. Marie Adamson.

— Très bien. Je m'en occuperai dès demain.

— Magnifique, mon chéri. Merci.

— Bonsoir, chère folle. Pour changer de sujet, mes félicitations. Est-ce moi qui vais conduire la mariée à l'autel ?

— Évidemment. Je n'imagine pas un autre que toi. Au revoir, mon chéri.

Ils raccrochèrent. Au bout du fil, Marion Hillyard se sentait enfin pacifiée. Elle se demandait quand même si les choses s'arrangeraient. Il était peut-être trop tard. Deux années leur avaient fait payer un tribut très lourd. Mais c'est tout ce qu'elle pouvait faire. Pourtant non, elle devrait simplement dire la vérité à Michael.

Avant de sombrer dans le sommeil, il lui fallut s'avouer qu'elle n'était pas prête encore pour cette action héroïque. Elle les aiderait un peu, petit à petit, mais ne ferait pas davantage. Elle ne dirait pas la vérité à Michael. Lui-même finirait éventuellement par l'apprendre et, à ce moment-là, il serait peut-être assez heureux pour que le choc lui paraisse moins brutal.

24

George l'embrassa tendrement et la douce musique reprit. Marion avait engagé trois musiciens pour le mariage. Dans son appartement, quelque soixante-dix personnes avaient été invitées et la salle à manger avait été transformée en salle de bal. Le buffet était servi dans la bibliothèque. Le temps était superbe à New York en ce dernier jour de février, clair et froid.

Marion était complètement remise de son accident cardiaque de San Francisco et George nageait dans le bonheur. Michael embrassa sur les deux joues sa mère, qui se tenait entre son mari et son fils pour le photographe de *Time*. Elle portait une robe de dentelle couleur champagne ; George et Michael portaient l'habit de cérémonie : pantalon rayé et jaquette. George avait un œillet blanc à la boutonnière, Michael, un œillet rouge. La mariée tenait des orchidées, venues par avion spécial de Californie en même temps que la somptueuse profusion de fleurs qui garnissaient l'appartement. C'était son décorateur qui avait veillé à tout.

— Madame Calloway ?

Michael lui présenta le bras pour la conduire au buffet. Son nouveau nom la fit rire comme une petite fille ; George, lui, souriait. Michael était heureux pour l'un et l'autre. Ils le méritaient bien. Ils allaient passer deux mois en Europe et s'y reposer. Michael n'en revenait pas. Comme sa mère avait été raisonnable de se retirer ainsi des affaires ! Y était-elle psychologiquement prête ? N'était-ce pas plutôt l'état de son cœur qui l'avait effrayée ? De toute façon, elle et George avaient merveilleusement veillé à la transmission des pouvoirs entre ses mains. Il était maintenant président de Cotter-Hillyard. Il lui fallut admettre que le titre ne le laissait pas indifférent. Président à vingt-sept ans ! Sa photo avait paru en couverture de *Time* et il en avait été flatté. Il était à prévoir que sa mère et George figureraient dans *People* à l'occasion de leur mariage.

— Tu es très élégant, mon cher, lui dit sa mère quand ils s'avancèrent dans la bibliothèque, pleine de fleurs et de tables chargées de plats.

Des serviteurs supplémentaires attendaient ici et là.

— Tu es très chic toi aussi et la maison n'est pas mal non plus.

— C'est joli, n'est-ce pas ?

Elle avait l'air étonnamment jeune. Abandonnant Michael, elle parla avec quelques invités et donna aux serviteurs ses instructions de dernière minute.

— Vous avez l'air au comble de vos vœux, monsieur Hillyard.

La voix était douce et familière. En se retournant, il vit Wendy, devant qui il n'éprouvait plus d'embarras.

Elle portait un solitaire que Ben lui avait offert à la Saint-Valentin, à l'occasion de leurs fiançailles. Ils allaient se marier l'été suivant et c'est Michael qui devait être leur témoin.

— Elle est adorable, tu ne trouves pas ?

Wendy lui sourit de nouveau. Pour une fois, il avait l'air heureux, lui aussi. Elle ne l'avait jamais vraiment compris, mais elle n'en souffrait plus maintenant qu'elle avait Ben, qui la rendait heureuse plus que tout autre homme.

— Je suis sûr que tu seras adorable toi aussi, l'été prochain. J'ai un faible pour les mariées, vois-tu.

Elle ne reconnaissait pas dans ces reparties aimables le Michael qu'elle avait connu. Il faut dire qu'elle l'appréciait davantage depuis qu'elle partageait l'amitié que Michael portait à Ben.

— Tu flirtes avec ma fiancée, vieux ?

C'était Ben, à ses côtés, jonglant avec trois coupes de champagne.

— Ce champagne est pour vous. Mike, je dois t'avouer que je suis amoureux de ta mère.

— Trop tard !

Ben fit claquer ses doigts comme quelqu'un qui a raté une bonne occasion. Tous les trois s'esclaffèrent au moment où la musique commençait dans la salle à manger.

— Oh là ! là ! Je pense que c'est pour moi. La première danse est pour le fils et George prendra la relève.

Il redevint sérieux, but son champagne et de nouveau sourit à Wendy.

— Il a l'air heureux aujourd'hui, remarqua Wendy quand Mike se fut éloigné.

— Je crois qu'il l'est, pour une fois.

Ben, l'air pensif, but une gorgée et sourit de nouveau à Wendy.

— Tu as l'air heureuse aujourd'hui, toi aussi.

— Je suis toujours très heureuse, grâce à toi. À propos, as-tu donné suite à cette affaire de la jeune photographe de San Francisco? J'ai toujours voulu t'en parler, mais je n'ai pas eu l'occasion.

Ben hocha la tête.

— Non. Mike m'a dit qu'il s'en chargeait.

— Est-ce qu'il a le temps, lui? demanda Wendy, surprise.

— Non, mais il va probablement le trouver. Tu connais Mike. Il va à San Francisco la semaine prochaine pour régler cela et pour cent autres raisons.

Non, décidément, se dit Wendy, je ne comprends pas Mike. Personne ne le connaît vraiment, sauf Ben. Et même, parfois, je me demande si Ben le connaît aussi bien qu'il le prétend. Autrefois peut-être. Aujourd'hui? J'en doute fort.

— La prochaine danse, madame?

Ben déposa son verre et passa son bras autour des épaules de Wendy pour la conduire dans la pièce voisine.

— Je serais ravie, monsieur.

Ils n'avaient dansé qu'un court moment, du moins leur semblait-il, quand Michael approcha.

— C'est mon tour.

— Au diable, nous avons tout juste commencé. Je croyais que tu dansais avec ta mère.

— Elle m'a laissé tomber pour George.

— Je la comprends !

Tous les trois piétinaient sur place. Wendy finit par s'esclaffer ; à les voir elle avait une idée du Ben et du Michael de jadis. C'était le genre de circonstances qui leur convenait. Une bonne dose de champagne, l'occasion de rire, et les voilà partis !

— Écoute, Avery, fous le camp. Je veux danser avec ta fiancée.

— Et si je ne veux pas ?

— Alors je danse avec vous deux et ma mère nous flanque à la porte.

Ils étaient comme deux gamins brûlant d'envie de faire les fous à une fête d'anniversaire. Ils commençaient maintenant à fredonner une chanson dans laquelle il était question d'une fille de Rhode Island, ce qui ne manqua pas d'agacer Wendy.

— Écoutez, vous deux, vous vous croyez drôles ? Vous rendez-vous compte que vous m'écrasez les pieds ? Pourquoi n'allez-vous pas vous prendre une part de gâteau ?

— On y va ?

Ben et Michael se firent un clin d'œil et, saisissant chacun Wendy sous un bras, ils la soulevèrent au-dessus du sol.

Michael regarda Ben par-dessus la tête de Wendy et lui dit :

— Tu sais, elle est bien jolie mais, mon Dieu, qu'elle est maladroite ! Tu as remarqué comme elle danse ? Mes chaussures sont pratiquement foutues !

— Tu devrais voir les miennes, dit Ben.

Wendy les poussa tous deux fortement du coude.

— Écoutez, imbéciles, avez-vous vu mes escarpins ? Sans parler de ce que vous avez fait à mes pauvres pieds, espèces de balourds que vous êtes !

— Balourds ?

Ben la regarda avec un air horrifié et Michael éclata de rire. Il prit trois assiettes de gâteau que présentait un domestique en livrée, se mit à jongler avec elles et faillit en laisser échapper deux.

Ils s'appuyèrent à une colonne pour regarder le spectacle en savourant leur gâteau. Ils voyaient des douairières en robes de dentelle grise et des jeunes filles en robes de taffetas rose, des cascades de perles, des rivières de pierres précieuses de toutes sortes.

— Tu te rends compte, quel butin, si nous faisions un hold-up !

L'idée avait l'air d'enchanter Michael.

— Je n'avais pas pensé à ça. Nous aurions dû le faire depuis longtemps. Tu te souviens, à l'école, nous étions toujours sans le sou.

Ils reprirent un air faussement sérieux, quand Wendy les regarda avec un petit sourire soupçonneux.

— Je ne suis pas sûre de pouvoir vous faire confiance pendant que j'irai me poudrer le nez.

— Ne t'inquiète pas, Wendy, je l'ai à l'œil.

Michael avait l'air rayonnant et but une autre coupe de champagne. Wendy ne l'avait jamais vu comme ça. Ben avait donc raison, c'était un jeune homme après tout. À le voir ainsi, léger et rieur, c'était comme cinq ans plus tôt, même deux ans plus tôt.

— Je pense qu'aucun de vous deux n'est capable de regarder assez droit pour surveiller l'autre.

— Merde. Va-t'en à tes crèmes et rimmels ! Nous sommes en grande forme.

Ben prit deux autres coupes de champagne, en offrit une à Michael et de la main invita sa fiancée à aller se repoudrer.

— C'est une fille extraordinaire, Mike. Je suis heureux que tu ne te sois pas fâché contre moi quand je t'ai dit… au sujet d'elle et de moi.

— Pourquoi me serais-je fâché ? Wendy, c'est la femme qu'il te faut. De toute façon, je suis trop pris pour m'occuper de ces problèmes-là !

— Un de ces jours, tu t'en occuperas bien, mon vieux.

— Peut-être. En attendant vous pouvez vous marier. Moi, j'ai des affaires sur les bras.

Pour une fois il n'avait pas son air sévère. Il regarda au-dessus de sa coupe de champagne avec un grand sourire et porta un toast à son ami.

— À nous !

25

L'avion atterrissait doucement à San Francisco et Michael ferma sa mallette. Il avait mille choses à faire cette semaine : des médecins à rencontrer, des réunions à présider, des lieux à visiter, des architectes à convoquer et… bon sang… cette photographe à rencontrer. Il se demandait comment il allait trouver le temps de faire tout cela, mais, comme toujours, il y réussirait en renonçant au sommeil, aux repas ou à autre chose.

Il prit son imperméable, le plia sur son bras et suivit les autres passagers de première classe. Il sentait bien que les hôtesses avaient les yeux sur lui et, comme d'habitude, il les ignora, n'étant nullement intéressé et n'ayant d'ailleurs pas le temps. Il jeta un coup d'œil à sa montre : il était 14 h 30 et une voiture l'attendait à sa descente d'avion.

À New York, il avait déjà, en une matinée, abattu le travail de toute une journée et il lui restait quatre ou cinq heures de réunions ici, à San Francisco. Demain, dès 7 heures, il avait un petit déjeuner de travail. Tel était le genre de vie qu'il menait et qu'il aimait d'ailleurs, ne portant d'intérêt qu'à son travail et à une poignée de personnes. Deux de ses amis étaient actuellement en vacances à Majorque, un autre, Ben, était en bonnes mains, avec Wendy à New York.

Tout était à sa place… et lui aussi. Sa responsabilité était de gérer la construction de ce centre médical et tout allait très bien. C'était son dada à lui !

Le chauffeur l'avait tout de suite reconnu.

— Monsieur Hillyard ? La voiture est par là.

Michael monta pendant que le chauffeur s'affairait autour de ses valises. C'était agréable de revenir à San Francisco. Ce mardi de mars, il faisait encore très froid à New York, alors qu'à San Francisco la température était de vingt degrés cet après-midi-là. Ici, tout était verdoyant, les fleurs étaient écloses, tandis qu'à New York les arbres étaient encore nus et gris. La verdure s'y ferait attendre encore tout un mois ; on avait toujours l'impression que le printemps ne viendrait jamais. Puis, au moment où on désespérait, voici que les premiers bourgeons apparaissaient.

Michael avait depuis longtemps oublié les charmes du printemps, il n'avait pas le temps de le remarquer.

Le chauffeur l'amena directement à son hôtel, où tout était prêt pour le recevoir. Deux suites avaient été réservées, l'une où Michael se reposerait, l'autre où se tiendraient les assemblées. Si nécessaire, il était possible d'utiliser les deux pour des réunions simultanées.

Il était déjà 21 heures quand il termina son travail. Fatigué, il appela le garçon d'étage et commanda un bifteck. Il était minuit à New York et Michael, quoique fourbu, se réjouit de ce que ces quelques heures aient été fructueuses. À ce moment, il crut entendre la voix de sa mère lui demandant s'il avait appelé cette photographe.

— Zut !

L'exclamation résonna dans le silence de la chambre encore empestée par la fumée des cigarettes et les scotches qu'on y avait bus… Alors, cette fille ? Eh bien, pourquoi ne pas l'appeler en attendant le bifteck ? Il tira une chemise de sa mallette et composa le numéro. Le téléphone sonna trois ou quatre fois avant qu'on répondît.

— Allô !

— Bonsoir, mademoiselle Adamson. Ici Michael Hillyard.

Elle faillit perdre le souffle, mais elle se reprit vite.

— Je vois. Êtes-vous à San Francisco, monsieur Hillyard ?

La voix était pointue et brusque, presque irritée : peut-être avait-il appelé à un mauvais moment, peut-être détestait-elle recevoir des appels chez elle. Peu importe.

— Oui, mademoiselle Adamson. Je me demandais si nous pourrions nous rencontrer pour discuter ensemble de certaines choses ?

— Non, monsieur, nous n'avons absolument rien à discuter. Je crois l'avoir dit très clairement à votre mère.

Elle tremblait en étreignant l'appareil.

— Peut-être a-t-elle oublié de laisser un message. (Lui-même commençait à être aussi tendu qu'elle.) Elle a eu une légère crise cardiaque tout de suite après sa rencontre avec vous. Rien à voir avec votre rencontre, j'en suis sûr, mais elle n'a pas pu m'en dire beaucoup sur votre conversation. C'est bien normal, je crois, en pareilles circonstances.

— Oui, bien sûr. (Marie semblait réfléchir.) Je suis navrée d'apprendre cela. Est-elle remise à présent ?

— Assurément... puisqu'elle s'est mariée la semaine dernière. Pour le moment, elle est à Majorque.

Touchant ! La vache ! Elle détruit ma vie et la voici en voyage de noces. Marie aurait voulu grincer des dents ou raccrocher d'un coup sec.

— Cela ne change rien à l'affaire, reprit Michael. Quand pourrons-nous nous rencontrer ?

— Je vous l'ai déjà dit, c'est impossible.

Elle avait presque craché ces mots dans l'appareil. Michael ferma les yeux : il était vraiment trop fatigué pour discuter.

— Très bien. Actuellement je suis au Fairmount. Si vous changez d'idée, vous pouvez m'appeler.

— N'y comptez pas.

— Entendu !

— Bonsoir, monsieur Hillyard.

— Bonsoir, mademoiselle Adamson.

Elle fut surprise de la rapidité avec laquelle il termina la conversation. Le ton de la voix n'était pas celui de Michael : c'était celui de quelqu'un d'épuisé au point de se moquer éperdument de tout. Que lui était-il donc arrivé ces deux dernières années ? Elle resta longtemps à se le demander après avoir raccroché.

26

— Ma chérie, vous avez l'air bien solennelle. Qu'est-ce qui ne va pas ?

On était à l'heure du déjeuner et Peter la regardait attentivement. Elle secoua la tête, en tournant distraitement son verre de vin.

— Non, tout va bien. Je pensais à mon travail. Ça me préoccupe chaque fois que j'aborde un nouveau projet.

Elle mentait et tous deux le savaient. Depuis que Michael avait téléphoné le soir précédent, elle avait été ramenée brutalement dans le passé : la balade en vélo, la foire, les perles de pacotille, la robe blanche et la toque de satin bleu qu'elle portait, en route pour le mariage avec Michael… ensuite la voix de sa mère, quand elle était à l'hôpital, couverte de bandages et incapable de rien voir. C'était comme la projection incessante d'un film dont elle ne pouvait détourner son attention.

— Ma chérie, est-ce que ça va ?

— Ça va. Je m'excuse d'être de si mauvaise humeur aujourd'hui. Je suis probablement fatiguée, sans plus.

Mais Peter avait vu dans son regard et sur son visage qu'elle était inquiète et préoccupée.

— Avez-vous rencontré Faye dernièrement ?

— Non. J'ai toujours l'intention de l'inviter à déjeuner, mais je n'ai jamais le temps. Depuis l'exposition, j'ai passé la moitié de mon temps dans la chambre noire et l'autre moitié à courir la ville avec mon appareil.

— Je ne parle pas d'une rencontre amicale. L'avez-vous revue sur le plan professionnel ?

— Bien sûr que non. Je vous l'ai dit, le traitement a pris fin avant Noël.

— Vous ne m'avez jamais dit qui de vous deux avait pris la décision d'arrêter les rencontres.

— C'était ma décision et Faye ne s'y est pas opposée.

Marie fut peinée qu'il semblât penser qu'elle avait encore besoin de soins.

— Je suis fatiguée, tout simplement. C'est tout.

— Je n'en suis pas si sûr. Parfois je crois que vous êtes encore hantée par... disons, par les événements d'il y a deux ans.

Il avait dit cela avec beaucoup de circonspection, très attentif à sa réaction. Il fut peiné de constater son effarement.

— Ne soyez pas ridicule, voyons.

— C'est tout à fait normal, Marie. Des gens sont restés ainsi tourmentés pendant dix, vingt ans. Vous avez vécu des événements traumatisants. Même si vous avez été inconsciente après l'accident, dans un recoin profond de vous, vous vous souviendrez toujours. Vous serez vraiment libre dans la mesure où vous empêcherez ces images de remonter à la surface.

— Mais je l'ai fait et je me sens libre.

— Vous êtes seule juge en la matière. Je tiens pourtant à ce que vous en soyez sûre. Sans quoi, vous en serez secrètement blessée le reste de votre vie, votre créativité pourrait en souffrir, votre existence même… De toute façon, nous ne pouvons pas aller plus au fond des choses pour le moment. Pensez-y sérieusement. Peut-être vous serait-il utile de revoir Faye pendant un certain temps. Cela ne vous ferait certainement pas de mal.

Il paraissait très inquiet.

— Je n'en ai nul besoin, dit-elle, la bouche serrée.

Peter lui caressa doucement la main, sans s'excuser d'avoir insisté ; il n'aimait pas la voir dans cet état.

— Très bien, nous partons ?

Il lui sourit avec encore plus de gentillesse. Il avait raison, cette conversation avec Michael la tourmentait.

Peter régla l'addition et l'aida à remettre le blazer de velours marine qu'elle portait sur une jupe blanche Cacharel et un chemisier de soie. Elle était toujours parfaitement habillée et Peter aimait être vu en sa compagnie.

— Je vous ramène à la maison ?

— Non, j'avais pensé m'arrêter à la galerie. Je veux discuter de certaines choses avec Jacques, changer l'arrangement des photos exposées. Certaines des anciennes sont plus en évidence que les récentes et j'aimerais intervertir cette disposition.

— C'est logique.

Il mit un bras autour de ses épaules et ils sortirent dans le soleil du printemps. Le brouillard du matin s'était dissipé, la journée était chaude et belle. Un portier ramena la Porsche noire et Peter retint la portière pour laisser Marie se glisser dans la voiture. Elle lui sourit quand il s'installa au volant. Elle savait combien elle comptait à ses yeux, mais elle se demandait s'il l'aimait pour l'avoir ainsi recréée ou parce qu'elle restait jusqu'à un certain point inaccessible. De là qu'elle se sentait parfois coupable de n'être pas plus disponible, puisque, en dépit de l'affection qu'elle avait pour lui, une certaine réserve demeurait entre eux. Il avait peut-être raison, se disait-elle. De son côté, il croyait possible qu'elle fût encore hantée et perturbée par ses souvenirs. Peut-être lui faudrait-il revoir Faye.

— Vous n'êtes pas très bavarde aujourd'hui, ma chérie. Pensez-vous encore à votre nouveau projet?

Elle acquiesça d'un sourire embarrassé et posa doucement sa main sur la nuque de Peter.

— Parfois je me demande pourquoi vous me supportez comme vous le faites.

— Mais c'est parce que je suis heureux. Vous m'êtes très précieuse, Marie. J'espère que vous en êtes convaincue.

Oui, mais pourquoi? Elle se le demandait encore. Était-ce parce qu'il avait voulu faire d'elle une copie de cette femme? C'était là une idée stupide.

Bien assise, elle ferma les yeux pour tenter de se détendre, mais les ouvrit tout de suite quand elle sentit Peter faire une embardée avec sa petite voiture lancée à toute vitesse. Elle vit alors une Jaguar rouge foncer vers eux, au moment où le conducteur essayait de dépasser un camion stationné en double file. Pour une raison ou une autre, la Jaguar n'avait pu se rabattre, s'engageait dans la voie opposée et venait droit sur eux. Marie écarquilla les yeux d'horreur, trop terrifiée pour proférer un son.

La manœuvre, qui n'avait pris qu'un instant, avait suffi pour éviter l'accident. Peter avait esquivé la voiture et la Jaguar s'était sauvée à toute vitesse, brûlant même un feu rouge.

Marie était figée de terreur sur son siège, agrippée au tableau de bord, les yeux pleins de larmes, la bouche tremblante, l'esprit rivé à ce qu'elle avait vu vingt-deux mois plus tôt. Peter s'étant rendu compte de ce qui se passait, il stoppa la voiture et se pencha pour la prendre dans ses bras. Elle était trop tendue pour bouger et, au moment où il la toucha, elle se mit à sangloter, à gémir du plus profond d'elle-même, au point qu'il dut la secouer fermement pour la maîtriser.

— Chut, chut… tout va bien, ma chérie. Tout va bien… chut, chut… c'est passé. Rien de pareil ne vous arrivera plus jamais.

Encore terrifiée, elle se remit à pleurer et se laissa tomber dans les bras de Peter. Ce ne fut qu'une demi-heure plus tard qu'elle se calma, exténuée. Peter s'était borné à la regarder sans rien dire, caressant son visage et ses cheveux, lui tenant la main pour lui faire bien sentir qu'il n'y avait plus de danger.

Il resta perplexe après cet incident. Les réactions de Marie confirmaient ce qu'il avait toujours pensé.

Quand enfin elle se fut apaisée, il lui parla doucement mais avec autorité.

— Il faut que vous retourniez chez Faye. Le problème n'est pas encore parfaitement résolu et il ne le sera pas tant que vous ne l'aurez pas abordé de front. Impossible de vous en guérir sans cela.

Sans doute, mais pouvait-elle y faire face ? Qu'y avait-il à guérir ? S'agissait-il de se guérir de son amour pour Michael ? Et comment pouvait-elle dire à Peter qu'elle avait parlé à Michael au téléphone et que ce court entretien avait suffi pour lui donner le désir d'être dans ses bras, de l'embrasser et de sentir ses mains la caresser ? Comment le dire à Peter ?

Elle le regarda, les yeux lourds de fatigue.

— Je vais y penser.

— Voilà qui est bien. Je vous ramène à la maison ?

La voix de Peter était douce. Elle acquiesça : elle n'avait évidemment pas la force de retourner à la galerie. Le seul mot qu'elle put prononcer en sortant de la voiture fut « merci ». Elle monta lentement l'escalier, portant sur ses épaules le poids de ces vingt-deux mois de solitude intérieure.

Si Michael n'avait pas appelé, toute cette souffrance ne serait pas revenue. Pour quelle raison l'avait-il fait ? Il ne s'intéressait sans doute qu'à ses photos. Qu'il achète les œuvres de quelqu'un d'autre, le salaud ! Pourquoi ne lui avait-il pas foutu la paix ?

Elle se mit tout de suite au lit. Fred sautilla puis la rejoignit. De méchante humeur, elle le repoussa et resta étendue à regarder le plafond, se demandant si elle allait appeler Faye et si cette démarche en valait la peine.

Elle allait s'assoupir quand le téléphone sonna et la fit sursauter. Elle ne voulait pas répondre mais, comme ça devait être Peter, elle trouvait qu'elle n'avait pas le droit de continuer de l'inquiéter comme elle l'avait fait cet après-midi-là. Elle décrocha.

— Allô, dit-elle, la voix brisée.

— Mademoiselle Adamson ?

Oh, Seigneur, ce n'était pas Peter, mais...

Elle ferma les yeux pour retenir ses larmes et exhala un profond soupir.

— Pour l'amour de Dieu, Michael, laissez-moi en paix, dit-elle, en raccrochant.

À l'autre bout du fil, Michael, hébété, regardait fixement l'appareil. Qu'est-ce que c'était que toute cette histoire ? Et pourquoi, cette fois, l'avait-elle appelé Michael ?

27

Marie paraissait fatiguée, épuisée, quand, le lendemain matin, elle arriva avec Fred à la galerie. Elle
portait un ensemble pantalon et un pull clair. Elle était
beaucoup plus pâle que d'habitude, après une longue
nuit sans sommeil. Elle n'avait cessé de revivre son
dernier jour avec Michael et l'accident qui y avait si
brutalement mis fin. Elle avait l'impression qu'elle ne
pourrait jamais oublier; ce matin, il lui semblait avoir
cent ans.

— Vous avez l'air de quelqu'un qui a travaillé beaucoup trop, mon amie, lui fit remarquer Jacques.

Assis à son bureau, il portait sa tenue habituelle : un
jean impeccablement ajusté, un col roulé noir et une
veste de daim de Saint-Laurent… L'ensemble lui seyait
à la perfection.

— À moins que vous n'ayez veillé trop tard avec
votre docteur favori?

Jacques était un vieil ami de Peter et il avait beaucoup d'affection pour Marie.

Elle lui sourit, en prenant une gorgée du café qu'il lui avait versé. C'était du café filtre, fort et noir, le seul qu'il prenait. Il l'avait rapporté de France avec quantité d'autres articles précieux sans lesquels il ne pouvait vivre. Elle aimait le taquiner pour son chauvinisme et ses goûts de luxe. Elle lui avait même acheté pour son anniversaire du papier de toilette orné du signe de Gucci et des serviettes-éponges Hermès. Il avait apprécié et les cadeaux et la plaisanterie.

— Non, absolument pas. J'ai peut-être passé trop de temps dans la chambre noire.

— Vous êtes folle. Une fille comme vous devrait plutôt sortir et danser.

— Plus tard, quand je serai plus avancée dans mon travail.

Elle se mit à lui expliquer son projet d'une série de photos sur la vie dans les rues de San Francisco.

— Ça me plaît beaucoup, Marie. Travaillez-y aussitôt que vous pourrez.

Il allait entrer dans les détails quand quelqu'un frappa à la porte. C'était sa secrétaire, qui, d'un geste, s'excusait de les interrompre.

— Ah ah! C'est probablement une de vos petites amies.

Marie aimait bien le taquiner. Il sourit et s'avança vers sa secrétaire, avec qui il conféra à voix basse sur le seuil. Il avait l'air absolument ravi. Après un dernier signe d'approbation, il revint s'asseoir et regarda Marie comme quelqu'un qui allait la gratifier d'un présent merveilleux.

— J'ai une surprise pour vous, Marie.

Elle entendit de nouveau frapper à la porte.

— Quelqu'un de très important s'intéresse à votre travail.

La porte s'ouvrit toute grande avant qu'elle pût bien comprendre le sens de ces paroles. À sa grande surprise, quand elle se retourna, elle se trouva face à Michael. Elle faillit perdre le souffle et s'aperçut que la tasse de café tremblait dans sa main. Très élégant dans un complet bleu foncé, une chemise blanche et une cravate sombre elle aussi, il avait l'allure du prince des affaires qu'il était.

Marie déposa sa tasse de café pour prendre la main que Michael lui tendait. Il s'étonnait du calme de cette jeune femme qui la veille au soir lui avait parlé au téléphone et, d'une voix torturée, l'avait supplié de la laisser en paix. Elle avait probablement d'autres problèmes, peut-être avec les hommes ou bien peut-être était-elle ivre. Avec ces artistes, on ne savait jamais !

— Je suis extrêmement heureux de vous rencontrer enfin. J'ai dû presque vous traquer, mademoiselle Adamson, mais, étant donné vos talents, je crois que c'était parfaitement légitime.

Il lui sourit avec beaucoup de bienveillance. Jacques, debout derrière son bureau, tendit la main à Michael. Il était évidemment très impressionné par l'intérêt que Cotter-Hillyard portait au travail de Marie, puisque Michael avait précisé à la secrétaire que son intérêt était strictement professionnel et ne visait pas à enrichir sa collection personnelle ou à décorer son bureau.

Ces œuvres, il les destinait à l'une des plus importantes réalisations de sa firme.

Jacques était enthousiaste et n'avait qu'une hâte, celle d'entendre les réactions de Marie, de voir sa réserve habituelle ébranlée. Elle resta aussi placide que de coutume, très calme dans son fauteuil, évitant le regard de Michael avec un petit sourire glacial sur les lèvres.

— Permettez que j'en vienne au fait et vous explique ce que j'ai en tête, reprit Michael.

Jacques fit signe à sa secrétaire de servir un café à Michael et écouta sans perdre un mot. C'était un projet pour lequel n'importe quel artiste se serait battu. Néanmoins Marie resta impassible, hocha doucement la tête et se tourna vers Michael.

— Je regrette, monsieur Hillyard, mais ma réponse est toujours la même.

— Vous avez déjà discuté? demanda Jacques, décontenancé.

Michael s'empressa d'expliquer.

— Un de mes associés, ma mère et moi-même avons déjà rencontré Mlle Adamson, nous lui avons fait part de ce projet, succinctement il est vrai, mais sa réponse a été un non catégorique. J'espérais la voir changer d'idée.

Jacques était stupéfait.

— Je regrette mais c'est impossible, répéta Marie.

— Mais, pourquoi? (C'était Jacques, tendu, qui intervenait.)

— Parce que je ne veux pas, tout simplement.

— Pourrais-je au moins connaître vos raisons ?

La voix de Michael était très douce, avec une nuance nouvelle, celle que lui apportait la conscience de son prestige. Marie se rendit compte avec irritation que ce nouvel aspect de l'homme lui plaisait. Elle ne changea pas de décision pour autant.

— Traitez-moi d'artiste capricieuse, si vous le voulez, mais ma réponse est la même, et elle le restera.

Elle regarda les deux hommes et se leva. Elle s'approcha de Michael, lui serra la main et dit avec gravité :

— Merci quand même de votre bienveillance. Je suis sûre que vous trouverez la personne qu'il vous faut. Jacques pourra certainement vous recommander quelqu'un, car nombre de très bons artistes et photographes sont des habitués de cette galerie.

— Mais c'est vous que nous voulons.

Michael se montrait maintenant très déterminé, pendant que Jacques demeurait frappé de stupeur. Marie, de son côté, était décidée à ne pas perdre cette bataille. Elle en avait déjà trop perdu.

— Votre insistance, monsieur Hillyard, n'est pas raisonnable, elle est même un peu puérile. Il vous faudra trouver quelqu'un d'autre. Je ne travaillerai jamais avec vous, c'est aussi simple que ça.

— Travailleriez-vous avec quelqu'un d'autre de la compagnie ?

Secouant la tête une fois encore, elle se dirigea vers la porte.

— Consentiriez-vous au moins à y réfléchir ?

Elle s'arrêta un moment sur le seuil, le dos tourné, hochant toujours la tête, et sortit avec son petit chien. Les deux hommes l'entendirent répéter « Non, non ! ».

Michael ne voulut pas perdre de temps avec le propriétaire de la galerie, qui était resté abasourdi à son bureau. Il courut après elle dans la rue en criant : « Attendez ! Attendez ! » Il ne savait au juste pourquoi il agissait de la sorte, mais il s'y sentait poussé. Il la rejoignit et marcha à ses côtés du même pas rapide.

— Vous permettez que je marche avec vous un petit moment ?

— Si vous le voulez, mais vous ne me ferez pas changer d'avis.

Elle regardait droit devant elle, évitant les regards de celui qui marchait obstinément à ses côtés.

— Pourquoi réagissez-vous de la sorte ? Ce n'est pas logique. Avez-vous des raisons personnelles ? Quelque chose que vous auriez appris sur notre compagnie ? Ou encore quelque chose qui me concerne personnellement ?

— Ça ne fait aucune différence !

— Au contraire, je crois que cela fait une énorme différence. (Il l'arrêta et lui serra le bras fermement.) J'ai le droit de savoir !

— Vous croyez ?

On eût dit qu'ils allaient rester figés là éternellement. Ce fut Marie qui finit par se radoucir.

— Alors, voici, mes raisons sont strictement personnelles.

— Au moins, je sais que ce n'est pas de la folie !

Elle se mit à rire et le regarda très amusée.

— Comment le savez-vous ? Peut-être que je suis vraiment folle.

— Malheureusement, je ne le crois pas. Vous semblez plutôt haïr la compagnie Cotter-Hillyard, ou encore me haïr moi.

C'était de sa part une supposition gratuite, puisque ni lui ni la compagnie n'avaient mauvaise presse, n'étaient impliqués dans aucun projet controversé ou suspect. Peut-être avait-elle eu un contact désagréable avec quelqu'un du personnel régional et en gardait-elle rancune. Ce devait être quelque chose comme cela. Impossible d'imaginer une autre explication.

— Je ne vous déteste pas, monsieur Hillyard. (Elle avait attendu un moment avant de faire cet aveu.) En tout cas, votre « performance » a été excellente.

Il sourit et, pour la première fois, il ressembla à l'adolescent, au jeune homme qui, avec Ben, la taquinait naguère. Ce brusque rappel du passé lui déchira le cœur et elle détourna le regard.

— Puis-je vous inviter à prendre un café ?

Elle allait refuser mais se ravisa. Il fallait mettre les choses parfaitement au clair une fois pour toutes. Après cela, il la laisserait en paix pour de bon.

— Entendu.

Elle suggéra un établissement proche, où ils se rendirent, avec Fred à leurs trousses. Ils commandèrent deux express et, sans y penser, elle lui offrit du sucre. Elle savait qu'il en prenait habituellement deux morceaux : il ne pensa qu'à la remercier, sans s'étonner qu'elle connaisse ses habitudes.

— Savez-vous, il y a quelque chose d'étrange dans vos œuvres, quelque chose qui me fascine. C'est un peu comme si je les avais déjà vues, comme si je les connaissais, comme si je comprenais ce que vous voulez exprimer. Ce que je dis a-t-il un sens ?

— Certainement, beaucoup de sens. (D'ailleurs Michael avait toujours merveilleusement compris ses peintures.) Oui, je pense que c'est plein de sens. N'est-ce pas l'effet qu'une œuvre d'art doit précisément produire ?

— Mais les vôtres font plus que cela. C'est difficile à expliquer. Je le répète, c'est comme si je les connaissais déjà. Je ne sais pas. Cela me paraît à moi-même étrange quand je m'entends vous le dire.

« Mais ne me reconnais-tu pas ? Ces yeux, tu ne les reconnais pas ? » Ce sont là les questions qu'elle aurait aimé lui poser pendant qu'ils buvaient calmement leur café et discutaient de ses œuvres.

— J'ai malheureusement l'impression que vous ne céderez pas. Vous refusez toujours, n'est-ce pas ?

Elle fit signe que oui.

— Est-ce une question d'argent ?

— Certainement pas.

— Je ne le pensais pas, d'ailleurs.

Il ne mentionna même pas le contrat somptueux qu'il avait dans sa poche, sachant qu'une telle offre serait vaine, qu'elle nuirait plutôt à sa démarche.

— J'aimerais bien savoir ce qui vous retient ainsi.

— Je suis plutôt bizarre, je dois vous le dire. L'une de mes manies est de donner des ruades au passé.

Elle fut étonnée elle-même de sa franchise, mais pas lui, sembla-t-il.

— J'ai pensé que c'était quelque chose comme cela.

À ce point de leur rencontre, dans ce petit restaurant italien, ils s'étaient apaisés, même s'il émanait d'elle une tristesse aigre-douce qu'il ne comprenait pas.

— Ma mère a été très impressionnée par votre travail. Et ce n'est pas une femme facile à satisfaire.

— Non, je ne crois pas. C'est ce qu'on dit. Elle sait conduire son affaire avec fermeté.

— En effet. C'est elle qui a fait de notre entreprise ce qu'elle est aujourd'hui. C'est vraiment un plaisir de prendre le gouvernail après elle, c'est comme piloter un navire parfaitement docile.

— Quelle chance pour vous !

Elle était redevenue amère, ce qu'une fois encore Michael ne comprit pas. D'un petit geste nerveux, il passa sa main sur une minuscule cicatrice à l'une de ses tempes. Abruptement Marie déposa sa tasse et le regarda attentivement.

— Qu'est-ce que c'est ?

— Quoi ?

— Cette cicatrice ?

Elle ne pouvait en détourner les yeux, sachant bien ce que c'était. Il n'y avait pas d'autre explication que…

— Ce n'est rien. J'ai cette cicatrice depuis un certain temps.

— Elle ne semble pas très ancienne.

— Elle date de quelques années, dit-il, l'air embarrassé. Réellement, ce n'est rien, un petit accident de voiture avec des amis.

Il essayait de détourner la conversation. Marie de son côté avait envie de lui lancer sa tasse à la figure. Le salaud! Un petit accident! Bravo! Elle savait donc enfin ce qu'elle voulait savoir. Elle saisit son sac, regarda Michael avec un air glacial et tendit la main.

— Merci pour ces minutes agréables, monsieur Hillyard. J'espère que vous aimerez votre séjour à San Francisco...

— Vous partez? Ai-je dit quelque chose qu'il ne fallait pas?

Bon Dieu, cette femme était impossible. Qu'est-ce qu'il avait bien pu dire?

— En réalité, vous avez dit certaines choses qui m'ont étonnée. J'ai lu en effet dans les journaux un article sur cet accident et je n'estime pas qu'il fut ce qu'on peut appeler un petit accident. Vos deux amis ont été passablement amochés, à ce que j'ai cru comprendre. Est-ce que vous vous foutez de tout, Michael? Vous n'avez donc d'intérêt pour rien si ce n'est pour vos sacrées affaires?

— Diable, qu'est-ce qui vous prend? Et en quoi cela vous regarde-t-il?

— Je suis un être humain, voyez-vous, tandis que vous, vous n'en êtes pas un. C'est ça que je déteste en vous!

— Mais vous êtes folle!

— Non, monsieur, je ne suis plus folle maintenant.

Se détournant brusquement, elle partit, laissant Michael éberlué... Poussé par il ne savait quelle force, il se leva et se précipita derrière elle. Après avoir laissé un billet de cinq dollars sur la petite table de marbre, il courut. Il fallait lui dire... parce que non, ça n'avait pas été un petit accident, puisque la femme qu'il aimait avait été tuée. Mais quel droit avait-elle de le savoir? De toute façon il n'eut pas l'occasion de lui parler, car, au moment où il atteignait la rue, elle venait tout juste de monter dans un taxi.

28

Elle venait d'arriver sur la plage et allait installer le pied de son appareil quand elle vit soudain une silhouette approcher. Les pas décidés l'intriguèrent jusqu'au moment où elle le reconnut. C'était Michael. Il franchit une dune de sable, se plaça juste devant elle et lui boucha la vue.

— J'ai quelque chose à vous dire.

— Je ne veux pas l'entendre.

— Je vais le dire quand même, si pénible que ce soit. Vous n'avez aucun droit de vous immiscer dans ma vie privée et de me dire quelle sorte d'être humain je suis, puisque vous ne me connaissez même pas.

Ses propos de la veille l'avaient tourmenté toute la nuit. C'était par son service téléphonique qu'il avait su où elle se trouvait. Sans trop comprendre pourquoi, il savait qu'il devait la rejoindre.

— De quel droit portez-vous de tels jugements sur moi ?

— Aucun. Mais ce que je pressens me dégoûte, voilà.

Elle était impassible et distante.

— Qu'est-ce que vous pressentez exactement de moi ?

— Une coquille vide. Un homme qui n'a d'intérêt que pour son travail. Un homme qui n'a de sollicitude pour personne, n'aime rien, ne donne rien, n'est rien lui-même.

— Comment savez-vous ce que je suis, ce que je fais, ce que je ressens ? Qu'est-ce qui vous fait prétendre tout savoir ?

Elle s'éloigna d'un pas pour photographier la dune voisine.

— Allez-vous m'écouter, nom d'un chien ?

Il allait mettre la main sur son appareil photo, mais elle l'esquiva et, furieuse, elle se tourna vers lui.

— Pourquoi, diable, vous acharnez-vous à pénétrer dans ma vie ?

— Je ne veux pas pénétrer dans votre vie. Je veux simplement acheter certaines de vos œuvres et je ne tiens nullement à vous entendre parler de ma personnalité, de ma vie ou de quoi que ce soit d'autre.

Il tremblait presque, tant il était en colère. Elle se dirigea vers le carton qu'elle avait déposé dans une serviette sur le sable. Elle l'ouvrit, regarda dans une chemise et en tira une photo. Elle se leva et la lui tendit en disant :

— Voici. Elle est à vous. Vous en ferez ce que vous voudrez. Maintenant foutez-moi la paix !

Sans dire un mot, il rejoignit sa voiture stationnée sur la route voisine.

Sans se retourner une seule fois pour le regarder, elle se remit au travail jusqu'à ce que la lumière du soir fût trop faible pour lui permettre de continuer. Revenue à son appartement, elle se fit des œufs brouillés et un café avant de rejoindre la chambre noire. Elle ne se coucha pas avant 2 heures du matin. Elle ne répondit pas quand elle entendit la sonnerie du téléphone, ne voulant parler à personne. Comme elle se proposait de retourner à la plage le lendemain matin, elle régla son réveil pour 8 heures et s'endormit aussitôt. La veille, elle s'était libérée d'un poids étouffant. Elle se sentait paradoxalement contente d'avoir vu Michael, même si elle le haïssait.

Au lever, elle prit une douche, passa ses vêtements de travail et lut le journal en buvant son café. Elle quitta son appartement quelques minutes avant 9 heures, organisant déjà dans sa tête le programme de la journée. Elle avait à peine atteint le bas de l'escalier, Fred à ses trousses, qu'en levant les yeux elle aperçut de l'autre côté de la rue un énorme panneau monté sur un camion. Michael était au volant et lui souriait. Elle s'assit sur la dernière marche et éclata de rire. Quel fou! Cette photo qu'elle lui avait donnée, il en avait fait faire un agrandissement, l'avait fait installer sur ce camion qu'il avait conduit jusqu'à sa porte. Il en descendit et, souriant, s'approcha d'elle. Elle riait encore quand il s'assit à ses côtés.

— Comment trouvez-vous ça?

— Je vous trouve très drôle!

— Oui, mais ne trouvez-vous pas ça beau? Vous rendez-vous compte de la beauté de vos autres photos une fois agrandies et installées sur les murs du centre médical? Ce ne serait pas merveilleux, non?

Lui-même était merveilleux, mais elle ne pouvait pas le lui dire.

— Allons. Venez prendre le petit déjeuner et nous discuterons.

Ce matin-là il avait résolu de ne pas accepter de refus, aussi s'était-il libéré de tout engagement. Elle fut à la fois touchée et amusée par sa détermination. Elle n'était pas d'humeur à livrer une autre bataille.

— Je devrais refuser, mais j'accepte.

— Voilà qui est mieux. Puis-je vous proposer de monter ?

— Là-dedans ? (Elle montrait le camion du doigt et se remit à rire.)

— Bien sûr, pourquoi pas ?

Ils grimpèrent dans le camion et se dirigèrent vers Fisherman's Wharf pour le petit déjeuner. Les camions étaient nombreux dans ces parages et une photo de ce format n'y étonnerait personne.

À leur grande surprise, le petit déjeuner fut très agréable ; ils avaient enterré la hache de guerre, du moins jusqu'au café.

— Eh bien, est-ce que vous êtes convaincue ?

Son sourire disait qu'il se sentait sûr de lui.

— Non, vous ne m'avez pas convaincue, mais nous avons passé un moment très agréable.

— Je devrais vous être très reconnaissant, je suppose, de cette phrase aimable, mais ce n'est pas mon style.

— Mais quel est donc votre style ? Comment le définiriez-vous ?

288

— Si je comprends bien, vous me donnez la chance de m'expliquer et ce n'est pas vous qui allez cette fois me dire ce que je suis.

Il la taquinait, mais elle sentait une agressivité dans sa voix. Elle avait visé trop juste dans certaines de ses remarques de la veille.

— Je vais vous dire. C'est vrai, d'un certain point de vue, vous avez raison ! Je vis pour mon travail.

— Mais pourquoi ? Vous n'avez rien d'autre dans la vie ?

— En fait, non, c'est probablement la rançon du succès.

— Mais, c'est insensé. Vous n'avez pas à donner ainsi votre vie à votre carrière. Il y en a qui savent concilier les deux !

— Vous avez réussi cela, vous ?

— Pas tout à fait encore, mais peut-être que j'y arriverai un jour. Je sais, en tout cas, que c'est possible !

— Peut-être. Il est probable que mes motivations ne sont plus ce qu'elles étaient, car, voyez-vous, ma vie a considérablement changé ces dernières années. Rien de ce que je m'étais proposé n'a pu se réaliser, mais l'existence m'a apporté des compensations…

— Je vois. Je suppose que vous n'êtes pas marié.

— Non, je n'en ai ni le temps ni le goût.

Charmant, vraiment ! Aussi bien de ne pas s'être marié, se dit Marie.

— Quelle vie terne et grise !

— Elle me convient pour le moment. Et vous ?

— Je ne suis pas mariée non plus.

— En fait, si je reviens à ce que vous avez dit de ma façon de vivre, la critique que vous en avez faite pourrait tout autant s'appliquer à la vôtre. Vous êtes aussi obsédée par votre travail que je le suis par le mien et vous êtes aussi seule, aussi prisonnière de votre petit univers. Pourquoi alors être si sévère à mon égard ? Ce n'est pas juste, me semble-t-il.

— Je regrette. Vous avez peut-être raison.

Il lui était difficile de répliquer. Pendant qu'elle y réfléchissait, elle sentit sa main sur la sienne et elle en eut le cœur déchiré. Elle retira sa main, l'air triste, tandis que lui aussi se sentait très malheureux, une fois encore.

— Vous êtes une femme très difficile à comprendre.

— Je suppose. Il y a en effet en moi bien des choses inexplicables.

— Nous pourrions essayer ensemble d'y voir clair. Je ne suis pas le monstre que vous croyez.

— Vous ne l'êtes pas, j'en suis certaine.

En le regardant, elle n'avait envie que de pleurer. C'était comme des adieux. C'était voir une fois encore ce qu'elle n'obtiendrait jamais. Peut-être était-ce un moyen de mieux comprendre la situation et d'être en mesure de renoncer définitivement à ses espérances.

— Je devrais me mettre au travail, dit-elle.

— Puis-je croire que je suis un peu plus près d'une acceptation que d'un refus ?

— J'ai bien peur que non !

Il lui répugnait de l'admettre, mais il se rendit compte qu'il lui fallait se résoudre à l'échec. Rien ne la ferait changer d'idée, tous ses efforts avaient été inutiles. C'était une femme très têtue, mais elle lui plaisait quand même. Il en était surpris. Quand elle n'était pas sur ses gardes, il y avait en elle une douceur et une gentillesse qui l'attiraient comme il ne l'avait pas été depuis longtemps.

— Pourrais-je vous inviter à dîner ? Ce serait pour moi une sorte de prix de consolation, puisque je ne peux conclure l'arrangement que j'espérais.

L'expression de son visage la fit sourire.

— J'aimerais bien… mais pas ces jours-ci, car je dois m'absenter.

Il avait donc perdu la partie encore une fois.

— Où allez-vous ?

— Sur la côte est, pour certaines affaires personnelles.

C'était une décision qu'elle avait prise depuis à peine une demi-heure. Elle savait ce qu'elle avait à faire. Il ne s'agissait pas tant d'enterrer le passé que de le déterrer. Sans doute Peter avait-il raison, elle en était sûre maintenant. Il fallait que cette plaie guérisse, comme il disait.

— Je vous appellerai à mon retour à San Francisco et j'espère être plus chanceux cette fois.

« Peut-être. À ce moment-là, je serai devenue Mme Peter Gregson et je serai complètement guérie. Et tout le reste n'aura plus aucune importance », pensa-t-elle.

Ils se dirigèrent lentement vers le camion et il la reconduisit à son appartement. Elle ne dit que très peu de choses en le quittant. Elle le remercia pour le petit déjeuner, lui serra la main et remonta l'escalier.

Il avait perdu la partie. En la regardant s'éloigner, il fut pris d'une tristesse incontrôlable, comme s'il avait perdu quelque chose de très important, sans trop savoir quoi. Était-ce le contrat, une femme, une amie ? Pour la première fois depuis très longtemps, sa solitude lui fut insupportable.

Il embraya et conduisit le camion par Pacific Heights jusqu'à son hôtel.

Déjà Marie parlait au téléphone à Peter Gregson.

— Ce soir ? Mais, ma chérie, je dois assister à une réunion.

Il paraissait nerveux et pressé.

— Alors, après la réunion, insista Marie. C'est très important et je dois partir demain.

— Partir pour où ? Pour longtemps ?

— Je vous le dirai quand je vous verrai. À ce soir ?

— Très bien, très bien. Vers 23 heures. Je trouve que c'est quand même un peu fou. Ça ne pourrait pas attendre ?

— Non.

Cela avait pu attendre pendant deux ans, mais elle avait été stupide d'avoir laissé le temps passer ainsi.

— Entendu. Je vous verrai ce soir.

Il avait raccroché très vite. De son côté, elle avait appelé la compagnie d'aviation pour retenir une place et le vétérinaire pour qu'il prenne soin de Fred.

29

La chance avait souri à Marie. Une annulation de rendez-vous lui avait permis de se retrouver cet après-midi-là dans ce bureau confortable et familier qu'elle avait fréquenté pendant des mois. Elle s'allongea sur le divan, les jambes étendues vers le foyer. Ses pensées étaient si lointaines qu'elle n'entendit pas Faye entrer.

— Est-ce que vous réfléchissez ou est-ce que vous dormez ?

Marie la regarda en souriant pendant que Faye s'asseyait près d'elle.

— Je réfléchissais. Comme c'est bon de vous voir !

Effectivement, elle était surprise de se sentir si bien ; c'était un peu comme revenir à de vieilles et confortables habitudes. Si elle avait passé ici des moments difficiles, elle en avait connu d'autres très heureux.

— Puis-je vous dire que vous êtes splendide, à moins que vous ne soyez lassée de vous l'entendre dire.

— Ce n'est pas de cela que je suis fatiguée et sans doute voulez-vous savoir ce qui m'amène.

— Il n'y a pas de doute, je me suis posé la question.

Marie paraissait encore perdue dans ses pensées.

— J'ai rencontré Michael.

— Il vous a donc retrouvée?

Faye paraissait abasourdie.

— Oui et non. C'est Marie Adamson qu'il a trouvée. C'est tout ce qu'il sait. Un de ses collaborateurs m'a harcelée à propos de mon travail. La compagnie Cotter-Hillyard construit ici un centre médical et veut, semble-t-il, utiliser des agrandissements de mes photos pour la décoration.

— Voilà qui est très flatteur, Marie.

— Je m'en fous, Faye. Ce qu'il pense de mon travail m'est parfaitement égal!

Ce qui n'était pas complètement vrai, puisqu'elle avait toujours savouré les éloges et que, maintenant encore, elle était enchantée de savoir que son travail continuait d'attirer l'attention.

— Sa mère elle-même est venue il y a quelque temps déjà et je lui ai répété ce que j'avais dit aux autres. Non, je ne suis pas intéressée. Je ne veux rien leur vendre et ne veux pas collaborer avec eux. Un point c'est tout.

— Cette insistance prouve qu'ils vous apprécient. Y en a-t-il parmi eux qui savent qui vous êtes?

— Ben ne le sait pas, mais la mère de Michael le sait. C'est pour cette raison, je crois, qu'elle a fait en sorte de me rencontrer.

Nancy se tut, les yeux baissés. Elle était soudain très loin, dans cette chambre d'hôtel, où elle avait rencontré Marion.

— Comment vous êtes-vous sentie en la voyant ?

— Terriblement mal. Je me suis rappelé tout le mal qu'elle m'avait fait et je la haïssais.

— Ensuite ?

Il y avait quelque chose d'autre dans sa voix et Faye le perçut.

— Au-delà de cette haine, je me suis souvenue combien j'avais souhaité qu'elle m'aime et m'accepte comme l'épouse de Michael.

— Pensez-vous qu'elle vous rejette encore ?

— Je n'en suis pas certaine… Je le suppose. Elle est malade maintenant et elle m'a semblé différente. On aurait dit qu'elle regrettait. Je crois que Michael n'a pas été particulièrement heureux ces deux dernières années.

— Qu'est-ce que cela vous fait ?

— Je me suis sentie soulagée et j'ai pris conscience aussi de mon indifférence à son égard. Tout est bien fini, Faye. C'est du passé et nous ne sommes plus l'un et l'autre ce que nous étions. C'est aussi qu'il ne m'est jamais revenu et qu'il ne courrait probablement pas après mes œuvres s'il savait qui je suis, ou plutôt qui j'étais. Je ne suis plus Nancy McAllister et lui n'est plus le Michael que j'ai connu.

— Comment le savez-vous ?

— Mais je l'ai vu. C'est un homme sans cœur, dur, froid. Je ne saurais le définir, mais il y a chez lui d'autres aspects nouveaux.

— Vous a-t-il semblé malheureux, perdu, déçu ?

— Non, Faye. Il faudrait plutôt se demander s'il ne se sent pas trahi, abandonné et lâche ! Voilà la vraie question, ne trouvez-vous pas ?

— Je ne sais pas ! Est-ce la vraie question ? C'est bien ce que vous avez ressenti en le voyant ?

— Oui, je le hais.

— Si vous le haïssez comme vous dites, il vous est beaucoup plus qu'indifférent.

Marie allait protester, mais elle secoua la tête, se mit à pleurer et dévisagea Faye sans rien dire.

— Nancy, l'aimez-vous encore ?

Elle avait intentionnellement utilisé l'ancien nom. La jeune femme soupira et rejeta la tête sur le divan avant de répondre. Les yeux au plafond, elle parla d'une voix monotone.

— Peut-être que Nancy l'aime encore, avec ce qui reste d'elle. Mais Marie ne l'aime pas. J'ai maintenant une vie nouvelle et je suis hors d'état de l'aimer.

— Pourquoi pas ?

— Parce qu'il ne m'aime pas et que tout cela n'est qu'un rêve. Il faut y renoncer pour de bon et complètement, j'en suis sûre. Je ne suis pas venue ici aujourd'hui pour pleurer sur votre épaule mes dernières larmes d'amour pour lui. Il me fallait le dire à quelqu'un. Et je ne voulais pas en parler à Peter, de peur de le troubler.

— Je suis bien contente que vous soyez venue, Marie. Cependant je ne suis pas si sûre que vous puissiez renoncer à tout aussi simplement et prétendre que tout a été liquidé en un instant.

— En fait, tout a été liquidé, il y a déjà deux ans ; c'est du moins ce que je croyais, mais je n'avais pas vraiment renoncé…

Elle se leva et regarda Faye droit dans les yeux.

— Je pars demain pour Boston. J'ai des affaires à y régler.

— Quelle sorte d'affaires ?

— Des affaires à liquider ! (Elle sourit pour la première fois depuis une heure.) Il y a certaines choses que j'ai laissées en plan, certaines choses que j'avais partagées avec Michael et qui sont encore là en gage, parce que j'avais toujours cru qu'il me reviendrait. Il me faut m'occuper de cela.

— Vous croyez-vous prête à le faire ?

— Oui.

Elle paraissait très assurée, même devant Faye.

— C'est vraiment ce que vous voulez ?

— Oui.

— Et vous ne voulez pas avouer à Michael qui vous êtes, ou plutôt qui vous étiez, et voir ce qui adviendra ?

Marie frissonna légèrement.

— Non, jamais. C'est fini. À jamais. En plus, ce ne serait pas loyal à l'égard de Peter.

— Et à l'égard de Marie ? Y avez-vous pensé ?

— C'est précisément pour cette raison que je vais à Boston demain. Je me dis qu'après ce voyage je serai assez libre pour m'engager pour de bon avec Peter. C'est un homme tellement gentil et il a tellement fait pour moi.

— Mais vous ne l'aimez pas.

C'était effroyable pour elle d'entendre quelqu'un d'autre prononcer de tels mots.

— Non, non ! Je l'aime.

— D'où vient alors ce problème d'engagement ?

— C'est que Michael était là, entre lui et moi.

— Je trouve votre solution un peu facile, Marie. Je trouve que vous démissionnez en agissant ainsi.

— Je ne sais pas. On dirait que quelque chose m'a toujours retenue… Il y a quelque chose… qui manque. C'est un peu comme si je ne m'étais pas permis d'être vraiment moi-même… avec Peter. D'une certaine façon j'attendais encore Michael… Je ne sais pas, Faye. Il y a quelque chose qui ne va pas. Si c'était moi ?

— Pourquoi dites-vous que quelque chose ne va pas ?

— Je ne sais pas, mais j'ai parfois l'impression que Peter ne me connaît pas. Il connaît Marie Adamson parce que c'est la personne qu'il a façonnée, mais il ne connaît pas celle que j'étais avant l'accident.

— Pourriez-vous lui faire découvrir tout cela ?

— Peut-être. Mais je ne suis pas certaine qu'il le souhaite. Il me donne l'impression de m'aimer, mais pas pour moi-même.

— Eh bien, il y a là un problème, vous ne croyez pas ?

— Oui, mais Peter est si bon, il n'y a pas de raison pour que ça ne marche pas.

— Non, à moins que vous ne l'aimiez pas.

— Mais, je l'aime.

Elle devenait nerveuse.

— Bon, bon. Détendez-vous, laissons les choses s'arranger. Vous pouvez toujours revenir ici et discuter avec moi si vous le désirez. Mais d'abord occupons-nous de vos sentiments à l'égard de Michael.

— Je tiens à faire ce voyage. Quand je serai revenue, je serai parfaitement libre.

— Très bien. Partez donc, mais revenez me voir au retour. Ça va comme ça?

— C'est d'accord, oui.

Marie se félicitait d'être venue; l'entrevue l'avait soulagée. À regret Faye se leva; la rencontre avait été longue et dans une heure elle donnait un cours à l'université.

— Vous appellerez pour fixer un rendez-vous à votre retour?

— Dès mon retour.

— Très bien. Et soyez bonne pour Marie quand vous serez à Boston; n'allez pas vous laisser bouleverser par le passé. Si vous avez des problèmes, appelez-moi.

C'était d'un grand réconfort de pouvoir compter sur Faye. Elle quitta le bureau plus détendue qu'elle ne l'avait été de tout l'après-midi. Cette conversation allait l'aider à mettre Peter au courant de sa décision.

— À Boston ? Pourquoi, Marie ? Je ne comprends pas.

Peter paraissait fatigué et irritable, ce qui ne lui était pas habituel. La journée avait été longue et sa réunion assommante. Cette histoire de centre médical n'avait pas de sens. Il devait, ce matin-là, rencontrer les architectes. Pourquoi avait-il à siéger à ce comité ? Il avait de quoi occuper plus utilement son temps.

— Je pense que c'est une folie de faire ce voyage.

— Non, il faut que je le fasse et je suis prête, puisque le passé est bien révolu pour moi.

— Révolu au point que, l'autre jour, quand nous avons évité de justesse un accident, il vous a fallu une heure pour surmonter votre angoisse. Non, ma chérie, le passé n'est pas complètement mort !

— Peter, faites-moi confiance : je vais mettre un terme au seul problème qui n'est pas encore résolu. Après cela, je serai libre. Je serai de retour après-demain.

— C'est de la folie.

— Non, non.

Sa voix était très ferme ; il renonça et s'adossa au fauteuil, l'air exténué. Après tout, peut-être savait-elle ce qu'elle faisait.

— Très bien. Je ne comprends pas, mais j'espère que vous savez ce que vous faites. Comment vous sentirez-vous là-bas ?

— Ça ira bien, croyez-moi.

— Je vous crois. Ce n'est pas que je n'ai pas confiance, mais c'est que… je ne sais pas… c'est que je ne voudrais pas que vous vous fassiez du mal. Puis-je vous poser une question plutôt stupide ?

Grand Dieu, elle espérait que ce ne serait pas la question qu'elle redoutait. Pas tout de suite en tout cas. Cependant, ce n'était pas ce à quoi il pensait. Il l'observait avec attention. De son côté elle attendait, toute craintive.

— Allez-y, dit-elle.

— Saviez-vous que Michael Hillyard était ici ?

— Oui, je le savais.

Elle était curieusement calme.

— L'avez-vous rencontré ?

— Oui, il est venu à la galerie. Il voulait que je travaille pour un de leurs projets, à San Francisco. J'ai repoussé son offre.

— Savait-il qui vous étiez ?

— Non.

— Pourquoi ne pas le lui avoir dit ?

C'eût été une bonne occasion pour elle de lui parler du marché conclu avec la mère de Michael, mais il était trop tard, cela n'avait plus maintenant aucune importance.

— Je ne lui en ai rien dit, parce que cela ne compte plus. Le passé est bien mort.

— Vous en êtes sûre ?

— Oui, j'en suis sûre et c'est précisément pourquoi je me rends à Boston.

— Tant mieux. (Un moment Peter parut perplexe.) Est-ce que ce voyage a quelque chose à voir avec Hillyard ?

Il savait bien qu'il ne pouvait s'agir de cela, puisqu'il devait rencontrer Michael le lendemain. Marie hocha la tête résolument.

— Non, pas de la manière que vous pensez. Mais ce voyage a quelque chose à faire avec le passé. Et cela ne concerne que moi, je ne veux pas en dire davantage.

— Je respecte votre décision.

— Merci.

Il aurait voulu faire l'amour avec elle, mais il la quitta sagement, avec un baiser amical, sentant qu'elle avait besoin d'être seule.

Ce fut une nuit très paisible et elle se sentait encore très calme quand elle déposa Fred chez le vétérinaire le lendemain. Elle savait avec netteté ce qu'elle faisait et ce pourquoi elle le faisait. Elle était convaincue aussi qu'elle ne se trompait pas.

Elle se rendit à l'aéroport bien avant l'heure. Elle arriva à Boston à 21 heures, heure locale. Elle avait d'abord pensé conduire le soir même la voiture qu'elle avait louée, mais elle se ravisa. C'était en demander trop à son étoile. Tout ce qu'elle avait à faire, c'était de se rendre en un certain lieu, à en revenir très vite et à prendre le dernier avion à destination de San Francisco.

302

Elle se sentait comme une femme qui a une mission à accomplir quand elle se coucha dans la chambre d'un motel cette nuit-là. Elle ne tenait pas à parcourir la ville ni à appeler qui que ce soit. C'était comme si elle n'était pas vraiment là. Elle s'apprêtait à revivre pour la dernière fois un rêve vieux de deux ans.

31

— Docteur Gregson ?

— Oui.

Il avait l'esprit ailleurs quand sa secrétaire entra. Il venait de parler avec Marie à l'aéroport et se sentait encore mal à l'aise en pensant à ce voyage, mais il se devait de respecter les motifs personnels de Marie. Il se sentirait mieux pourtant quand elle serait de retour le lendemain.

Il leva les yeux et s'efforça d'être attentif.

— Oui ?

— M. Hillyard désire vous voir ; il dit être attendu. Il est accompagné de trois de ses associés.

— Très bien, faites entrer.

Il ne manquait plus que cela. Après tout, pourquoi pas ? Au moins il pourrait jeter un coup d'œil sur ce garçon, assez jeune pour être son fils. Quelle réflexion stupide ! Marie y avait-elle pensé aussi ?

Les quatre messieurs entrèrent, serrèrent la main du docteur et la réunion commença. Ils voulaient obtenir son appui pour assurer le succès du centre médical.

Déjà quinze des plus illustres médecins faisaient partie de leur équipe ; les bâtiments, parfaitement situés, allaient être magnifiquement équipés. La décision était donc facile à prendre. Gregson accepta d'y installer ses bureaux et d'en informer certains de ses collègues. Il ne cessa pas pour autant d'observer Michael avec fascination tout le temps que dura la conversation. Ainsi c'était donc lui ! Ce Michael Hillyard ne semblait pas un rival redoutable. Il avait l'air très jeune, il était séduisant, sûr de lui. Avec un certain embarras, Peter commença à se rendre compte qu'il avait beaucoup de points communs avec Marie. La même énergie, la même détermination, la même qualité d'humour aussi. Peter en fut d'abord interloqué puis, tout d'un coup, il comprit. Pendant un long moment, il resta très calme à regarder Michael, n'écoutant même pas ce qu'on disait, mais essayant d'assimiler une réalité qu'il avait évité de regarder en face. Cette révélation le fit aussi se demander pourquoi Marie était partie vers l'est ce matin-là. S'agissait-il pour elle de détruire les derniers lambeaux du passé ou de les magnifier ?

Pour la première fois, Peter se demandait s'il avait le droit de s'interposer. À regarder Michael, il avait aussi l'impression de deviner un autre aspect de Marie, qu'il ignorait. Cet homme représentait une part de sa vie qu'il ne comprenait pas et qu'il n'avait jamais voulu connaître. Il avait voulu qu'elle soit Marie Adamson ; pour lui elle n'avait jamais été Nancy McAllister. Elle était une femme nouvelle, sortie en quelque sorte de ses mains. Il comprenait maintenant qu'elle était aussi quelqu'un d'autre. Toutes les pièces du puzzle prenaient leur place. Il sentit fortement qu'il devait se résigner à cet arrachement après avoir livré un impossible combat. Lui-même avait aussi tenté de reprendre possession de son passé. Si Marie était un être neuf, il y avait aussi en elle certains aspects de la femme qu'il avait aimée auparavant et qui n'était plus. C'était à ces aspects de Livia qu'il s'était attaché en même temps qu'à cette fille qu'il avait créée. Peut-être n'avait-il pas le droit de le faire ? Jamais il n'avait pu jouir d'une liberté d'action si totale sur une patiente, parce que Marie ne pouvait compter sur personne d'autre que lui ; cela lui avait permis d'être tout pour elle... sauf ce qu'il désirait être maintenant. À regarder Michael, il se rendait compte que son rôle dans la vie de Marie avait été celui d'un père. Marie, de son côté, ne s'en rendait pas encore compte, mais elle finirait un jour par le comprendre.

La réunion terminée, tout le monde se serra la main. Les associés de Michael étaient déjà dans l'antichambre. Gregson et Michael échangeaient des propos aimables, quand soudain tout s'arrêta. Michael regardait fixement quelque chose par-dessus l'épaule de Gregson. C'était la toile que Nancy avait peinte deux ans plus tôt et qui devait être son cadeau de mariage... que ces infirmières avaient volée dans l'appartement après sa mort. Elle était ici, dans ce bureau, et elle était terminée. Fasciné, Michael se dirigea vers la toile avant même que Gregson pût l'arrêter. Rien d'ailleurs ne l'aurait pu. Il se tint là, regardant le tableau, vérifiant la signature, comme s'il savait d'avance ce qu'il allait découvrir. Là, dans un coin, en lettres minuscules, il put lire : Marie Adamson.

— Grand Dieu… Grand Dieu.

C'est tout ce qu'il put dire. Gregson continuait de l'observer.

— Comment se fait-il ? Ce ne peut être… Grand Dieu… Pourquoi personne ne me l'a dit ? Qu'est-ce qui ?…

Maintenant il comprenait tout. On lui avait menti, elle était vivante. Différente, mais vivante. Pas étonnant qu'elle l'ait détesté, lui qui pourtant n'avait rien soupçonné. Quelque chose en elle l'avait toujours fasciné, quelque chose dans ses photos elles-mêmes.

C'est les larmes aux yeux qu'il se retourna vers Gregson. Peter le regardait, attristé, et redoutait ce qui allait suivre.

— Laissez-la en paix, Hillyard, tout est fini avec elle, maintenant. Elle en a assez enduré !

En disant cela, il sentait que ses paroles manquaient de conviction parce que, en regardant Michael ce matin-là, il n'était pas sûr du tout de pouvoir encore l'écarter. Au plus profond de lui-même il voulait plutôt lui indiquer où il pouvait la rejoindre.

Michael le regardait avec stupéfaction.

— On m'a menti, Gregson. Le saviez-vous ? On m'a menti. On m'a dit qu'elle était morte. (Il avait les yeux pleins de larmes.) Pendant deux ans j'ai été comme un homme mort, j'ai travaillé comme un robot, j'ai sans cesse regretté de n'être pas mort à sa place… et pendant tout ce temps-là…

Un moment il crut ne pas pouvoir poursuivre. Gregson regardait ailleurs, au loin.

— Quand je l'ai vue cette semaine, je ne pouvais pas savoir… Une telle histoire a dû la tuer… et il n'est pas étonnant qu'elle me haïsse. Elle me déteste, n'est-ce pas ?

Michael s'effondra sur une chaise, les yeux braqués sur le tableau.

— Non, elle ne vous déteste pas. Elle veut simplement oublier tout ce passé et elle a bien le droit de le faire.

Il aurait voulu dire : « Mais moi, j'ai des droits sur elle », mais il ne put s'y résoudre. On aurait dit que Michael avait deviné ses pensées. Il venait en effet de se rappeler ce qu'on lui avait dit : Marie avait eu un tuteur en la personne d'un spécialiste en chirurgie esthétique. Les mots résonnèrent à ses oreilles et d'un coup deux années de peine et de colère refluèrent en lui. Il bondit sur ses pieds et attrapa Gregson par ses revers de veste.

— Un moment, Gregson. De quel droit me dites-vous qu'elle veut *oublier son passé* ? Comment diable le savez-vous ? Comment pouvez-vous même comprendre ce qui nous était commun à elle et à moi ? Comment pouvez-vous savoir ce que ce passé a signifié pour elle et pour moi ? Évidemment, si je disparais de sa vie sans rien dire, elle est tout à vous, n'est-ce pas, Gregson ? C'est ce que vous voulez ? Eh bien. Allez au diable !

— Mais elle vous a déjà dit de la laisser en paix.

La voix de Peter était très calme et il regardait Michael droit dans les yeux.

Michael s'était reculé, mais sur sa figure un certain espoir se mêlait à la colère et à la confusion. Pour la première fois depuis deux ans, quelque chose prenait vie.

— Non, Gregson. C'est Marie Adamson qui m'a dit de la laisser en paix. Nancy McAllister ne m'a pas dit un mot depuis deux ans et elle aura bien des explications à fournir. Pourquoi ne m'a-t-elle pas appelé ? Pourquoi n'a-t-elle pas écrit ? Pourquoi ne m'a-t-elle pas fait savoir qu'elle était vivante ? Et pourquoi m'a-t-on dit qu'elle était morte ? Est-ce elle qui a fait cela ou quelqu'un d'autre ? (Il lui répugnait de poser la question dont il savait déjà la réponse.) Qui a payé pour cette opération chirurgicale ?

Il ne cessait de regarder Gregson.

— Je ne connais pas la réponse à plusieurs de vos questions, monsieur Hillyard.

— Et celles dont vous connaissez la réponse ?

— Je ne suis pas autorisé à…

— Pas de faux-fuyant, Gregson.

Michael fonçait sur lui et Peter leva la main :

— C'est votre mère qui a payé et qui a assuré toutes les dépenses depuis l'accident. C'était un cadeau assez extraordinaire.

C'était bien ce que Michael craignait, aussi la révélation ne le surprit-elle pas. Elle s'ajustait parfaitement à tout le scénario qu'il déchiffrait maintenant et c'était pour lui que, commettant une effroyable erreur de jugement, sa mère l'avait monté. Au moins l'avait-elle, bien involontairement, ramené à Nancy.

Il regarda de nouveau Gregson.

— Et vous, quelle sorte de relations avez-vous avec Nancy ?

Il voulait tout savoir.

— Je ne pense pas que cela vous concerne.

— Écoutez-moi, nom de Dieu…

Il avait de nouveau saisi la veste de Peter, qui se dégagea doucement.

— Pourquoi n'arrêtons-nous pas ici cette discussion ? Les réponses ne peuvent venir que de Marie : ce qu'elle veut, qui elle veut. Il est possible qu'elle ne veuille aucun de nous deux. Quelles que soient les raisons, vous n'êtes pas entré en contact avec elle depuis deux ans et elle n'est pas entrée en contact avec vous. Quant à moi, j'ai presque deux fois son âge et, autant que je sache, je souffre du complexe de Pygmalion.

Il s'assit lourdement à son bureau et beaucoup de tristesse se mêlait à son sourire.

— J'irais jusqu'à penser qu'elle mériterait beaucoup mieux que vous ou moi.

— C'est possible… mais cette fois, c'est d'elle que je veux l'apprendre. (Il consulta sa montre.) Et je me rends chez elle tout de suite.

— Cela ne servirait à rien.

Peter l'observait en caressant sa barbe. Il faillit même lui souhaiter bonne chance.

— Elle m'a appelé de l'aéroport juste avant que vous arriviez ici ce matin.

Une fois encore Michael fut saisi.

— Alors ? Où allait-elle ?

310

Peter hésita un long moment, il n'avait pas à lui dire quoi que ce soit…

— Elle partait pour Boston.

Michael le regarda un instant et l'ombre d'un sourire passa dans ses yeux. Il se précipita vers la porte, s'arrêta, se retourna pour saluer Peter, le visage radieusement épanoui.

— Merci !

Elle s'était levée dès l'aube, bien réveillée, bien vivante, se sentant plus libre qu'elle ne l'avait jamais été depuis des années. Dans quelques heures ce serait la libération totale. Cette promesse puérile avait donc tenu pendant tout ce temps-là précisément parce qu'elle l'avait gardée en elle.

Elle ne prit pas la peine de prendre le petit déjeuner, se contentant de deux tasses de café. Avec cette voiture louée, elle pouvait être là-bas en deux heures, soit vers 10 heures, rentrer à l'hôtel à midi, attraper l'avion pour San Francisco et être de retour tard dans l'après-midi. Elle pourrait même surprendre Peter à son bureau. Le pauvre, ce voyage l'avait tellement intrigué.

C'était à lui qu'elle pensait au volant de la voiture, se disant qu'elle aurait voulu lui en dire davantage si elle avait pu. Peut-être que cela aussi serait différent quand cette journée serait passée. À moins que… Elle laissa la question sans réponse. Bien sûr qu'elle l'aimait.

Elle traversa la campagne de Nouvelle-Angleterre sans s'arrêter. Le paysage était plutôt sombre et gris, les arbres étaient encore dénudés. C'était un peu comme si la campagne était restée ensevelie depuis deux ans. Il était 9 h 30 quand elle traversa Revere Beach, là où s'était tenue la foire. Elle reçut un coup au cœur quand elle reconnut les lieux. Elle suivit une vieille route sinueuse, le long de la côte, avant de s'arrêter et de descendre de voiture. Elle se sentait plus tendue que fatiguée, surexcitée et nerveuse. Il fallait qu'elle le fasse, il le fallait… De l'endroit où elle se trouvait, elle pouvait voir l'arbre ; elle le regarda longuement, comme s'il était le dépositaire de ses secrets, comme s'il connaissait bien toute son aventure et avait attendu son retour. Elle s'avança vers lui comme à la rencontre d'un vieil ami. Mais ce n'était plus un ami : comme tout le reste, choses et gens, il était demeuré étranger, n'était devenu qu'une inscription sur le tombeau de Nancy McAllister.

Avant de franchir sur le sable les derniers pas qui la séparaient du rocher, elle s'arrêta. Il était bien là, il n'avait pas bougé. Rien n'avait bougé ! Il n'y avait qu'elle et Michael qui étaient partis dans des directions opposées, vers des mondes différents. Elle resta là longtemps pour faire appel à tout son courage et à toute son énergie… Enfin elle se pencha et se mit à pousser. Après quelques efforts, elle réussit à déplacer la roche. Creusant vite avec un bâton, elle se mit à chercher. Il n'y avait rien. Elle laissa tomber la grosse roche, à bout de souffle, et elle la remit en place. Les perles n'étaient plus là, quelqu'un les avait prises. C'est à ce moment qu'elle entendit sa voix.

— Vous ne pouvez pas les retrouver car elles appartiennent à quelqu'un d'autre, à quelqu'un que j'ai aimé, à quelqu'un que je n'ai jamais oublié.

Michael avait les larmes aux yeux. Pendant la moitié de la nuit, il l'avait attendue. Un avion spécial l'avait amené avant qu'elle n'arrive. Il aurait volé de ses propres ailes, s'il avait pu.

Michael avança la main, sa main qui tenait les perles mêlées au sable de la grève. À son tour elle se mit à pleurer.

— J'avais promis de ne jamais dire adieu et je ne l'ai jamais fait.

Il la regardait sans détourner les yeux.

— Mais tu n'as jamais essayé de me retrouver.

— On m'avait dit que tu étais morte.

— On m'a offert un nouveau visage à condition que je promette de ne jamais te revoir. J'ai accepté parce que j'étais certaine que tu me retrouverais. Mais… tu ne m'as pas cherchée.

— Je l'aurais fait si j'avais su. Tu te rappelles ta promesse ?

Les yeux clos, elle se mit à parler avec l'accent un peu solennel d'une enfant et, pour la première fois depuis longtemps, avec la voix de Nancy McAllister, cette voix qu'il avait aimée ; elle avait oublié l'autre, plus sophistiquée, qu'elle avait apprise.

— Je promets de ne jamais oublier ce qui est déposé sous cette roche, de ne jamais oublier ce que cela signifie pour nous.

— As-tu oublié ?

314

Lui aussi pleurait doucement, pensant à Gregson et aux deux dernières années écoulées. Il secoua la tête.

— Non, je n'ai pas oublié, mais j'ai essayé très fort.

— Veux-tu te rappeler maintenant ? Veux-tu, Nancy ?...

Il ne pouvait plus parler. Il s'approcha d'elle et la prit dans ses bras.

— Nancy, je t'aime. Je n'ai jamais cessé de t'aimer. J'ai pensé que j'allais mourir quand tu es morte... je veux dire, quand j'ai cru que tu étais morte. Je suis mort moi-même au moment où on me l'a dit.

Elle pleurait trop pour pouvoir parler, se rappelant les jours, les mois, les interminables années d'attente. Elle s'agrippa à lui comme une enfant perdue, comme si elle n'allait jamais relâcher son étreinte.

— Mon chéri, je t'aime moi aussi. J'ai toujours cru que tu me retrouverais.

— Nancy... Marie... quel que soit ton nom, je m'en fous.

Comme des enfants, ils éclatèrent de rire au milieu de leurs larmes.

— Voulez-vous me faire l'honneur de devenir ma femme ? Mais cette fois cela se fera de façon civilisée, devant tout le monde, avec de la musique...

Il pensait au récent mariage de sa mère. Il se sentait étrangement libéré de toute animosité contre Marion. Il aurait dû la détester pour ce qu'elle avait fait, mais il était prêt à pardonner, maintenant que Nancy lui était revenue. Rien d'autre ne lui importait. Il sourit à celle qu'il tenait dans ses bras en pensant à leur mariage.

Nancy secouait la tête : Michael eut peur un moment que son cœur s'arrête de battre.

— Est-ce qu'il nous faut attendre encore longtemps ? Toute cette histoire de musique, d'invités…

— Est-ce que tu veux dire que ?…

Il n'osa parler, mais déjà elle avait répondu par un signe de la tête.

— Bien sûr. Pourquoi pas ? Tout de suite. Je ne veux plus attendre, ce serait insupportable. À chaque instant j'ai peur que quelque chose ne nous arrive, que quelque chose ne t'arrive à toi cette fois, Michael.

Il acquiesça en silence et l'étreignit tendrement. La mer déferlait avec un grondement doux et le soleil pâle perçait à travers les nuages.

Composition réalisée par Asiatype

Achevé d'imprimer en décembre 2006 en France sur Presse Offset par

BRODARD & TAUPIN

GROUPE CPI

La Flèche (Sarthe).
N° d'imprimeur : 38970 – N° d'éditeur : 78681
Dépôt légal 1ʳᵉ publication : janvier 2007
LIBRAIRIE GÉNÉRALE FRANÇAISE – 31, rue de Fleurus – 75278 Paris cedex 06.

31/1746/2